# Tudo que a gente sempre quis

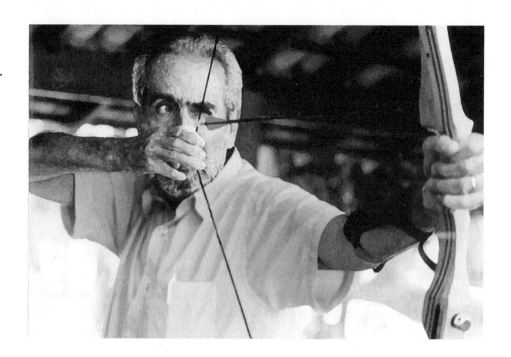

# O ARQUEIRO

GERALDO JORDÃO PEREIRA (1938-2008) começou sua carreira aos 17 anos, quando foi trabalhar com seu pai, o célebre editor José Olympio, publicando obras marcantes como *O menino do dedo verde*, de Maurice Druon, e *Minha vida*, de Charles Chaplin.

Em 1976, fundou a Editora Salamandra com o propósito de formar uma nova geração de leitores e acabou criando um dos catálogos infantis mais premiados do Brasil. Em 1992, fugindo de sua linha editorial, lançou *Muitas vidas, muitos mestres*, de Brian Weiss, livro que deu origem à Editora Sextante.

Fã de histórias de suspense, Geraldo descobriu *O Código Da Vinci* antes mesmo de ele ser lançado nos Estados Unidos. A aposta em ficção, que não era o foco da Sextante, foi certeira: o título se transformou em um dos maiores fenômenos editoriais de todos os tempos.

Mas não foi só aos livros que se dedicou. Com seu desejo de ajudar o próximo, Geraldo desenvolveu diversos projetos sociais que se tornaram sua grande paixão.

Com a missão de publicar histórias empolgantes, tornar os livros cada vez mais acessíveis e despertar o amor pela leitura, a Editora Arqueiro é uma homenagem a esta figura extraordinária, capaz de enxergar mais além, mirar nas coisas verdadeiramente importantes e não perder o idealismo e a esperança diante dos desafios e contratempos da vida.

# Emily Giffin

# Tudo que a gente sempre quis

Título original: *All We Ever Wanted*

Copyright © 2018 por Emily Giffin
Copyright da tradução © 2019 por Editora Arqueiro Ltda.

Todos os direitos reservados. Nenhuma parte deste livro pode ser utilizada ou reproduzida sob quaisquer meios existentes sem autorização por escrito dos editores.

*tradução*: Marcelo Mendes
*preparo de originais*: Fernanda Martins
*revisão*: Rafaella Lemos e Taís Monteiro
*projeto gráfico e diagramação*: Aron Balmas
*capa*: Elmo Rosa
*imagem de capa*: Stone / Sunny / Getty Images
*impressão e acabamento*: Lis Gráfica e Editora Ltda.

CIP-BRASIL. CATALOGAÇÃO NA PUBLICAÇÃO
SINDICATO NACIONAL DOS EDITORES DE LIVROS, RJ

G388t    Giffin, Emily

Tudo que a gente sempre quis/ Emily Giffin; tradução de Marcelo Mendes. São Paulo: Arqueiro, 2019.
304 p.; 16 x 23 cm.

Tradução de: All we ever wanted
ISBN 978-85-8041-944-3

1. Ficção americana. I. Mendes, Marcelo. II. Título.

19-55506                          CDD: 813
                                          CDU: 82-3(73)

Todos os direitos reservados, no Brasil, por
Editora Arqueiro Ltda.
Rua Funchal, 538 – conjuntos 52 e 54 – Vila Olímpia
04551-060 – São Paulo – SP
Tel.: (11) 3868-4492 – Fax: (11) 3862-5818
E-mail: atendimento@editoraarqueiro.com.br
www.editoraarqueiro.com.br

*Para Edward e George,
com amor e orgulho.*

CAPÍTULO 1

# NINA

Era uma típica noite de sábado. E por "típica" não quero dizer num estilo convencional americano. Não teve churrasco na casa dos vizinhos, cinema ou as coisas que eu fazia quando criança. Foi típica para o que nos tornamos após Kirk vender a empresa de software, quando passamos de pessoas com uma vida confortável a pessoas muito ricas. *Muito* ricas.

Ou *obscenamente* ricas, como disse certa vez minha amiga de infância Julie. Ela não se referia a nós, mas a Melanie, outra amiga, que no Dia das Mães se presenteou com um Rolex de ouro e comentou sem qualquer cerimônia num dos nossos jantares que o pratinho de artesanato dos filhos "não podia ser chamado de presente".

"Com esse relógio ela poderia alimentar um acampamento de refugiados sírios por *um ano inteiro*", observara Julie na cozinha, depois que todos já tinham ido embora. "Chega a ser *obsceno*."

Na ocasião eu havia concordado sem estender muito o assunto, escondendo meu Cartier sob o balcão de mármore, enquanto tentava me convencer de todas as formas de que meu relógio e, portanto, a minha vida nada tinham em comum com os de Melanie. Para início de conversa, eu não tinha comprado o Cartier num impulso consumista: Kirk me dera como presente de quinze anos de casamento. Além disso, eu *adorava* quando nosso filho, Finch, fazia presentinhos ou cartões para mim. E agora ficava até triste por serem relíquias do passado.

Mas, acima de tudo, nunca fui de ostentar. Pelo contrário, dinheiro me constrange. Acho que por isso Julie não o usava contra mim. Até porque ela não sabia exatamente o montante de nossa riqueza, tinha apenas uma ideia, sobretudo depois de ter ido procurar um imóvel comigo. Kirk estava muito ocupado na época, então ela me ajudou a escolher a casa da Belle Meade Boulevard, para onde nos mudamos. Julie, o marido e as meninas eram hóspedes frequentes na nossa casa de veraneio, assim como na de Nantucket, e era com visível felicidade que ela herdava minhas roupas de grife com pouquíssimo uso.

Vez ou outra Julie *provocava* Kirk, mas não por ele ostentar, como Melanie, e sim por ter alguns hábitos elitistas. Pertencente à quarta geração de uma família tradicional de Nashville, meu marido cresceu num mundo de escolas particulares e *country clubs*, portanto tinha certa experiência em ser esnobe, mesmo quando seu dinheiro não era obsceno. Em outras palavras, Kirk vinha de uma "boa família" – expressão vaga que ninguém nunca chegou a definir, mas sabidamente associada a situação financeira confortável, boa educação e gostos refinados. Como na frase: ele é um *Browning*.

Meu sobrenome de solteira, Silver, não tinha tanto status, nem mesmo para os padrões de Bristol, cidade onde cresci e onde Julie ainda mora, na fronteira do Tennessee com a Virgínia. Meus pais trabalhavam muito (papai escrevia para o *Bristol Herald Courier* e mamãe era professora primária), mas não passávamos de uma típica família de classe média, e nossa ideia de luxo consistia em pedir sobremesa num restaurante que não fosse de rede. Pensando bem, talvez isso explique a atenção excessiva que mamãe dava ao dinheiro. Não que fosse deslumbrada, mas sempre sabia dizer quem tinha e quem não tinha, quem era pão-duro ou perdulário. Na realidade, sabia da vida de quase todo mundo em Bristol. Não fazia fofoca, pelo menos não por maldade, simplesmente tinha fascínio pela vida dos outros, por quanto ganhavam, como estavam de saúde, suas inclinações políticas, sua religião, e por aí vai.

A propósito, ela é metodista e papai, judeu. *Viver e deixar viver* é o mantra deles, um lema que tanto eu quanto meu irmão Max adotamos. Nós dois seguimos aquilo que cada religião tem de mais atraente, como acreditar em Papai Noel e Sêder e apelar ora para a culpa dos judeus, ora para o rigor dos cristãos. Isso foi bom, sobretudo para Max, que saiu do armário na faculdade. Meus pais não se importaram nem um pouco; na realidade, pareciam mais incomodados com a riqueza de Kirk do que com a sexualidade do meu irmão, pelo menos no início do nosso namoro. Mamãe dizia que estava apenas triste por eu ter desistido de Teddy, meu namorado da época do ensino médio de quem ela tanto gostava, mas às vezes deixava transparecer um ligeiro complexo de inferioridade, um receio de que os Brownings olhassem com desprezo para mim e para minha família.

A bem da verdade, uma garota semijudia de Bristol com um irmão gay e sem herança talvez não fosse o sonho deles para ser mulher de seu único filho. Droga, talvez não fosse o sonho de Kirk também, mas... fazer o quê? Ele me escolheu mesmo assim. Eu sempre dizia a mim mesma que ele tinha se apaixonado pela minha personalidade, por *mim*, do mesmo modo que eu tinha me apaixonado por *ele*. Mas nos últimos anos eu vinha tendo dúvidas quanto a nós dois, quanto ao que havia nos aproximado na faculdade.

Devo confessar que, ao falar do nosso relacionamento, Kirk geralmente fazia referência à minha beleza. Ou melhor, *sempre* fazia. Então seria ingênuo pensar que minha aparência não teve nada a ver com a história, assim como eu sabia, lá no fundo, que a segurança de uma "boa família" havia pesado em minha atração por ele.

Por mais que me doesse admitir, era exatamente o que estava na minha cabeça naquela noite de sábado, quando Kirk e eu pegamos um Uber para um baile de gala no Hermitage Hotel, o quinto do ano. Tínhamos nos tornado *aquele* casal, lembro-me de ter pensado no banco traseiro do Lincoln preto. O marido e a esposa de smoking Armani e vestido Dior que mal se falavam. Algo não ia bem no nosso relacionamento. Kirk estava obcecado demais por dinheiro? Ou eu estava meio perdida, agora que Finch já era um homem e eu passava menos tempo dedicada à maternidade e mais à filantropia?

Pensei em um dos comentários recentes de papai, quando havia perguntado por que eu e minhas amigas não abríamos mão dos bailes de gala e simplesmente doávamos *todo* o dinheiro para a caridade. Mamãe também entrou na conversa, dizendo que talvez conseguíssemos realizar "coisas mais importantes de calça jeans do que num traje de gala". Na defensiva, respondi que também fazia esse tipo de trabalho mais direto, lembrando aos dois das horas que dedicava todo mês atendendo a chamadas no centro de valorização da vida, o serviço de prevenção ao suicídio de Nashville. Claro, não revelara que Kirk às vezes minimizava a importância desse tipo de trabalho voluntário, alegando que era mais fácil "assinar um cheque". Na cabeça dele, doar dólares era sempre mais útil do que doar tempo; não vinha ao caso que isso chamasse mais atenção.

Kirk era um homem bom, disse a mim mesma enquanto o observava beber o uísque que tinha servido num copo descartável vermelho. Estava sendo rígida demais com meu marido. Com *nós dois*.

– Você está linda – elogiou ele de repente, olhando para mim e amolecendo ainda mais o meu coração. – Esse vestido é *sensacional*.

– Obrigada, querido.

Com um olhar sedutor, ele sussurrou para que o motorista não ouvisse:

– Não vejo a hora de te ver fora dele...

E deu mais um gole no uísque.

Apenas sorri, lembrando que fazia muito tempo que não transávamos e resistindo à tentação de pedir que ele não abusasse do álcool. Kirk não chegava a ser alcoólatra, mas eram raras as noites em que não ficava "alegrinho" com o vinho. Talvez fosse *esse* o problema, pensei. Tanto ele quanto eu precisávamos dar uma diminuída nos compromissos sociais e dedicar mais atenção ao nosso casamento, ficar mais disponíveis um para o outro. Talvez no outono, quando Finch iria para a universidade.

– Então... Pra quem você já contou? Sobre Princeton? – perguntou ele, também pensando em Finch e na carta de admissão que nosso filho havia recebido no dia anterior.

– Fora a família, só pra Julie e Melanie. E você?

– Só para os quatro do jogo de golfe de hoje – disse ele, e repetiu o nome dos companheiros de sempre. – Não queria me gabar, mas... não resisti.

A expressão em seu rosto espelhava o que eu sentia, um misto de orgulho e incredulidade. Finch era bom aluno, meses antes havia sido admitido nas universidades de Vanderbilt e Virgínia. Mas entrar em Princeton não era para qualquer um, e seu sucesso era uma espécie de auge e de validação das muitas decisões que havíamos tomado como pais, começando com a de matriculá-lo aos 5 anos de idade na Windsor Academy, a escola particular mais rigorosa e conceituada de Nashville. Sempre havíamos priorizado a educação do nosso filho, contratando professores particulares quando necessário, levando-o a museus, proporcionando viagens para os quatro cantos do planeta. Nos últimos três verões, nós o enviamos para fazer trabalho voluntário no Equador, para um acampamento de ciclismo na França e um curso de biologia marinha nas Ilhas Galápagos. É claro que eu tinha consciência de que, financeiramente, Finch levava uma ampla vantagem sobre muitos candidatos, e isso (sobretudo a doação que tínhamos feito para os cofres da universidade) me deixava um pouco culpada. Mas eu tentava me convencer de que dinheiro não garantia a admissão de ninguém nas universidades de elite do país. Finch havia feito por merecer, e era o que me deixava tão orgulhosa.

Concentre-se nisso, eu dizia a mim mesma. Concentre-se no lado positivo.

Como Kirk voltou ao celular, peguei o meu e abri o Instagram. Polly, a namorada de Finch, tinha acabado de postar uma foto dos dois com a seguinte legenda: Somos Tigers, pessoal. Clemson e Princeton, aí vamos nós! As equipes de esporte das duas universidades tinham um tigre como mascote. Mostrei a foto para Kirk, depois li em voz alta alguns dos comentários de parabéns de filhos de amigos que estariam presentes naquela noite.

– Coitada da Polly – disse Kirk. – Esse namoro não vai durar um semestre.

Eu não sabia se ele se referia à distância entre a Carolina do Sul e Nova Jersey ou à fragilidade dos amores juvenis, mas murmurei que concordava, tentando não pensar na embalagem de camisinha que recentemente havia encontrado embaixo da cama de Finch. Que ele tivesse uma vida sexual estava longe de ser uma surpresa, mas ainda assim eu ficava triste quando pensava em como ele havia crescido e mudado. Antes ele era um tagarela, um filho único precoce que fazia questão de me relatar todos os detalhes do seu dia. Não havia nada a seu respeito que eu não soubesse, nada que ele guardasse apenas para si. Mas com a puberdade viera um distanciamento que nunca mais se foi, e ultimamente quase não nos falávamos, por mais que eu tentasse puxar conversa. Kirk insistia que era normal, uma espécie de preparação antes de deixar o ninho. *Você se preocupa demais*, dizia sempre.

Guardei o celular na bolsa, suspirei e perguntei:

– Pronto pra noite de hoje?

– Pronto pra quê? – perguntou ele, terminando o uísque ao entrarmos na Sexta Avenida.

– Nosso discurso.

Na realidade o discurso seria *dele*, mas eu estaria a seu lado, dando apoio moral.

Kirk virou-se para mim com um olhar vago.

– Discurso? Pode me refrescar a memória? Qual é mesmo o evento de hoje?

– Você está brincando, não está?

– É difícil diferenciar um do...

Suspirei e disse:

– Hoje é o Hope Gala, querido.

– Baile da Esperança. E *o que* estamos esperando exatamente? – perguntou ele com um sorrisinho.

– Conscientização e prevenção do suicídio. Vamos ser homenageados, esqueceu?

– Pelo quê? – indagou ele, começando a me irritar.

– Pelo trabalho que fizemos ao trazer psiquiatras especializados pra Nashville – respondi, embora soubéssemos que aquilo tinha muito mais a ver com a doação de cinquenta mil dólares que havíamos feito após uma caloura da Windsor ter tirado a própria vida no último verão. Uma história tão horrível que eu ainda não tinha assimilado direito, mesmo depois de tantos meses.

– Brincadeira, querida – disse Kirk, dando um tapinha carinhoso na minha perna. – Estou preparado.

Fiz que sim com a cabeça, ciente de que meu marido estava *sempre* preparado, *sempre* ligado. O homem mais autoconfiante e competente do mundo.

Em pouco tempo chegamos ao hotel. Um funcionário jovem e bonito abriu a porta do carro para mim e me deu as boas-vindas.

– Vai fazer check-in hoje à noite, senhora? – perguntou.

Respondi que estava indo apenas para a festa. Ele assentiu e me ofereceu a mão, enquanto eu reunia o volume do meu vestido de renda preta e pisava na calçada. Logo adiante avistei Melanie conversando com alguns amigos e conhecidos. O grupo de sempre. Ela veio apressada em minha direção, me deu beijinhos sem encostar o rosto no meu e fez elogios.

– Você também está linda – falei. – São novos? – perguntei, levando as mãos aos brincos que ela usava, as pontas dos meus dedos tocando as duas joias de diamante em cascata.

– Ganhei faz pouco tempo, mas são antigos. Mais um pedido de desculpas do... você sabe quem.

Sorri e olhei ao redor em busca do marido dela.

– Aliás, onde está Todd?

– Na Escócia. Viagem de golfe com os amigos. Lembra? – disse ela, revirando os olhos.

– Ah, sim.

Não era fácil me lembrar de todas as extravagâncias de Todd. Ele era pior do que Kirk.

Ao ver meu marido contornando o carro para se juntar a nós, Melanie requebrou os ombros e, alto o bastante para que ele ouvisse, perguntou:

– Você vai dividir o bonitão comigo esta noite?

– Aposto que ele não vai se opor – falei, sorrindo.

Sempre galanteador, Kirk assentiu e cumprimentou-a com dois beijinhos.

– Você está *deslumbrante*.

Melanie agradeceu com um sorriso e exclamou:

– Aimeudeus! Já estou sabendo! Princeton! Que notícia *maravilhosa*! Vocês devem estar superorgulhosos!

– Estamos. Obrigado, Mel. E o Beau? Já decidiu pra onde vai? – indagou Kirk, mudando o tema da conversa para o filho de Melanie.

Ele era amigo de Finch desde os 7 anos. Aliás, era por isso que Mel e eu tínhamos ficado tão próximas.

– Parece que Kentucky.

– Bolsa integral? – perguntou Kirk.

– Cinquenta por cento – respondeu Melanie, radiante.

Beau era um aluno mediano, mas um ótimo jogador de beisebol, e tinha recebido ofertas semelhantes de diversas universidades.

– Mesmo assim é *muito* impressionante. Parabéns – disse Kirk.

Fazia anos que eu tinha a impressão de que Kirk invejava o sucesso de Beau no beisebol. Às vezes acusava Melanie e Todd de serem irritantes, de se gabarem de forma exagerada das proezas do filho. Mas agora era fácil ser condescendente. Afinal de contas, Finch tinha vencido. Princeton era muito melhor do que qualquer beisebol. Eu sabia que era assim que meu marido enxergava as coisas.

Logo que Melanie se afastou para cumprimentar outra amiga, Kirk disse que iria ao bar.

– Quer beber alguma coisa? – perguntou gentilmente, um perfeito cavalheiro no início das festas.

Era no fim da noite que as coisas desandavam.

– Sim, mas vou com você – falei, determinada a aproveitar ao máximo aquele nosso momento juntos, mesmo que cercados de uma multidão. – Podemos, por favor, ir embora cedo hoje?

– Por mim tudo bem – respondeu ele, levando a mão à minha cintura para que atravessávamos juntos o reluzente saguão do hotel.

—

O resto da noite seguiu o roteiro esperado de uma festa beneficente, começando com coquetéis e um leilão fechado. Não havia nada que eu realmente quisesse arrematar, mas, lembrando que a renda se destinava a uma boa causa, acabei dando um lance num anel de safira. Enquanto isso, degustava uma taça de vinho branco, jogava conversa fora e pedia a Kirk que não bebesse demais.

A certa altura, o jantar foi anunciado, o bar do saguão encerrou os trabalhos e fomos conduzidos a um enorme salão de baile, onde havia mesas com lugares marcados. Kirk e eu nos acomodamos na melhor delas, na frente e no centro, junto com outros três casais que conhecíamos razoavelmente bem, além de Melanie, que me divertia com suas críticas, ora sobre a decoração (os arranjos florais eram altos demais), ora sobre o cardápio (frango, *de novo?*), ora sobre a terrível falta de sintonia nos trajes das organizadoras do evento, uma vestindo marrom e a outra, vermelho (como não haviam pensado em combinar?).

Mais tarde, enquanto o batalhão de garçons recolhia os pratos da tradi-

cional mousse de chocolate, as duas organizadoras nos apresentaram, enaltecendo nosso envolvimento contínuo com aquela e outras tantas obras sociais. Empertiguei-me o máximo que pude, um pouco nervosa quando disseram:
– *Então, sem mais delongas... Nina e Kirk Browning!*
Sob o aplauso da multidão, Kirk e eu nos levantamos e subimos de mãos dadas a escadinha que levava ao palco. Meu coração estava acelerado pela adrenalina de ser o centro das atenções. Kirk se posicionou ao microfone e eu me postei a seu lado com os ombros eretos e um sorriso estampado no rosto. Terminados os aplausos, Kirk deu início ao discurso. Primeiro agradeceu às organizadoras, seus inúmeros comitês, aos demais patrocinadores e a todos os doadores; depois, num tom mais solene, começou a falar sobre o motivo de estarmos ali naquela noite. Observando-o de perfil, pensei em como ele era bonito.
– Minha esposa, Nina, e eu temos um filho chamado Finch – disse ele. – Finch, como os filhos de muitos dos senhores, vai se formar no ensino médio daqui a poucos meses, e no outono vai para a universidade.
Eu olhava para o mar de rostos à contraluz enquanto ele falava.
– Nesses últimos dezoito anos, nossa vida girou em torno dele. É nosso maior tesouro. – Então Kirk fez uma pausa, baixou os olhos e esperou alguns segundos antes de prosseguir: – Não consigo nem imaginar o horror que seria perder nosso filho.
Também baixei os olhos e assenti, sentindo enorme tristeza e compaixão pelas famílias desoladas pelo suicídio. Mas, à medida que Kirk começou a falar dos trabalhos da organização, meus pensamentos vergonhosamente divagaram para a *nossa* vida, para o *nosso* filho. Para as inúmeras oportunidades que esperavam por ele.
Quando voltei a prestar atenção ao discurso, Kirk falava:
– Então, para encerrar, eu gostaria de ressaltar que é uma grande honra para nós dois, Nina e eu, poder contribuir, junto com os senhores, para essa causa tão importante. Essa luta diz respeito aos *nossos* filhos. Muito obrigado e tenham todos uma boa noite.
Enquanto as pessoas aplaudiam e alguns amigos mais próximos se levantavam para ovacioná-lo, Kirk se virou e piscou para mim. Ele sabia que tinha arrasado.

– Perfeito – sussurrei.

Só que, na realidade, as coisas estavam longe de serem perfeitas.

Porque exatamente naquele mesmo instante nosso filho estava do outro lado da cidade tomando a decisão mais equivocada da sua vida.

CAPÍTULO 2

# TOM

Chame isso de intuição de pai, mas eu sabia que algo ruim estava acontecendo com Lyla antes de realmente ficar sabendo. Podia não ter nada a ver com intuição, nossa forte ligação ou o fato de eu ter criado minha filha sozinho desde que ela tinha 4 anos. Talvez a explicação estivesse simplesmente no traje sumário com que horas antes ela havia tentado sair de casa.

Eu estava limpando a cozinha quando ela passou furtivamente num vestido tão curto que mal cobria a parte inferior das nádegas, uma parte da anatomia que seus oitocentos seguidores no Instagram conheciam com intimidade, graças às inúmeras fotos de biquíni "artísticas" (segundo Lyla) que ela postava antes de eu proibir terminantemente trajes de banho em qualquer mídia social.

– Tchau, pai – disse ela, com uma indiferença já muito praticada.

– Opa, opa – falei, bloqueando a passagem na porta. – Aonde a senhorita pensa que vai?

– Pra casa da Grace. Ela acabou de encostar o carro. – Lyla apontou para a janela da sala. – Está vendo?

– Na verdade, o que estou vendo – respondi, olhando para o jipe branco do outro lado das vidraças – é que seu vestido está sem a metade de baixo.

Ela revirou os olhos e pendurou a bolsa enorme no ombro. Notei que ela não estava de maquiagem. *Ainda.* Nunca fui de jogar, mas seria capaz de apostar cem pratas que, antes que o jipe de Grace dobrasse a esquina, os olhos dela já estariam pintados com aquela coisa preta horrorosa e os tênis desamarrados já teriam sido trocados por um par de botas.

– Pai, isso se chama moda.

– E essa *moda* aí, quem te emprestou foi a Sophie? – Sophie era a garotinha de quem às vezes ela tomava conta. – Embora eu ache que até nela esse vestido ficaria curto demais.

– Muito engraçado – disse ela sem qualquer entusiasmo, encarando-me apenas com um dos olhos, porque o outro estava coberto por uma mecha de cachos castanhos. – Você devia, sei lá, fazer *stand-up comedy*.

– Ok. Chega de conversa. Você não vai sair com esse vestido.

Tentei manter a calma e falar baixo, como havia aconselhado uma psicóloga numa palestra na escola de Lyla. *Eles param de ouvir quando começamos a gritar*, dissera ela em seu tom monocórdio. Passando os olhos pelo auditório, admirei-me ao ver que muitos pais tomavam notas. Essas pessoas realmente tinham tempo de consultar um caderno no calor do momento?

– Ah, *paaai* – resmungou Lyla. – Só vou estudar com a Grace e alguns outros colegas...

– Estudar numa noite de sábado? Jura? Você acha que eu sou o quê, minha filha?

– As provas estão chegando... e a gente tem um projeto em grupo. – Ela abriu o zíper da bolsa e pegou um livro de biologia, exibindo-o como prova. – Está vendo?

– E são quantos meninos nesse grupo de estudo?

Ela tentou abafar o riso, mas não conseguiu.

– Vá trocar de roupa. Agora – falei, apontando para o quarto dela, horrorizado ao pensar na aula de biologia que um vestidinho daqueles seria capaz de proporcionar.

– Tudo bem, mas cada minuto que eu desperdiço nessa conversa é um ponto percentual a menos na minha nota.

– Não me incomodo com um C e um vestido mais longo – retruquei, e retomei minha limpeza, dando o assunto por encerrado.

Eu podia sentir seu olhar de raiva e, de canto de olho, pude vê-la sair batendo o pé em direção ao quarto. Minutos depois ressurgiu com um vestido que mais parecia um saco de batatas e que só aumentou minha preocupação, pois agora não havia a menor dúvida de que ela trocaria de roupa logo depois de se lambuzar de maquiagem.

– E lembre-se: em casa às onze – falei, mesmo sabendo que eu não teria como confirmar se ela estaria em casa naquele horário.

Eu era marceneiro, mas, para fazer um dinheiro extra, também dirigia para a Uber e a Lyft durante algumas noites da semana, e a de sábado geralmente era a mais lucrativa.

– Vou dormir na casa da Grace, já esqueceu?

Respondi com um suspiro. Tinha a vaga lembrança de ter lhe dado permissão, mas tinha esquecido de telefonar para a mãe de Grace e confirmar. Então me convenci de que não tinha motivos para desconfiar de Lyla. Ela tinha um pé na rebeldia, gostava de testar meus limites como qualquer adolescente. Mas, no fundo, era uma boa garota. Inteligente, estudiosa, entrou para a Windsor Academy depois de ter feito o ensino fundamental numa escola pública. A transição havia sido difícil para nós dois. Meus desafios eram logísticos (ela não podia mais pegar o ônibus escolar) e financeiros (o custo anual era superior a trinta mil dólares, mas por sorte eu podia contar com um financiamento estudantil que cobria oitenta por cento desse valor). Para Lyla, a dificuldade tinha mais a ver com o currículo escolar e uma vida social mais intensa. Resumindo, ela nunca havia convivido com tanta gente rica e, de início, teve que se esforçar para se acostumar com os luxos e privilégios dos colegas. Mas agora, quase no fim do segundo ano, já tinha alguns amigos e, de modo geral, parecia mais feliz. Sua melhor amiga era Grace, uma garota endiabrada cujo pai trabalhava para a indústria da música.

– Os pais dela vão estar em casa? – perguntei.

– Vão. Quer dizer, pelo menos a mãe. Acho que o pai está fora da cidade.

– E a Grace também tem horário pra chegar em casa? – quis saber, certo de que a resposta seria afirmativa.

Já havia estado com a mãe de Grace algumas vezes, sabia que ela tinha a cabeça no lugar, mesmo achando que talvez não fosse uma boa ideia presentear a filha de 16 anos com um jipe zero quilômetro.

– Tem. E é onze *e meia* – disse Lyla, com um ar convencido.

– Onze e meia? Para uma aluna de segundo ano?

– Sim, pai. Esse é o horário de todo mundo, menos o meu. Ou mais tarde.

Não acreditei muito na história, mas me rendi com um suspiro, tendo aprendido a escolher minhas batalhas havia muito tempo.

– Tudo bem. Mas você tem que estar de volta na casa da Grace às onze e meia *em ponto*.

– Obrigada, pai – disse Lyla, e soprou um beijo a caminho da porta, exatamente como fazia na infância.

Agarrei o beijo dela no ar e o apertei contra o peito, a segunda parte de nosso velho hábito.

Ela não viu. Já estava grudada no celular.

Por algum motivo foi esse beijo aéreo que me veio à cabeça assim que entrei em casa por volta de uma e meia da madrugada. Peguei uma Miller Lite, servi na caneca que mantinha no congelador, depois esquentei um *tetrazzini* de frango que devia estar na geladeira havia uns dois dias. Aquele foi meu último contato com ela, nenhum telefonema ou mensagem de texto desde então. O que não era tão incomum, sobretudo nas noites em que eu trabalhava até mais tarde, só que alguma coisa estava me incomodando. Eu estava inquieto, com uma sensação estranha. Não era medo de alguma tragédia ou catástrofe, apenas aquela preocupação do tipo *ai, meu Deus, ela está transando com alguém*.

Minutos depois meu celular tocou. O número era de Lyla. Com um misto de alívio e aflição, fui logo perguntando:

– Tudo bem com você?

Houve uma pausa antes de eu ouvir a voz de outra garota.

– Hum... Sr. Volpe? Aqui é a Grace.

– Grace? Cadê a Lyla? Ela está bem? – perguntei, apavorado, subitamente imaginando minha filha no interior de uma ambulância.

– Sim, sim. Ela está aqui comigo. Na minha casa.

– Ela está machucada?

Que outro motivo poderia haver para que não fosse ela ao telefone?

– Não. Hum. Não é bem... *isso*.

– O que é então, Grace? Deixa eu falar com a minha filha. *Agora*.

– Hum. Não vai dar, Sr. Volpe... Ela não está... não está em condições de falar.

– Por que não? – perguntei, cada vez mais aflito enquanto andava de um lado para outro na nossa pequena cozinha.

– Bem, é que... – começou Grace. – Ela está meio zonza...

Parei de andar e calcei os sapatos.

– O que está acontecendo, Grace? Ela usou alguma droga?

– Não. Lyla não usa drogas, Sr. Volpe – respondeu Grace com firmeza, o que me deixou um pouco aliviado.

– Sua mãe está aí?

– Não, Sr. Volpe. Saiu, um lance beneficente. Mas não deve demorar.

Ela continuou a dar mil explicações sobre o itinerário social da mãe, mas a interrompi:

– Não enrola, Grace! Você pode me dizer o que está acontecendo?

– É que... Lyla bebeu demais... Na verdade, nem bebeu *tanto assim*. Ela só tomou um pouco de vinho, tipo, uma taça só... nessa festa que a gente foi... depois de estudar... Mas ela não comeu nada, acho que foi esse o problema.

– Ela está... consciente?

Meu coração disparou, e cogitei se não seria melhor Grace desligar e chamar o serviço de emergência.

– Está, sim, claro. Não chegou a apagar. Mas está... meio grogue, então fiquei preocupada, e achei que devia ligar pro senhor. Mas, de verdade, ela não usou drogas, nem bebeu tanto assim, pelo menos até onde eu sei... Teve um momento em que a gente se separou. Foi rápido, mas...

– Ok, estou indo *agora* pra sua casa.

Peguei minhas chaves e tentei lembrar onde exatamente Grace morava. Sabia que era em Belle Meade, onde moravam quase todos os alunos da Windsor, mas tinha deixado Lyla na casa da amiga poucas vezes.

– Manda uma mensagem com o seu endereço. Ok, Grace?

– Claro, Sr. Volpe. Vou mandar – disse ela, depois retomou o falatório desgovernado, confessando coisas, amenizando outras.

Em algum momento no trajeto até o carro, encerrei a ligação e comecei a correr.

Depois de buscar uma Lyla semiconsciente na casa de Grace, pesquisar "intoxicação alcoólica" no Google e ligar para o pediatra, concluí que minha filha não corria nenhum risco imediato. Tudo não passava de uma típica bebedeira adolescente. Portanto não havia muito o que fazer senão sentar com ela no chão do banheiro enquanto ela chorava e dizia, enrolando a língua: "Pai, descuuuuuuuulpa..." Por vezes até me chamava de papai, o tratamento carinhoso que infelizmente ela havia abandonado já fazia alguns anos.

*Claro* que ela estava usando o vestido que eu lhe disse para não usar e que os olhos estavam iguais aos de um panda, contornados de preto. Não era hora para sermão, e ela não se lembraria de nada de qualquer forma. Mas fiz algumas perguntas, na esperança de que o álcool agisse como um soro da verdade. Tiraria dela o que fosse possível para na manhã seguinte conseguir interrogá-la.

A conversa foi mais ou menos como eu previa.

Algo como:

*Você usou drogas? Não.*
*Bebeu? Sim.*
*Muito? Nem tanto.*
*Onde você estava? Numa festa.*
*Festa de quem? De um cara chamado Beau.*
*Aluno da Windsor? Sim.*
*O que aconteceu? Não lembro.*

E isso foi tudo que consegui tirar dela. Ou ela *realmente* não lembrava de nada, ou estava apenas dizendo que não lembrava. De um jeito ou de outro, a mim só restava preencher as lacunas com a imaginação, por mais desagradável que fosse. Vez ou outra ela voltava se arrastando para o vaso e vomitava enquanto eu afastava seus cabelos desgrenhados do rosto. Quando tive certeza de que não havia mais nada em seu estômago, a fiz tomar água com dois comprimidos de Tylenol. Ajudei-a a escovar os dentes, a lavar o rosto, e depois coloquei-a na cama, ainda usando o maldito vestido.

Sentado na poltrona do quarto observando-a dormir, eu sentia o misto de raiva, preocupação e decepção que geralmente acomete os pais quando os filhos adolescentes fazem merda. Mas havia outra coisa me incomodando. E, por mais que eu tentasse, não conseguia parar de pensar em Beatriz, a única pessoa de quem eu havia cuidado daquela maneira.

CAPÍTULO 3

# NINA

De todas as pessoas possíveis, foi justamente Kathie Parker quem veio me contar o que Finch tinha feito.

Na juventude eu convivi com garotas que conseguiam me irritar e que despertavam o que havia de pior em mim. Mas, na vida adulta, Kathie era o mais próximo – na verdade, a única coisa – daquilo que eu poderia chamar de rival. Na superfície, tratávamos uma à outra com cordialidade, frequentávamos o mesmo círculo social, os mesmos clubes, as mesmas festas e participávamos das mesmas viagens de amigas. Secretamente, no entanto, eu não a suportava, e tinha vários motivos para acreditar que o sentimento era recíproco.

Assim como Kirk, Kathie vinha de uma família tradicional de Nashville. Ela parecia estar sempre tentando me diminuir. Uma de suas táticas preferidas era falar de onde eu vinha, sutilmente fazendo perguntas sobre Bristol e minha família, sobretudo quando estávamos acompanhadas de outras pessoas. Esse era o seu jeito de insinuar que, embora eu tivesse casado com um Browning, eu seria sempre uma "nova Nashville" (realmente a ouvi usar esse termo ridículo). Kathie também era mestre na arte dos elogios com duplo sentido. Volta e meia dizia coisas como: "Esse vestido é *lindo*! Conheço uma excelente costureira que subiria um pouquinho essa bainha." Certa vez, no estacionamento da academia, depois de uma aula de spinning, notou a bagunça no banco traseiro do meu carro e foi logo falando: "Puxa, eu adoraria ser tranquila assim como você no quesito bagunça!" E imediatamente acrescentou: "Você tem tanta sorte de suar assim. Libera todas as toxinas!"

Melanie me aconselhou a encarar tudo isso como um elogio. Sua tese era de que, com a venda da empresa de Kirk, eu havia roubado de Kathie a posição de abelha-rainha da elite de Nashville.

– Não quero ser abelha-rainha de nada – disse a ela na ocasião. – Até porque, em Nashville, não se pode ser rainha-mãe tendo nascido em Bristol.

– A não ser que você se case com Kirk Browning. Ele é o pacote *completo*. Sobretudo se comparado ao Hunter.

Dei de ombros, pensando no marido de Kathie. Assim como Kirk, Hunter pertencia à elite latifundiária de Nashville, mas havia boatos de que torrara boa parte do patrimônio da família com negócios malsucedidos.

– Ela também tem inveja da sua beleza – disse Melanie com a habitual franqueza. – Você é mais rica *e* mais bonita. Mais jovem também.

Ri como se aquilo fosse um grande despropósito, mas não consegui evitar pensar que de fato as alfinetadas de Kathie haviam ficado mais frequentes depois da venda da empresa de Kirk. Além disso, acho que ela sabia que eu podia ver o que havia por trás da Bíblia que ela empunhava. Que fique bem claro que não tenho problema algum com religião ou os praticantes dela, mesmo que sejam fanáticos. O que não suporto são esses hipócritas que saem por aí julgando os outros, que se referem às Escrituras a torto e a direito, mas que não fazem o *mínimo* esforço para ter empatia ou seguir os irritantes mandamentos. Kathie era dessas que tinham prazer com a desgraça alheia e chegavam a usar tragédias como oportunidades para ostentar sua devoção. Se acontecia alguma coisa, ela era a primeira a aparecer em cena, a chegar com um prato de comida, a primeira a oferecer orações no Facebook ou a convocar uma sessão extra do grupo de estudos da Bíblia (que era tão exclusivo quanto conseguir um convite para uma *garden party* no palácio de Buckingham – talvez por isso ela visse como uma afronta o fato de eu sempre me recusar a participar). Para não ser injusta, acredito que *algumas* de suas orações eram sinceras, com certeza nos casos de vida e morte. Mas realmente acredito que ela se satisfazia com os problemas emocionais das pessoas e de vez em quando torcia contra o casamento de alguma amiga ou o sucesso do filho de outra.

Portanto, ela de fato tirou a sorte grande quando me encontrou no banheiro na noite do Hope Gala.

– Nina! – disse ela em sua voz aguda e forçada, postando-se a meu lado diante da pia enquanto fazíamos contato visual pelo espelho, trocávamos sorrisos e eu retocava a maquiagem. – Você está *adorável* hoje!

"Adorável" era sua palavra predileta, motivo mais que suficiente para que eu a excluísse do meu vocabulário.

– Você também! Parabéns pela viagem à Itália.

Ela tinha acabado de bater Melanie no leilão aberto num lance para duas passagens de primeira classe para Roma e uma semana de estadia numa *villa* na Toscana.

– Obrigada, querida! Melanie não ficou chateada comigo, ficou? – perguntou ela, a voz revelando falsidade.

– Ah, claro que não – menti, por lealdade a Melanie, que tinha ficado furiosa com a arrogância de Kathie ao erguer a tabuleta. – Acho até que ficou secretamente aliviada por *não* ter levado. Todd *detesta* dar lance em viagens.

– Sim – disse Kathie, assentindo. – Ouvi dizer que ele é meio... pão-duro.

– Ah, não, não é *isso*. O problema são as terríveis datas disponíveis – falei, na fronteira entre ser uma absoluta cobra e simplesmente uma estraga-prazeres.

Sentindo-me um pouco culpada por estar me rebaixando ao nível dela, acrescentei um comentário animado:

– Mas é claro que a Toscana é uma delícia em *qualquer* época do ano.

– É verdade – disse ela, entusiasmada. – Além disso, dei aquele lance mais pela caridade do que pela viagem em si.

– Com certeza – concordei, pela primeira vez percebendo que ela quase não piscava, o que deixava aqueles olhos espaçados ainda mais irritantes.

De repente ela me encarou de um jeito tão sério que não tive escolha senão perguntar o que havia de errado.

Pressionando uma mão na outra, ela respirou fundo e olhou para o alto, como se criasse coragem.

– Ah, Deus... Você ainda *não* sabe?

Eu já conhecia muito bem aquele seu teatrinho de compaixão, que geralmente não passava de um prólogo para uma boa fofoca. Talvez alguém tivesse desmaiado à mesa. Ou estivesse dançando de forma inapropriada com o marido ou a esposa de alguém. Ou estreando uma plástica de seio malfeita. Motivo para fofoca era o que não faltava naquele tipo de evento.

– Não sei *o quê*? – perguntei, mesmo sabendo que depois me arrependeria.

Kathie contraiu o rosto, torceu os lábios e mais uma vez encheu lentamente os pulmões.

– O Snapchat do Finch... – sussurrou ela enquanto exalava.

Um breve mas inequívoco brilho de satisfação despontou em seus olhos.

Senti um frio na barriga, mas prometi a mim mesma que permaneceria forte, que não morderia a isca, que ficaria calada. E foi o que fiz. Segui me olhando no espelho e coloquei mais uma camada de brilho sobre o batom.

Ficou claro que meu silêncio a deixou confusa e frustrada. Ela levou alguns segundos para voltar a si, e disse:

– Certamente você ainda não viu...

– Não, não vi. Não tenho Snapchat – falei, aproveitando uma pontinha de superioridade que vem com a escolha de estar fora desta ou daquela rede social.

Kathie soltou uma risadinha.

– Nem eu, pelo amor de Deus. E mesmo que tivesse, não foi no *story* dele... Parece que ele mandou a foto para os amigos.

– Então, como foi que *você* viu? – perguntei, guardando o brilho na bolsa.

– Alguém fez uma captura da tela e a foto se espalhou por aí feito fogo no palheiro. Lucinda me enviou agora há pouco. Durante o discurso do Kirk, na verdade. Mas fique tranquila. Não vai mandar pra mais ninguém. É muito discreta com esse tipo de coisa, fomos categóricos com ela em relação ao bom uso das redes sociais.

– Muito *gentil* da parte dela.

Lucinda era a filha de Kathie, e pelo visto tinha herdado a índole venenosa da mãe. Minha cabeça fervilhava com as possibilidades. O que Finch poderia ter feito para causar todo esse drama? Talvez tivesse se vangloriado demais por ter sido admitido em Princeton? Ou talvez tivesse bebido uma cerveja para comemorar? E depois lembrei que isso era clássico de Kathie: cutucar a ferida e depois dar uma de salvadora da pátria. Mesmo assim acabei entrando na dela. Virei para o lado e, olhando diretamente em seus olhos esbugalhados, perguntei:

– Afinal, o que tem na tal foto, Kathie?

– Era a foto de uma moça – respondeu ela rapidamente, sussurrando alto o bastante para ser ouvida em todo o banheiro.

– Uma moça? E daí? – questionei, tentando permanecer inabalável.

– E daí... – começou ela. – E daí que... que a menina estava praticamente... *nua*.

– O quê? *Nua?* – falei, cruzando os braços, sem acreditar no que tinha acabado de ouvir.

Não havia *possibilidade*, nenhuma *chance*, de Finch fazer algo tão estúpido. Todo mundo sabia que, aos olhos da Windsor, isso equivalia a roubar. Expulsão na certa.

– Bem, na verdade... *semi*nua.

Mordi o lábio, imediatamente visualizando uma modelo de lingerie. Ou então uma foto mais sensual da Polly, que tinha um jeito um pouco ousado de se vestir, porém nada muito diferente do das outras meninas.

– Bem – falei, seguindo para a porta. – Coisa de juventude e....

Kathie me interrompeu:

– Nina. Ela estava desmaiada. Numa *cama*.

– Quem é *ela*? – perguntei, irritada.

– Uma tal de Lyla. Acho que do segundo ano da Windsor. Hispânica. Talvez seja melhor você ver com os próprios olhos...

Kathie tirou o celular da bolsa Chanel, abriu as mensagens, e uma foto preencheu a tela. Ela ergueu o aparelho para que eu visse.

Respirei fundo antes de olhar. Num primeiro momento, tudo que vi foi uma garota deitada de costas na cama, muito mais vestida do que nua, o que me deixou um pouco aliviada. No entanto, olhando melhor, vi os detalhes. O pequeno vestido preto torto no corpo, como se alguém tivesse tentado despi-la ou vesti-la de modo atrapalhado. As coxas estavam ligeiramente afastadas e as panturrilhas, penduradas ao pé da cama. Os pés descalços não chegavam a tocar o chão. E o seio esquerdo escapava do sutiã, com mamilo e tudo.

Havia outros detalhes menos preocupantes do que a garota, mas mesmo assim estranhos. A típica bagunça de um quarto de adolescente. Um edredom bege. Um criado-mudo cheio de garrafas de cerveja e lenços de papel amassados. Na parede, o pôster de uma banda que eu não conhecia, os músicos tatuados, malvestidos e mal-encarados. E, ainda mais estranho, uma carta verde do jogo Uno na mão esquerda da garota, as unhas pintadas de vermelho.

Respirei algumas vezes para me acalmar, na esperança de que houvesse alguma explicação. Ou que ao menos aquela imagem não tivesse nada a ver com meu filho.

– Você leu a legenda? – perguntou Kathie, ainda segurando o telefone à minha frente.

Examinei a foto de novo, apertando os olhos, e dessa vez vi o nome de Finch, bem como as palavras digitadas sobre a imagem, quase confundindo-se com o edredom. Eu as li, ouvindo a voz de Finch: Parece que ela finalmente conseguiu o *green card*. A carta verde...

Senti um peso no coração quando percebi que não havia chance de defesa para o meu filho.

– Sinto muito – lamentou-se Kathie, afastando lentamente o telefone e o colocando na bolsa. – Detesto que isso tenha acontecido na noite em que você e o Kirk estão sendo homenageados... Mas achei que você devia saber.

– Obrigada – falei, e, por mais que eu quisesse me vingar da mensageira (ou dar um tapa na cara dela), sabia que Kathie agora era o menor dos meus problemas. – Preciso ir... Kirk está me esperando.

– Claro – sussurrou ela em tom sombrio, dando um tapinha no meu braço. – Deus te abençoe, Nina. Vou rezar por vocês.

---

Em meia hora estávamos em casa e eu já havia recebido a foto de outras duas amigas, entre elas uma histérica Melanie, que reconheceu o quarto do filho e também voltava correndo para casa.

– *Onde* esse garoto estava com a cabeça? – perguntei a Kirk.

Estávamos sentados de frente um para o outro na ilha da cozinha.

– Não faço ideia – respondeu ele, balançando a cabeça. – De repente uma piada interna de mau gosto?

– Uma piada interna *racista*? – falei, uma nova onda de desespero me arrebatando.

– Bem, *racista* talvez seja um pouco demais...

– Sério? *Green card*? É *totalmente* racista! Kathie disse que a menina é de origem hispânica.

– Ela não me parece hispânica... É morena, só isso. Italiana, talvez.

Eu o encarei por uma fração de segundo, depois balancei a cabeça, sem saber o que responder.

– Kathie não sabe da história toda – disse Kirk, estendendo o braço para pegar a garrafa de uísque que havia deixado na bancada.

Puxei a garrafa antes que ele a alcançasse.

– Ok. Veja bem, Kirk, mesmo que ela não seja hispânica, o comentário do Finch *continua sendo* ofensivo e racista em relação aos *hispânicos* – falei, elevando o tom de voz. – E, independentemente da origem da garota, ela está com o *mamilo* de fora! Então, se ele fez isso, piada ou não...

– Ele está encrencado – completou Kirk. – Obviamente. Mas é possível que ainda não saibamos da história toda...

– Tipo o quê?

– Sei lá. Talvez outra pessoa tenha usado o celular dele. Talvez seja uma foto manipulada. Não faço a menor ideia, Nina. Mas procure se acalmar. Cedo ou tarde vamos saber de toda a verdade.

Assenti e respirei fundo, mas, antes que pudesse dizer qualquer coisa, ouvimos a porta da frente se abrir e depois os passos de Finch na entrada.

– Estamos na cozinha! – berrei. – Você pode dar um pulo aqui, por favor?

Um segundo depois, ele estava à nossa frente, vestindo uma camiseta azul-clara e uma bermuda cáqui. Os cabelos loiros ondulados estavam mais bagunçados do que de costume, e toda a sua aparência de repente pareceu largada, mas de um jeito proposital.

– E aí? – disse ele, seguindo para a geladeira com apenas um olhar na nossa direção.

Ele abriu a geladeira, examinou seu conteúdo por alguns segundos e pegou uma embalagem de rosbife fatiado. Separou algumas fatias, depois enfiou a embalagem na geladeira e fechou a porta com o cotovelo.

– Não vai fazer um sanduíche? – perguntei.

– Muito trabalho.

– O que você acha de pegar um prato? – sugeri, a raiva borbulhando dentro de mim. – Pelo menos coloca num prato!

Ele balançou a cabeça, destacou uma toalha de papel do rolo e saiu na direção da sala, devorando o rosbife pelo caminho.

– Aonde você vai? – berrei.

– Ver televisão – respondeu ele, sem ao menos virar para trás.

– Volte aqui, por favor – falei, contornando a ilha para ficar ao lado de Kirk. – Seu pai e eu precisamos conversar com você.

Olhei para Kirk, que estampava no rosto uma expressão totalmente casual enquanto tamborilava os dedos na bancada. Cutuquei-o com o cotovelo e fiz uma cara de brava.

– Obedeça a sua mãe, Finch. Precisamos conversar...

Finch virou-se, parecendo mais confuso do que preocupado, e eu me perguntava o quanto ele havia bebido.

– O que houve? – disse ele, colocando a última fatia de rosbife na boca e falando ao mastigar.

– Pode vir aqui e se sentar, por favor? – falei, apontando para um dos bancos da ilha.

Ele obedeceu, mas parecia irritado.

– Como foi sua noite? – perguntei.

Ele deu de ombros e respondeu que tinha sido boa.

– Aonde você foi?

– Pra casa do Beau.

– Ele deu uma festa?

– Não. Não foi uma festa. Só uma reuniãozinha. Por quê? Qual é o motivo do interrogatório?

Cutuquei Kirk novamente.

– Isso não é jeito de falar com sua mãe – disse ele de modo automático.

Finch passou a mão pelos cabelos e murmurou:

– Desculpa.

Esperei que ele olhasse para mim, depois perguntei:

– Você bebeu?

Não sabia ao certo o que queria ouvir como resposta, se era melhor ou pior que ele tivesse bebido.

– Bebi – respondeu Finch. – Umas cervejas.

– Quantas? – perguntei, desejando que Kirk e eu tivéssemos sido mais rígidos em relação ao consumo de bebidas alcoólicas.

31

Não que tivéssemos lhe dado permissão explícita para beber, mas fazíamos vista grossa para uma ou outra cerveja. Aliás, era por isso que podia gastar o quanto quisesse com Uber.

– Não cheguei a contar – respondeu ele. – Três ou quatro, por aí.

– Mais do que devia – falei.

– Eu não *dirigi*.

– Ah, que *maravilha*. Você merece uma medalha.

Finch bufou e disse:

– Por que você está tão irritada, mãe? Você *sabe* que eu bebo.

– Eu e seu pai estamos muito decepcionados, Finch. Não só por causa da cerveja.

Respirei fundo, tirei o celular da bolsa, abri a foto e coloquei o aparelho diante dele, atenta à sua reação.

– Onde você conseguiu isso? – perguntou ele.

Senti outro aperto no coração.

– A Sra. Parker mostrou pra sua mãe. No evento de hoje à noite – respondeu Kirk.

Finch olhou para mim, eu assenti.

– Isso mesmo. Ficou surpreso? – falei. – Mas, sinceramente, Finch, essa é a sua maior preocupação? Saber *como* eu consegui a foto?

– Só queria saber.

– Foi você quem tirou essa foto? – perguntei.

– Mãe, é uma longa história... e não é tão ruim quanto parece... aposto que ela nem vai ficar tão bolada quando...

– Quem é ela?

– Uma garota aí.

As palavras ecoavam na minha cabeça, e eu me sentia absolutamente enojada.

– Essa garota não tem nome?

– Tem. Lyla Volpe... Por quê?

– *Por quê?* Porque você postou uma foto dela seminua, Finch. *Por isso* – falei, beirando a histeria.

– Essa foto não foi postada – argumentou ele. – Só foi enviada para algumas pessoas. E ela não estava seminua, mãe.

– Eu vi o mamilo dela, Finch. Pra mim isso é estar pelada.

– Você fala como se *eu* que tivesse tirado a roupa dela...

– Ah, que alívio – falei, em tom sarcástico. – Porque isso seria abuso sexual.

– *Abuso sexual*? Ah, mãe! Não exagera, vai – disse ele com um suspiro de impaciência. – Ninguém abusou da garota. Ela bebeu demais, depois apagou. Isso não é problema *meu*.

– Pelo contrário, filho – interveio Kirk, finalmente reagindo à gravidade da situação. – O problema é seu, *sim*. Muita gente viu a foto. Está circulando por aí.

– E... *green card*, Finch? *Sério?* – questionei.

– Foi só uma brincadeira, mãe.

– Uma brincadeira *racista*. Você fotografou uma menina seminua e desmaiada, depois fez uma piada *racista* com ela.

– Sinto muito – disse ele, baixando os olhos e o tom de voz.

– Por ter feito o que fez? Ou por ter sido *descoberto*?

– Ah, mãe, para com isso. Por favor. Sinto muito mesmo.

– No que você estava pensando? Onde você estava com a cabeça? – perguntei.

Finch deu de ombros.

– Em lugar nenhum.

– Em lugar nenhum? *Em lugar nenhum?* – repeti, chocada com a resposta, embora talvez fosse melhor do que se ele tivesse planejado a história toda.

Mas dava no mesmo. Isso não diminuía em nada os danos.

Quando ele não respondeu, fiquei ainda *mais* irritada.

– Como você foi capaz de fazer uma coisa dessas, Finch? Não consigo entender. É tão... tão cruel! Não foi essa a educação que demos a você!

– Além disso – interveio Kirk, finalmente elevando a voz –, você tem noção do que está em risco aqui? Da burrice e da irresponsabilidade que foi tirar essa foto? Você pode ser *expulso*!

– Ah, pai, não viaja.

– É sério – falei. – Aliás, a situação pode ficar bem pior. Windsor é o de menos. Você pode ser *processado*, Finch!

– Com base em quê? – perguntou Kirk, como se eu fosse uma especialista no assunto.

– Sei lá. Não sou advogada – respondi, irritada. – Difamação? Pornografia infantil?

– Pornografia? Ah, *peraí*, mãe – disse Finch.
– É. Isso dificilmente seria uma foto pornô – intrometeu-se Kirk.
– Olha, tem o suficiente aqui para um processo judicial – argumentei. – Tenho certeza. No mínimo, a garota e os pais podem alegar estresse emocional.
– Mãe, não tem estresse emocional nenhum.
– Não tem? – perguntei, incrédula. – Como você sabe? Perguntou pra ela? Os sentimentos dela têm *alguma* importância pra você?
– Ela vai ficar bem, mãe. Esse tipo de coisa rola toda hora por aí.
– Esse tipo de coisa não rola por aí. *Você* fez isso!
Eu já estava berrando outra vez. Kirk ergueu a mão e disse:
– Veja bem, o problema aqui não é a garota.
– Ah, não? É o que então? Vai, me explica.
Kirk pigarreou.
– O problema aqui é a total falta de discernimento. – Ele se virou para Finch e disse: – Quem tem discernimento não faz o que você fez hoje, colocando o próprio futuro em risco. Você realmente tem que pensar...
– Não tem apenas que *pensar* – interrompi. – Também tem que *sentir*. Não pode tratar as pessoas dessa maneira.
– Não trato, mãe. Foi só um...
– Um lapso – completou Kirk.
– Bem, infelizmente, não é tão simples assim – falei.
Porque no fundo eu sabia que mesmo que todas as pessoas deletassem a foto dos celulares, que Lyla, seus pais e os diretores da Windsor nunca tomassem conhecimento dela, e que Finch realmente estivesse arrependido, *tudo* havia mudado. Pelo menos para *um* de nós.

CAPÍTULO 4

# TOM

Nunca vou esquecer a primeira vez que vi Beatriz. Eu estava num bar que era uma espelunca em Five Points, na época em que a zona leste de Nashville ainda não havia se transformado num point de hipsters e *tudo* era uma espelunca. A *minha* espelunca. Não era o tipo de lugar onde você esperaria ver moças bonitas, muito menos sozinhas, mas ela entrou desacompanhada, o que por si só já era atraente. Ela também era bem o meu tipo, de olhos e cabelos castanhos, pele bronzeada, fartura de curvas. E o vestido justo vermelho só ajudava.

– Nem pense em chegar perto – falei para meu amigo John, sem tirar os olhos da garota.

John riu.

– Quem? Aquela ali? Que parece a J. Lo?

– Ela mesma.

– Por quê? Você está pegando? – perguntou John, roendo um canudo e observando-a vir na nossa direção.

Ele era o tipo de cara falante e boa-pinta geralmente rodeado de mulheres atraentes, sobretudo tarde da noite nos bares.

– Não, mas vou tentar – respondi, rindo. – E se tudo der certo, vou casar com ela.

John deu risada.

– Tá... Oook – disse John, levantando do banco. Ele deu um tapa nas minhas costas e, quando ela já estava perto o suficiente, acrescentou: – Boa sorte aí, parceiro.

Ela olhou para ele, depois sorriu para mim. Certamente percebeu o que havia por trás daquele voto de boa sorte.

– Posso? – perguntou ela, apontando para o banco recém-desocupado.

– Claro – respondi, sentindo o perfume dos cabelos dela.

Era parecido com o aroma daquele óleo de bronzear que as mulheres usam. Coco, eu acho. Tentei pensar em algo inteligente para dizer, mas não me veio nada, então optei pela verdade:

– Não sou homem de passar cantada, mas... Você é a mulher mais linda que eu já vi. – Então, percebendo que tinha sido cafona demais, estupidamente acrescentei: – Neste bar.

– Neste bar? – retrucou ela, rindo de um jeito sexy.

Só então notei que um dos incisivos superiores, o da esquerda, era torto. Um charme a mais. Ela olhou ao redor e se deteve num grupo de mulheres não muito bonitas sentadas do meu outro lado.

– Ok, tudo bem. A mulher mais linda *do mundo* – esclareci, sem me preocupar se tinha soado cafona.

Ela tinha *esse tipo* de beleza.

– E isso não é uma cantada? – perguntou ela, e pude perceber o vestígio de algum sotaque.

Melhor ainda.

– N-não... – gaguejei. – Quer dizer, talvez seja... Mas não quero apenas conquistar você. Quero *conhecer* você. Saber tudo a seu respeito.

Aquela risada novamente.

– *Tudo?*

– Tudo – respondi, e comecei com a série de perguntas: – Como você se chama? Quantos anos você tem? É de onde?

– Beatriz. Vinte e cinco. Rio – respondeu ela, a última palavra vibrando na garganta e saindo de lábios carnudos com o mesmo tom do vestido.

– No Brasil?

Ela sorriu e perguntou se eu conhecia outro Rio. Nesse mesmo instante, o barman se aproximou, e ela, sem hesitar, como a maioria das garotas, pediu um drinque do qual eu nunca tinha ouvido falar, repleto de erres guturais.

Depois abriu a gigantesca bolsa trançada, da qual se esperaria sentir cheiro de maconha ou pelo menos de incenso, mas coloquei minha mão sobre a dela.

– Tenho uma conta na casa – falei.

Sorrindo, ela me encarou.

– Você também tem um nome?

– Tommy... Tom... Thomas...

As pessoas me chamavam dos três.

– Qual você prefere? – perguntou ela.

– Qual *você* prefere? – repliquei.

– Estou a fim de dançar, Thomas – disse ela, jogando ombros e cabelos para trás.

Fiquei feliz que ela tivesse escolhido a versão original do meu nome, mas recusei o convite para dançar.

– Tudo, menos isso – falei, rindo.

Ela fez um beicinho de brincadeira e eu fiquei ali, rezando para que algum dia fôssemos próximos o bastante para beicinhos *sérios*, brigas explosivas e reconciliações apaixonadas.

– Nem se eu disser "por favor"? – insistiu ela, inclinando a cabeça.

– Não sei dançar – confessei, enquanto o barman aparecia com o drinque.

– Todo mundo sabe dançar – disse ela, sacudindo os ombros ao ritmo de "Free Bird". – É só se balançar com a música.

Ela espremeu o limão na bebida, misturou com o canudinho e deu o primeiro gole. Quase perdi o ar quando vi aqueles lábios se curvando na borda do copo e os cabelos caindo sobre o rosto. Desviei o olhar, considerando que também devia pedir algo para beber. Já estava empolgado o suficiente, mas precisava de um pouco mais para ter coragem. Melhor não, decidi. Queria me lembrar de cada palavra da nossa conversa. Perguntei o que ela estava fazendo em Nashville. Ela contou que trabalhava como babá de gêmeos em Brentwood, mas que tinha folga nos fins de semana. Falou que havia escolhido Nashville por causa da cena musical.

– Você trabalha com música? – perguntei, curioso, ainda que estivesse cansado de ver músicos na cidade.

Ela fez que sim com a cabeça.

– Sou cantora. Ou estou batalhando pra ser.

– Que tipo de música?

– Sertaneja. Uma espécie de *country music* brasileira. Fala de festas, amor... de decepções amorosas...

Quase hipnotizado, falei:

– Quem sabe um dia você não canta pra mim?

– Pode ser – disse ela, abrindo lentamente um sorriso. – E você, Thomas? É daqui mesmo de Nashville?

– Sim. Nascido e criado.

– Em que parte da cidade?

– Está olhando pra ela.

Ela riu, apoiando a pontinha do polegar no lábio inferior, e perguntou:

– Nasceu num bar, é isso?

– Não – falei, sorrindo. – Estou falando da zona leste de Nashville. O lado de cá do rio.

Beatriz assentiu, como se soubesse o que eu queria dizer, isto é, que o rio Cumberland separava o atrativo centro da cidade do meu bairro rústico.

– E você, por que não está lá na Lower Broadway? – perguntei, mentalmente acrescentando: *junto com as outras moças bonitas.*

– Porque lá não tem homens como você.

Ela sorriu e eu retribuí. Ficamos em silêncio por alguns segundos, então ela indagou:

– E o que você faz, Thomas? Trabalha com o quê?

– Sou marceneiro – falei, e baixei os olhos para os dedos com os quais tamborilava o balcão.

Já estava preparado para receber *aquele* olhar. O olhar que algumas garotas exibiam quando eu contava que não tinha emprego fixo, que frequentara a faculdade só por um ano e meio e abandonara por falta de grana e que havia aceitado o primeiro emprego depois disso, já como marceneiro.

No entanto, se Beatriz ficou decepcionada, não demonstrou. Parecia até curiosa, mas talvez fosse otimismo da minha parte. Mais de uma vez eu havia caído na conversa de mulheres que juravam adorar homens com habilidades manuais. Fiquei contente por ela não ter dito nada parecido. Simplesmente perguntou:

– Então você faz móveis?

– Faço.

– Tipo o quê?

– Tudo. Mesas, estantes, cômodas, escrivaninhas... Adoro gavetas.

– Gavetas? – disse ela, rindo.

– Sim, gavetas. Não dessas baratas que chacoalham em trilhos de metal... Estou falando de madeira lisa e polida deslizando uma na outra, gavetas com juntas de encaixe feitas à mão que sussurram quando a gente abre.

Assobiei baixinho.

Beatriz se inclinou na minha direção, assentindo com a cabeça como se entendesse que eu estava falando de habilidade. De uma arte. De móveis que poderiam se tornar herança de família. Embora eu não fosse tão bom assim. *Ainda*. Já havia terminado meu estágio de formação, mas tinha muito a aprender.

– Tipo antiguidades? Antes de se tornarem antiguidades?

Ela estava tão próxima que eu sentia seu hálito quente no rosto.

– Exatamente – respondi.

Ela era um ímã, um completo campo magnético, e não havia como não beijá-la. Colei meus lábios nos dela, que eram perfeitos e tinham gosto de limão e vodca. Meu coração quase explodiu no peito. Depois de alguns segundos inebriantes, ela se afastou um pouco, apenas o bastante para dizer que eu podia não saber dançar, mas sabia beijar muito bem...

Precisei recuperar o fôlego antes de dizer:

– Você também.

– Posso te fazer uma pergunta, Thomas? – sussurrou ela no meu ouvido.

– Claro – falei, a visão meio embaçada.

– Você transa do jeito que dança... ou do jeito que beija?

Com a pele em chamas, olhei em seus olhos e disse que ela poderia descobrir por si mesma.

Algumas horas, alguns drinques e até um pouco de dança depois, estávamos na porcaria da minha quitinete fazendo um sexo ridiculamente bom. Aos 29 anos e solteiro, não era a primeira vez que eu transava com uma mulher que havia acabado de conhecer, mas aquilo era diferente. Era fazer amor. Antes de conhecer Beatriz, eu podia jurar que essa história de amor à primeira vista era impossível. Mas não havia convicção ou lógica que ficasse de pé diante dela. Beatriz era incrível. Era mágica.

Mais ou menos três meses depois nós nos casamos e ela ficou grávida, embora tenha acontecido na ordem inversa. Isso não tinha a menor importância, porque eu a teria pedido em casamento de qualquer forma. A gravidez não havia feito mais do que acelerar o processo e deixar algumas pessoas confusas. Minha mãe, por exemplo, tinha ficado desconfiada dela, questionando seus motivos para ficar grávida, claramente acreditando que ela estava me usando para ficar no país. Fiz a besteira de contar isso a Beatriz, que ficou magoada, claro. Descobri do modo mais difícil que perdoar não era o seu forte, uma característica aparentemente herdada do pai, que era ortopedista da seleção brasileira de futebol e já estava chateado com a decisão de Beatriz de se mudar para os Estados Unidos e tentar a carreira de cantora.

O fato de ela ter ficado grávida de um marceneiro não contribuiu para a reaproximação dos dois, embora sua madrasta – a única mãe que Beatriz havia conhecido na vida – fosse a principal responsável pelo conflito entre os dois. Uma dessas histórias clássicas como a da Cinderela.

Portanto, as coisas andavam meio desgastadas com nossas famílias, e nos afastamos da maioria dos amigos para podermos passar cada minuto juntos. Isso talvez não fosse lá muito saudável, mas parecia ser nós dois contra o mundo. Éramos insaciáveis e invencíveis, ou pelo menos assim pensávamos. Mesmo depois de Lyla vir ao mundo com suas cólicas intermináveis, de Beatriz abandonar o sonho de cantora por causa de uma depressão pós-parto e de eu me ver obrigado a fazer todo tipo de bico para custear as despesas, nós *continuávamos* apaixonados.

No entanto, lá pelo aniversário de 2 anos de Lyla, a situação começou a mudar. O amor estava mais para uma atração física – já não parecia inabalável. Embora eu soubesse que nosso relacionamento tinha uma dinâmica turbulenta, com ambos propensos ao ciúme, as brigas vinham ficando piores. Ou talvez estivéssemos fazendo menos sexo, por isso as brigas *pareciam* piores. De qualquer modo, Beatriz me culpava, dizendo que eu andava sempre estressado e nunca queria sair ou "fazer alguma coisa". Por um tempo acreditei nisso e me senti culpado e negligente. Prometi a ela que trabalharia um pouco menos e tentaria ser mais divertido. Mas aos poucos comecei a perceber que agora a única definição de diversão para Beatriz era farra. *Pesada*. Não que eu não entendesse o mérito de umas cervejinhas para relaxar. Porém, Beatriz exagerava cada vez mais, e suas ressacas a deixavam deprimida e totalmente inútil no dia seguinte. Às vezes era tão feio que eu me via obrigado a não sair para trabalhar para ficar cuidando da nossa filha, logo a grana estava cada vez mais escassa.

Pior do que isso, Beatriz passara a esconder coisas de mim. Não grandes coisas, só umas merdas aleatórias no celular e no laptop. Mas foi o bastante para fazer com que eu perdesse a confiança, com que eu começasse a desgostar dela.

No entanto, eu ainda a amava, porque era ela, e também porque era a mãe da minha filha.

Então, numa noite de verão, pouco depois de termos nos mudado para nossa casa na Avondale Drive (onde Lyla e eu ainda moramos), tudo explodiu. A discussão começou naquela manhã quando sugeri que fizéssemos alguma coisa em família, os três juntos: um passeio no zoológico, um piquenique no parque Cumberland ou uma visita à minha mãe (que Beatriz ainda não suportava, mas havia aprendido a tolerar por causa dos serviços gratuitos que ela prestava como babá).

Eu estava me esforçando muito para salvar as coisas entre nós, mas Beatriz não quis nem ouvir, foi logo dizendo que já tinha um churrasco combinado com amigos. Perguntei que amigos eram esses, e ela respondeu. Falei então que não gostava daquelas pessoas – ou da pessoa em que ela se transformava na companhia delas –, mas Beatriz fincou o pé, dizendo que ia de qualquer jeito e que levaria Lyla.

– E eu? Não fui convidado também? – perguntei.

Naquela altura, nem isso eu podia dar por certo.

Ela deu de ombros, dizendo que sim, que eu poderia ir se quisesse, mas entenderia se eu não fosse. Encarei isso como uma indireta para que eu voltasse para a oficina, meu santuário nos últimos tempos. No entanto, no fim daquela tarde, enquanto guardava minhas ferramentas, tive a estranha sensação de que havia algo errado. Então localizei o endereço daqueles amigos em Inglewood e dirigi até a festa.

Assim que encostei o carro, vi Beatriz na varanda da casa, dançando com um otário que eu já conhecia da página dela no MySpace. As mãos do sujeito estavam na bunda dela, e pelo visto não era a primeira vez que isso acontecia. Lyla não estava por perto. Furioso, saltei do carro e fui até a casa, subindo os degraus para a varanda.

– Onde está Lyla? – perguntei, me segurando para não bater no cara.

Ele afastou as mãos imediatamente com uma expressão de culpa. Esperei ver a mesma expressão no rosto de Beatriz, mas ela estava impassível, o olhar vidrado, claramente drogada ou bêbada, talvez as duas coisas.

– Cadê a Lyla? – repeti, agora aos berros.

Todos ficaram mudos, olhando para mim, exceto Beatriz, que disse:

– Porra, Thomas. Fica frio. Ela estava aqui agorinha mesmo.

Observando melhor, de repente notei que Beatriz vestia um biquíni por baixo da camiseta regata e que os cabelos estavam molhados, presos atrás da cabeça. Isso significava que aqueles idiotas tinham uma piscina. Apavorado, saí empurrando todo mundo e atravessei a casa até a varanda dos fundos. Havia um deque elevado com um grande lance de degraus até o gramado. Olhei todo o quintal e ali estava a piscina. Um grupo de crianças mais velhas brincava dentro da água enquanto Lyla observava do alto, sozinha na borda. Havia uma inscrição em preto informando que a piscina tinha 90 centímetros de profundidade. A piscina era rasa, mas ainda assim funda o bastante para afogar uma criança de 4 anos que tivera apenas algumas aulas de natação na vida.

Desci a escada correndo na direção da minha filha, berrando seu nome. Claro que eu podia ver que ela estava bem, mas tive um medo irracional de que algo ruim pudesse acontecer enquanto eu a observava. Assustada com o escândalo (com certeza achando que tinha feito algo errado), Lyla chegou a se desequilibrar e por pouco não caiu na água. Eu a alcancei e cobri seu rosto de beijos. Sabia que a estava traumatizando, mas não consegui me segurar. Peguei-a no colo e me apressei de volta ao carro, dessa vez contornando a casa. Não sabia se Beatriz ainda estava na varanda ou se tinha nos visto. Se viu, não me seguiu. Prendi Lyla em sua cadeirinha, a levei para casa, lhe dei banho e algo para comer, ainda abalado pelo horror do que podia ter acontecido. Finalmente a coloquei na cama comigo e não demorou para que adormecêssemos juntos. Beatriz sequer havia ligado para saber se a filha estava bem.

Não sei que horas eram quando ela enfim chegou em casa, trocando as pernas. Mas parecia ser madrugada.

– *Some* daqui – falei. – Você não vai dormir neste quarto.

– Essa cama é minha também.
– Hoje não.
– Onde você quer que eu durma então?
– Não importa. No sofá, sei lá. Em qualquer lugar, menos aqui.

Começamos a discutir. Não houve pedido de perdão, apenas acusações e desculpas esfarrapadas. Falou que *eu* a havia envergonhando na frente dos amigos. Que eu exagerei. Que eu estava paranoico de tanto ciúme. Que ela só tinha deixado Lyla sozinha por alguns minutos.

– Bastam três minutos para alguém se afogar! – berrei de volta. – Cento e oitenta segundos para perdê-la. Para sempre!

Estávamos andando em círculos, repetindo os mesmos argumentos sem parar. A certa altura, eu a chamei de bêbada e ela perguntou o que eu esperava se eu tinha me apaixonado por uma garota num bar. Como se fosse algo do que se orgulhar.

– Pois é. Acontece que você agora é mãe, *porra!*
– Isso não muda quem eu sou – retrucou ela, erguendo o queixo de modo desafiador.
– E quem você é? Além de uma vagabunda que trepa na primeira noite?

O susto de Beatriz não teria sido maior se eu tivesse lhe dado um tapa na cara.

– É isso mesmo que você acha de mim? – perguntou ela com o sotaque carregado, antes tão charmoso, agora insuportável.

Falei que sim, disposto a puni-la pela imagem que não saía da minha cabeça: Lyla sozinha na beira da piscina. Falei que não tinha nenhum respeito por ela, que ela era uma mãe desnaturada, que Lyla ficaria melhor sem ela, que era melhor *não* ter mãe do que ter uma mãe assim. Eu me preparei para mais briga, mas ela apenas mordeu o lábio e disse:

– Menos mau. Pelo menos agora eu sei o que você realmente pensa de mim. *Tom.*

Ela me deu as costas e saiu do quarto, fechando a porta. Logo senti uma pontada de medo e arrependimento, achando que havia exagerado, que tinha sido cruel e hipócrita. Afinal de contas, eu também tinha transado no primeiro encontro. Sabia que uma parte de mim ainda amava Beatriz, e sempre a amaria, mas o divórcio agora parecia inevitável, e eu já podia antever as dificuldades: duas casas para sustentar; nossa filha pulando entre uma e outra; possivelmente um padrasto ou uma madrasta, e meios-irmãos, atritos e ressentimentos. Uma vida de ódio.

Mas nem em meu pior e mais louco devaneio poderia esperar o que encontrei na mesa da cozinha na manhã seguinte: um bilhete rabiscado às pressas por Beatriz dizendo que estava nos deixando. Eu fiquei repetindo para mim mesmo que ela não queria dizer aquilo de verdade. Que ela com certeza voltaria para casa.

Só que os dias viraram semanas, que viraram meses. Ao mesmo tempo furioso e preocupado, eu tentava falar com ela por telefone, por e-mail, deixava recados, mas ela nunca respondia. Era enlouquecedor, confuso e humilhante, mas, acima de tudo, era triste. Eu estava triste por mim e devastado por Lyla.

O fato de eu não ter respostas para a minha filha tornava tudo ainda mais difícil. Relembrando o que dissera a Beatriz na noite em que ela fora embora, tentava me convencer de que ela *estava* morta e de que isso era *realmente* melhor. Aliás, essa era a única explicação possível. Eu entendia perfeitamente que ela tivesse saído de casa. Droga, mais de uma vez eu havia cogitado fazer o mesmo. O que eu não entendia era o fato de ela *não voltar*, especialmente sendo mãe. Pais abandonavam os filhos a torto e a direito, fosse para começarem uma nova família ou para ficarem sozinhos. Mas as mães sempre pareciam ficar.

*Ela foi embora* era tudo que eu conseguia dizer a Lyla.

*Embora pra onde?*, perguntava ela, às vezes entre lágrimas, mas quase sempre já chorando por outro motivo.

Então eu procurava responder com algo vago, geralmente aludindo a algum lugar bonito (o céu? uma praia no Brasil?), mas fazendo o possível para não mentir. Ela já tinha motivos suficientes para muitos anos de terapia, não precisava de mentiras paternas no pacote.

Com o passar do tempo, as lembranças de Lyla sobre a mãe foram se diluindo, e o tema "mamãe" surgia cada vez menos. Minha própria mãe preenchia a lacuna como podia, ajudando com os cortes de cabelo e as roupas da Lyla, e nos aspectos práticos da vida de uma menina. Ajudava muito. Mas no fim das contas eu era um pai "solteiro" criando uma filha sozinho. Eu cozinhava e lavava roupa, a levava e buscava no ponto do ônibus escolar, a colocava para dormir à noite. Eu organizava minha agenda de trabalho em torno de suas atividades e minha vida social era praticamente nula. De vez em quando mamãe até ficava com Lyla para que eu pudesse ter um encontro, mas nenhum deles resultava em algo sério. Em parte porque eu não me interessava muito pelas garotas, mas sobretudo porque eu não tinha tempo, energia ou dinheiro para qualquer coisa que não fosse minha filha. Se isso soa como se eu estivesse reclamando, é porque estou. Criar filhos é difícil quando se tem alguém para dividir o trabalho árduo. Sozinho é difícil pra cacete.

Mas eu estava me virando bem e podia me orgulhar da boa menina que vinha criando. Lyla era linda, inteligente e gentil, o centro de todas as minhas atenções. Superamos Beatriz e seguimos nossas vidas.

Então, cinco anos depois, sem qualquer aviso prévio, ela voltou. No aniversário de 9 anos de Lyla. O timing foi tão equivocado que cheguei a pensar em mandar um memorando geral aos pais e mães ausentes do planeta, sugerindo que reaparecessem *antes* ou *depois* do aniversário dos filhos. Reaparecer *no dia*, ou em qualquer outra data significativa, era uma atitude não apenas narcisista mas possivelmente traumática, sobretudo quando não havia qualquer expectativa de seu retorno. Quando se está fora há muito tempo, não há sequer *uma* lembrança na cabeça da criança.

Foi o que aconteceu naquele ano. Festinhas eram um problema para mim, principalmente porque eu tinha dificuldade de planejar as coisas com antecedência e não tinha dinheiro para bancar o aluguel de uma lanchonete. Mas sempre acabava fazendo alguma coisa, e naquele ano permiti que Lyla convidasse três amiguinhas para uma festa do pijama. Seu aniversário é em junho, sempre com tempo bom, mas aquela tarde estava especialmente idílica. As meninas brincavam no quintal, correndo de lá para cá entre os esguichos dos irrigadores enquanto eu grelhava salsichas para cachorro-quente e hambúrgueres. Mais tarde, comemos um bolo de chocolate, cortesia da minha mãe, e Lyla abriu os presentes. À noite, cada uma no seu saco de dormir, as meninas se reuniram diante da TV para assistir a um filme que me parecia um pouco assustador para a idade delas. Lembro-me de ter conferido a classificação e de ter perguntado a todos os pais se eles estavam de acordo com a escolha da minha filha (eles disseram que sim). Sentindo um enorme orgulho da minha competência como pai solteiro, eu me retirei para o quarto naquela noite.

Quando dei por mim outra vez, Lyla me sacudia para que eu acordasse. Estava visivelmente assustada.

– Que horas são? – perguntei.

– Não sei – disse ela.

Crianças nunca sabem. Olhando para o radiorrelógio, vi que faltava pouco para a meia-noite.

– O que houve? Aconteceu alguma coisa?

Foi então que Lyla sentou na beirada da minha cama e me deu o segundo grande susto da vida.

– Mamãe está na porta. Quer falar com você.

—

Foi aí que deixei minhas lembranças, quando adormeci na poltrona de Lyla depois que ela parou de vomitar. Acordei de madrugada ao som de seu celular vibrando freneticamente no criado-mudo. Levantei para ver se ela ainda dormia, depois peguei o aparelho e digitei 1919, a senha que dias antes eu havia bisbilhotado por cima do ombro. Uma boa parte de mim esperava que ela tivesse mudado a senha desde então, mas os dígitos funcionaram e de repente me vi com acesso livre a toda a vida pessoal da minha filha. Invasão maior, só se eu lesse o diário que ela mantinha na gaveta superior esquerda da escrivaninha. Eu me senti dividido – *culpado* –, mas disse a mim mesmo que sua segurança e seu bem-estar eram bem mais importantes do que a privacidade, e ambos estavam em jogo naquele momento. Então abri o aplicativo de mensagens e examinei o conteúdo.

A maioria dos nomes que preenchiam a tela era de pessoas que eu conhecia, todas meninas. Fui tomado por uma onda de alívio, embora o fato de os meninos não enviarem mensagens para ela não excluísse a possibilidade de que tivesse feito algo com um deles. Cliquei sobre o nome de Grace. A mensagem mais recente, que havia acabado de chegar, dizia: Vc tá bem? Desculpa ter ligado pro seu pai, mas vc me deixou assustada!! Espero que não esteja encrencada!

Meu polegar pairou sobre a tela por alguns segundos antes de eu *realmente* ultrapassar os limites. Tentando pensar e escrever como Lyla, digitei: Nossa. Mega ressaca. O que aconteceu?

A resposta de Grace chegou à velocidade da luz: Vc não lembra?

Meu coração acelerava enquanto eu digitava o mais rápido que podia: Não. Me conta.

Prendi a respiração, esperando que fosse mais longe desta vez.

Vc apagou. Foi maaaal ter deixado vc sozinha tanto tempo. Não sabia que vc tava tão chapada. O que vc bebeu???? E aí, ficou com o Finch?

Não sei, digitei.

Grace mandou o emoji do rostinho triste, depois, num texto separado, escreveu: Tem uma coisa que vc precisa saber. Tem uma foto sua circulando por aí. Não sei quem tirou, mas acho que foi o Finch.

Com um frio na barriga, digitei: Foto do quê? Vc tb recebeu?

Sim.

Manda pra mim.

Assim que a foto chegou, dei um zoom para ver melhor, e meu coração veio à boca quando me deparei com Lyla caída numa cama com um dos seios totalmente de fora. Precisei me conter para não vomitar também, mas a náusea se transformou em fúria assim que vi o que estava escrito junto: Parece que ela finalmente conseguiu o green card.

Merda, digitei de volta, esquecendo que estava falando como Lyla, embora pudesse apostar que ela usava palavrões com as amigas. Que droga é essa?

Sei lá. Ele te chamou de ilegal ou algo assim. Talvez por vc ser metade brasileira.

Sou americana, porra... E mesmo que não fosse... Digitei, furioso demais para finalizar a frase.

Grace respondeu: Eu sei. Sinto muito. Mas pelo menos vc tá gata na foto!

Balancei a cabeça, assombrado com a superficialidade do comentário, e quase revelei minha identidade – cedo ou tarde acabariam descobrindo –, mas desisti. Meu coração simplesmente não aguentava mais.

Vou nessa, digitei.

Vlw. A gente se fala depois.

Apaguei a conversa e minha cabeça se encheu de imagens horríveis, algumas imaginadas, uma delas muito real.

– Será que agora você pode me contar o que aconteceu? – perguntei a Lyla algumas horas mais tarde, quando ela finalmente saiu do quarto, parecendo com ressaca e envergonhada.

Eu estava sentado na sala, onde fiquei esperando por ela.

– Você já sabe o que aconteceu – respondeu ela baixinho.

Provavelmente já havia falado com Grace. Estava com o celular na mão. Largou o aparelho na mesinha de centro, com o monitor virado para baixo, depois sentou ao meu lado, decerto para evitar meu olhar.

– Exagerei na cerveja.

– *Uma* cerveja já é exagero. Você é menor de idade.

Escorregando no sofá, ela se aproximou um pouco mais e deitou a cabeça no meu ombro.

– Eu sei, pai – falou, e deu um suspiro.

Senti que era um truque, uma manobra para despertar minha empatia. Permaneci sério.

– Então... Quantas cervejas *exatamente* você bebeu?

– Não foram tantas, juro – respondeu ela com um ligeiro vacilo na voz, por conta talvez da emoção, talvez da ressaca.

– Isso é normal pra você?

– Não, pai. Isso *não* é normal pra mim.

– Então foi a primeira vez que ficou bêbada?

Ela hesitou, o que significava, claro, que aquele não era seu primeiro porre, mas também que cogitava mentir sobre o assunto. E como eu já imaginava, respondeu com um direto e inequívoco "sim".

Fiquei de pé, contornei o sofá e me sentei na poltrona bem à sua frente.

– Ok, o negócio é o seguinte – falei, firme mas sem gritar, e apertando as mãos. – Preciso saber a verdade. Não vou punir você por causa de nada, fique tranquila, mas você vai ter de ser cem por cento honesta. Caso contrário, a vida com a qual está acostumada acabará por um longo tempo. Está me entendendo?

Ela assentiu com a cabeça, mas não ergueu o olhar.

– Quando foi que você bebeu pela primeira vez?

– No verão passado – disse ela, os olhos ainda grudados no colo.

– E continuou bebendo desde então. É isso?

Ela hesitou por alguns segundos antes de responder:

– Sim. Não o tempo todo, mas... às vezes. Muito de vez em quando.
Respirei fundo e disse:
– Bem, então vamos começar por aí. O problema da bebida, em termos gerais.
– Pai... – disse ela, impaciente. – Eu sei...
– Sabe *o quê*?
– Sei o que o senhor vai falar...
Levantei novamente, fazendo o jogo dela.
– Tudo bem, Lyla. A escolha é sua. Se é castigo que você quer...
Quando passei pelo sofá, ela me puxou pela parte de trás da camisa e disse:
– Desculpa, pai. Senta aí. Vou escutar.

Eu a encarei por um instante, depois sentei a seu lado, lembrando-me mais uma vez daquela noite de aniversário em que Beatriz reapareceu. Ela estava bêbada, *claro*. Não deixei que entrasse, mas ela voltou na manhã seguinte e ficou na cidade por mais uma semana, prometendo a Lyla que voltaria para Nashville, o que encarei mais como uma ameaça do que como uma promessa. Então, uma noite as coisas ficaram feias, e Beatriz disse a Lyla que eu tinha um temperamento difícil demais, e por isso ela não tinha como ficar. E sumiu outra vez.

Sete anos se passaram desde então, e eu já havia perdido a conta das cidades em que Beatriz havia morado: Los Angeles, Atlanta, San Antonio, Rio outra vez... Ficava sabendo por meio de Lyla ou da própria Beatriz, numa de suas incontáveis visitas à filha, sempre bêbada, sempre fazendo promessas vazias, sempre sumindo depois. Com o auxílio de um orientador escolar com quem conversei logo depois de uma das intervenções mais nocivas de Beatriz, jurei parar de falar mal dela na frente de Lyla, e até então vinha cumprindo com minha palavra. Era importante demais. Além disso, eu dizia a mim mesmo, o alcoolismo não é uma falha de caráter: é uma *doença*.

– Não é absurdo afirmar que sua mãe é alcoólatra – comecei.
Lyla estalou a língua e revirou os olhos.
– Tá. É, eu sei, pai.
Assenti, escolhendo bem as palavras.
– Ok. Então deve saber também que o alcoolismo pode ser genético.
– Pai, *por favor*! Não sou *alcoólatra*! – resmungou ela. – Nem bebo tan-

to assim. Além disso, mamãe está bem melhor agora. Tem frequentado as reuniões do AA.

– Mas nem por isso deixou de ser alcoólatra – falei. – A doença não vai embora com essas reuniões. E sempre estará no seu perfil genético. Será *sempre* um risco pra você.

– Eu não bebo demais.

– Acontece que esse "demais" vem com o tempo, Lyla. É ladeira abaixo. Foi assim com sua mãe.

– Eu *sei* disso tudo, pai...

– Me deixa terminar – interrompi. – Além disso, tem o lado mais prático da situação. As decisões ruins que a gente toma quando bebe. Ontem à noite, por exemplo. Você nem lembra o que aconteceu, lembra?

Ela deu de ombros, disse que lembrava, depois acrescentou:

– Mais ou menos.

– Mais ou menos? Quer dizer então que tem coisas das quais você *não* se lembra?

Ela voltou a dar de ombros.

– Acho que sim.

– Você estava... com um garoto?

– *Paaai* – disse ela, horrorizada.

– Responde, Lyla.

– Tinha garotos *lá*, se é o que está querendo dizer...

– Não. Não é isso que estou querendo dizer. Você sabe o que estou querendo dizer. Você transou com alguém? – eu me forcei a perguntar. – Acha que pode estar grávida?

– Pai! – berrou ela, cobrindo o rosto com as mãos. – Para! Não!

– Então é não, você não pode estar grávida porque não fez sexo? Ou é não, você não pode estar grávida porque está tomando anticoncepcional?

Ela ficou de pé e gritou:

– Ah, nossa, pai! Anda logo e me coloca de castigo! Não vou ter essa conversa com você!

– Senta aí, Lyla – falei, tão incisivamente quanto pude, mas sem gritar. – E não se *atreva* a falar assim comigo.

Ela mordeu o lábio e se jogou de volta no sofá.

– Você fez sexo ontem à noite?

– Não, pai, não fiz.
– Como pode ter certeza, se não lembra de tudo?
– Pai. Tenho certeza. Ok? Agora para.

Respirei fundo, depois fui direto ao ponto:
– Ok. Então quem é *Finch*?

Ela baixou os olhos para as unhas, o lábio inferior tremendo.
– Eu sei o que você fez, pai. Sei que conversou com a Grace no meu celular. Ela me mandou os prints. Li tudo. Vai, confessa.

Confessei, assentindo com a cabeça, preparado para o discurso que viria sobre seu direito à privacidade, mas por algum motivo ela se conteve.
– Quem é ele? – insisti.
– É um garoto do último ano.
– É da sua escola?

Ela fez que sim com a cabeça.
– Bem, nesse caso, vou ser obrigado a falar com os diretores da Windsor sobre isso.

Lyla engoliu em seco, arregalou os olhos e se levantou num pulo.
– Ai, meu Deus, pai. Não faz isso. *Por favor!*
– Eu preciso...
– Você não pode! Por favor... Nunca mais vou beber! E vou esquecer que você bisbilhotou meu celular! E pode me deixar de castigo, qualquer coisa... Mas não entrega ele, *por favor*.

Agora ela estava gritando, curvando-se sobre a mesa de centro, as mãos unidas num gesto de súplica.

Eu estava acostumado ao melodrama (afinal, ela era uma adolescente), e sabia que teria um preço a pagar. Mas algo naquela reação me pareceu irracionalmente exagerado. Botando a cabeça para funcionar, me perguntei se havia algo mais do que eu sabia naquela história toda. Perguntei se ela estava me contando tudo; ela jurou que sim.
– Você está fazendo uma tempestade por causa de uma bobagem – completou ela.
– Isso não tem *nada* de bobagem. *Pelo contrário* – falei do modo mais calmo que consegui. – E alguma coisa precisa ser feita sobre...

Ela balançou a cabeça, já em lágrimas. Lágrimas *de verdade*. Eu sabia perfeitamente quando eram de mentira.

– Não precisa, não, pai... Realmente não precisa... A gente não pode simplesmente esquecer tudo isso?

– Não, Lyla. A gente não pode simplesmente esquecer tudo isso.

– Por que não, pai? Por quê? Deus! Só quero esquecer. Por favor. Não podemos simplesmente deixar pra lá em vez de fazer disso um problema maior do que já é? – implorou ela.

Olhei nos olhos dela, querendo secar suas lágrimas, ceder. Afinal, disse a mim mesmo, ela já tinha problemas suficientes na vida. Não eram intransponíveis, claro, nem a impediam de seguir seu caminho. Mas estavam ali, e eram *concretos*. Para começar, ela era a filha de um marceneiro numa escola repleta de riquinhos. Como se isso não bastasse, tinha uma péssima mãe. Então, *claro*, fiquei tentado a tomar o caminho mais fácil e fazer o que ela estava pedindo. Por outro lado, o que seria melhor para ela a longo prazo? Minha filha não merece mais? Eu não devia lhe mostrar a importância de se defender e de defender o que é *certo*? Além disso, mesmo que eu cedesse, não havia garantia de que tudo pudesse ser "esquecido". Nada impediria que reaparecesse no futuro quando menos esperássemos, do mesmo modo que Beatriz fazia.

De repente, voltei a pensar em Beatriz – o rosto dela na noite em que lhe disse que era melhor para Lyla não ter mãe a ter uma mãe como ela. Não era verdade. Eu não deveria ter dito aquilo, e desejava profundamente que Beatriz estivesse ali conosco naquele momento. Que não estivéssemos tão sozinhos.

– Vamos ver, Lyla – falei, usando minha resposta de praxe.

Tentando abafar um terrível sentimento de culpa e focar no que realmente precisava ser feito, eu me levantei e disse a ela que voltaria mais tarde. Pelo bem da minha filha.

– Aonde você vai? – perguntou ela, ainda abalada e triste.

– Pra oficina – respondi, fingindo naturalidade. – Você precisa beber bastante água.

CAPÍTULO 5

# NINA

Logo cedo, na manhã de segunda-feira, recebi a ligação que estava esperando e ao mesmo tempo rezando para não receber. Embora raramente tivesse a oportunidade de falar com ele, o nome de Walter Quarterman estava na lista de contatos do meu celular, e foi o que apareceu na tela. Aflita demais para atender, preferi esperar e ouvir a mensagem no correio de voz, perguntando se eu e Kirk poderíamos, por favor, vê-lo naquela tarde em razão de um "problema sério que havia surgido".

Walter, ou Sr. Q, como diziam os alunos, era o vitalício e enigmático diretor da Windsor Academy. À primeira vista era o estereótipo do acadêmico sério: cabelos brancos, barba de intelectual, óculos de aro metálico. Mas em dado momento descobrira-se que, antes de ingressar na vida acadêmica, ele havia sido um ativista hippie, pois as crianças desenterraram uma foto do Sr. Q protestando contra a Guerra do Vietnã em Yale, a barba mais escura e comprida, o punho em riste e um cartaz na outra mão, dizendo: EI, EI, LYNDON B. JOHNSON! QUANTAS CRIANÇAS MATOU ESTE MÊS? Por essa razão havia entre os alunos uma espécie de culto em torno do diretor, embora os pais vissem as coisas por um prisma bem diferente. Na realidade, Walter foi bastante criticado durante a campanha presidencial de 2016, quando fez referências não muito sutis contra

Trump, sobre querer construir pontes na Windsor, não muros, com isso irritando muitas pessoas na comunidade majoritariamente conservadora e republicana de Nashville.

Entre os descontentes estava meu marido, Kirk, que ficou ainda mais irritado quando, ainda naquele ano, foi levantada a questão dos banheiros para alunos transgêneros. Eu até entendia seus motivos, pelo menos do ponto de vista prático, já que, até onde sabíamos, havia apenas um aluno transgênero na Windsor. Mas, de modo geral, eu era a favor da contemporização, tanto na Windsor quanto em nossa comunidade, sobretudo com meu marido. Eram raras as vezes em que eu batia o pé com ele nas questões que giravam em torno do "politicamente correto". Uma delas foi minha insistência em fazer nossos cartões de fim de ano o mais inclusivos possível.

– Mas "Boas Festas" soa tão frio e comercial... – dissera Kirk numa das nossas primeiras discussões a respeito do assunto, vários anos antes.

Eu resisti à tentação de dizer a ele que não metesse o nariz onde não era chamado. A ele cabiam nossas finanças, e a mim decoração, presentes, cartões, viagens e qualquer coisa que tivesse a ver com celebrações ou pudesse dar um toque mais especial à nossa vida. Uma espécie de divisão de tarefas da década de 1950, mas que sempre funcionou para nós.

– Que tal... "Felicidade e Saúde" ou "Sucesso e Amor" ou "Paz na Terra"? – sugeri para apaziguá-lo.

– Tudo isso é horrível – dissera ele, rindo, tentando ser engraçado.

Eu ri também (porque ele *era* muito engraçado), mas lembrei-lhe que tínhamos amigos judeus. Meu próprio *pai* era judeu.

– Não muito – disse Kirk.

– Ele é tão judeu quanto você é cristão – rebati.

– Sim, mas *somos nós* que estamos enviando o cartão, e *nós* somos cristãos. Entendeu como funciona? – perguntou Kirk, com um traço de condescendência.

Eu continuei a insistir.

– Mas estamos desejando a *eles* uma feliz celebração. Você não acharia estranho se os Kaplans nos mandassem um cartão desejando-nos um Feliz Chanucá?

– Eu não me importaria – respondeu Kirk, dando de ombros. – Como também não me importaria se alguém me mandasse um cartão do Kwanzaa, se é isso que a pessoa quer fazer. Mas não quero ninguém *me* dizendo o que devo ou não fazer.

Talvez o cerne da questão estivesse aí, eu me lembro de ter pensado. Kirk *realmente* não gostava que lhe dissessem o que fazer, uma característica que havia ficado ainda mais acentuada ao longo dos anos. Talvez fosse natural que o tempo nos transformasse numa versão exagerada de nós mesmos, e Kirk sempre havia sido uma pessoa independente e obstinada. Mas às vezes eu me preocupava que isso tivesse mais a ver com seu amor pelo poder – poder que parecia aumentar junto com a riqueza financeira. Não fazia muito que eu havia conversado com ele sobre isso, acusando-o de pensar como um cara velho, branco e privilegiado, que muitas vezes furava a fila nos aeroportos, que continuava falando ao celular depois que as comissárias pediam que os aparelhos fossem desligados, que nunca dava passagem para outros carros no trânsito (coisas que observava Kirk fazer com bastante frequência). Sua resposta foi simplesmente que aos 46 anos ele ainda não era velho.

Tudo isso para dizer que não cheguei a ficar surpresa com sua reação quando liguei para o escritório e lhe contei sobre o recado de Walter.

– Mas tem que ser *hoje*?

– Acho que sim – falei. – Nosso filho se meteu numa encrenca.

– Sei disso – disse ele, digitando no computador. – Fomos nós que passamos o dia todo ontem decidindo o castigo dele. Será que o Walt sabe o quanto seremos duros com Finch?

– Não, claro que não – respondi, com um longo suspiro, pensando que era *Walter*, e não *Walt*. – Porque, como eu disse, ele deixou uma mensagem de voz. Ainda não falei com ele.

– Bem, precisamos contar a ele que...

– Kirk – interrompi. – Proibir o Finch de qualquer interação social...

– E de dirigir, exceto pra escola... – completou Kirk.

– Sim, de dirigir seu *Mercedes* pra qualquer outro lugar que não seja a escola...

– Por que você está falando assim, Nina? Você concordou em comprarmos esse carro pra ele.

55

Essa era uma desavença antiga. Fazia quase dois anos que eu havia argumentado que achava um terrível excesso presentear um menino de 16 anos com um G-wagon, e Kirk retrucou que seria um excesso apenas se não tivéssemos meios de pagar pelo carro, e tínhamos. Eu me lembro como muito habilmente ele comparou com os móveis que eu havia comprado para nossa casa e com meu guarda-roupa, dizendo que muita gente também poderia considerar essas coisas "excessivas". Na hora fiquei perturbada, porque ele estava certo, pelo menos superficialmente. Só mais tarde é que fui perceber a diferença: eu não era mais uma adolescente, e sim uma mulher *adulta*. Para Finch, um carro daqueles era uma extravagância caída do céu, um luxo, um endosso tácito do direito adquirido. Além disso, muitas vezes eu tinha a impressão de que tanto ele quanto Kirk queriam coisas pelo status que elas conferiam, e posso dizer honestamente que nunca, nem uma única vez, comprei *qualquer coisa* com o objetivo de impressionar *alguém*. Simplesmente amava design e moda. Para *mim*.

– Sei que concordei com a compra do carro – falei. – E me arrependo... Você não vê que isso pode ter contribuído?

– Não, não vejo – disse Kirk.

– De jeito *nenhum*? Não acha que mimá-lo pode ter tido um efeito cumulativo?

Eu podia ouvir que ele continuava digitando quando resmungou:

– O que aconteceu na noite de sábado não tem nada a ver com ser mimado. Foi uma idiotice, só isso...

Sua voz às vezes sumia, e eu podia perceber que ele não estava completamente atento à nossa conversa.

– Kirk. *O que* você está fazendo?

Ele respondeu com uma detalhada explicação sobre sua mais recente iniciativa: algo a ver com a implementação de medidas de CRM.

– Bem, desculpe se estou interrompendo seu trabalho, mas será que você não pode deixar isso de lado só um minuto e se concentrar no Finch?

– Sim, Nina. Tudo bem. – Ele suspirou. – Mas já falamos disso cem vezes. O dia inteiro ontem. O que ele fez foi errado. Ele precisa ser punido. *Está* sendo punido. Mas ele é um bom garoto. Só cometeu um erro. O carro e nossas escolhas de vida não têm nada a ver com esse tropeço dele no sábado à noite. Ele é um típico garoto de ensino médio. Garotos fazem coisas idiotas de vez em quando.

– Mesmo assim – falei. – Temos de cuidar disso... Preciso retornar a ligação de Walter.

– Ok, então ligue – disse Kirk, como se *eu* estivesse testando a paciência *dele*.

– Vou ligar – respondi. – Só queria checar com você antes. Que horas é o seu voo?

Eu nem lembrava mais os detalhes da viagem, se era trabalho ou diversão. O mais provável era que fosse diversão disfarçada de trabalho.

– Três e meia.

– Ótimo. Então você tem tempo.

– Não exatamente. Tenho uma reunião e alguns telefonemas pra dar antes.

Respirei fundo.

– Então digo ao Walter que você não poderá comparecer porque tem coisas mais importantes pra fazer hoje?

– Nossa, Nina – disse ele, agora no viva-voz. – Não, não é *isso* que você deve dizer. Diga a ele que estamos cientes da situação, que estamos tomando providências em casa. Mas claro que será um prazer conversar sobre isso com ele. Mas hoje simplesmente não dá. Eu poderia mais para a frente esta semana... Ou podemos fazer uma teleconferência no meu caminho para o aeroporto.

– Não creio que Walter vá querer fazer uma teleconferência – falei. – Ele nos pediu que fôssemos *lá*. Hoje.

– Bem, como eu disse, não posso. Talvez você possa ir sozinha.

– Você só pode estar brincando...

– Confio em você para lidar com isso e nos representar.

Balancei a cabeça sem acreditar no que tinha acabado de ouvir. Ele estava sendo passivo-agressivo? Ou estava fugindo da raia? Ou realmente não enxergava a *gravidade* do que Finch havia feito?

– Você ainda não percebeu o que está acontecendo? – perguntei, finalmente. – Finch está *encrencado*. Com Walter Quarterman. Com a Windsor Academy. Está encrencado porque postou uma foto sexualmente explícita com um comentário *racista*. Isso é real.

– Peraí, Nina, não exagera. A foto não é sexualmente explícita. Nem racista.

– Bem, eu discordo. E, mais importante, acho que Walter discorda também. Ele claramente acha que deve haver consequências para o que Finch postou...

– Você poderia, por favor, parar de dizer isso? Ele não *postou* nada. Mandou pra alguns amigos – disse Kirk.

– Que diferença isso faz? – berrei. – Poderia muito bem ter postado! Todo mundo encaminhou a foto! Você sabia que um garoto foi expulso da Windsor por ter mandado a foto do pênis dele pra...

– Peraí, Nina. Não foi uma foto de *pau*. Foi só um peitinho de relance.

– Kirk! Primeiro, aquilo não era só um peitinho de relance, você sabe muito bem. Se o mamilo está de fora, então o *peito inteiro* está de fora. Mas vamos deixar isso de lado. E a legenda racista?

– Nem é *tão* racista.

– É o mesmo que dizer: "Ela nem está tão grávida."

– Há graus de racismo. Não de gravidez. Ou você está grávida ou não está. Esse é um exemplo clássico do politicamente correto exagerado.

– "Parece que ela finalmente conseguiu o *green card*"? – falei, devagar. – Você acha isso certo, Kirk?

– Não, não acho *certo*. Acho uma grande grosseria e, sim, é um *pouco* racista... Fiquei decepcionado com ele. Muito. Você sabe disso. Finch sabe disso. Mas não acho que seja o caso de ter que alterar meu voo para que os *dois* pais estejam presentes no sermão do radical liberal que é diretor da Windsor Academy.

– Isso não tem a ver com política, Kirk – falei, começando a achar que nossa conversa da véspera não havia servido para nada.

Na realidade, Finch continuava sendo menos importante para ele do que o trabalho.

– Eu sei, mas Walt vai dar um jeito de transformar a situação toda numa questão política. Espera só pra ver...

– Você sabe que a Windsor tem um código de conduta...

– Mas o Finch não *infringiu* código nenhum, Nina – insistiu ele. – Eu e você o lemos. Não houve mentira. Nem roubo. Nem cola na prova. Foi uma brincadeira de mau gosto, mas ele enviou em *particu-*

*lar* e fora do recinto da escola. Não usou um computador escolar nem a rede deles. Realmente acho que isso está desproporcional, e todos estão exagerando.

– Ok – falei, brava. – Então está me dizendo que não vai comigo à reunião?

– Não se ela for hoje. Porque não vou mudar o meu voo.

– Bem, pelo menos você está sendo claro sobre quais são as suas prioridades. Vou dizer ao Walter que você não pôde ir, depois tentarei enviar a você um relatório sobre o futuro do nosso filho – falei, e desliguei o telefone.

—

Não sei se foi o fato de eu desligar o telefone, se o fiz entender os riscos envolvidos ou se ele simplesmente não confiava em mim para conduzir a reunião do jeito *dele*. Mas, após copiá-lo numa troca de e-mails com a assistente de Walter em que agendamos a reunião para as duas da tarde, Kirk estacionou na área de visitantes da Windsor uns cinco segundos depois de mim. Fizemos contato visual através das janelas de nossos carros, e ele acenou para mim num gesto conciliatório. Eu me forcei a retribuir com um sorriso. Continuava furiosa, mas era um grande alívio não ter de enfrentar aquela reunião sozinha.

– Oi, amor – disse ele, meio tímido, quando nos encontramos na calçada. Ele se inclinou para me beijar na bochecha e pousou a mão nas minhas costas. – Desculpa se chateei você.

– Tudo bem – falei, um pouco mais calma. Eram raras as vezes em que Kirk se desculpava, então isso significava algo para mim. – E aí? Conseguiu mudar o voo?

– Consegui. Mas agora vou de econômica. Não tinha mais lugar na executiva.

Ah, que tragédia, pensei. E segui com ele para a entrada do prédio. A arquitetura gótica de pedra me pareceu mais intimidante do que nunca, até do que quando levei Finch para a entrevista de admissão, dez anos antes.

Kirk abriu a porta para mim e entramos no saguão silencioso e gelado, que mais parecia um foyer, decorado com antiguidades, pinturas a óleo e tapetes orientais. Sharon, a recepcionista de longa data, ergueu o rosto da pasta de arquivo e nos cumprimentou com um "olá". Àquela altura já deveria saber quem éramos, mas fingiu que não sabia.

– Olá – falei, o estômago revirando. – Temos uma hora marcada com o Sr. Quarterman.

Sharon assentiu rapidamente, depois apontou para a prancheta sobre o balcão.

– Assinem aqui, por favor.

Eu ainda escrevia cuidadosamente nossos nomes quando Walter surgiu às nossas costas, carregando uma clássica maleta de professor, de um couro que tendia para o laranja.

– Kirk. Nina. Boa tarde. Timing perfeito – disse ele, tão impassível quanto Sharon.

Também demos nosso boa-tarde, e ele agradeceu que tivéssemos podido comparecer tão de última hora.

– Sem problema – disse Kirk casualmente.

– Claro – acrescentei, concordando.

– Vamos para o meu gabinete? – sugeriu Walter, apontando para o corredor.

Assenti novamente enquanto ele nos conduzia. Ao longo do caminho ele jogou conversa fora, observando a rapidez com que o ano letivo vinha passando, desculpando-se pelo barulho das obras de reforma no complexo esportivo do outro lado do pátio.

– Parece que vai ficar bom – disse Kirk.

– Sim. Mas ainda estamos na primeira fase. Falta muita coisa pra fazer.

– E como anda a campanha de arrecadação de fundos? – perguntou Kirk. – Já atingiram a meta?

Eu sabia que ele havia tocado nesse assunto de propósito e tive a sensação de que Walter também sabia.

– Já, sim – respondeu Walter. – Mais uma vez, muito obrigado pela sua generosa contribuição.

– Foi um prazer – disse Kirk, enquanto eu me lembrava da carta de agradecimento padrão que havíamos recebido, com um bilhete escrito à mão por Walter: "Obrigado! E vida longa aos Wildcats!"

Após alguns segundos de silêncio, viramos para o gabinete dele. Eu me dei conta de que era a primeira vez que eu pisava ali, mesmo depois de tantos anos, e por um instante não fiz mais do que observar os detalhes: as vigas de madeira escura no teto. A parede de livros; a mesa enorme, atulhada de papéis e livros. Então, enquanto andávamos, vi Finch numa poltrona de espaldar alto, sentado com um ar de desamparo, as mãos cruzadas sobre o colo, a cabeça baixa. Vestia a calça cáqui, a camisa branca e o blazer azul-marinho do uniforme escolar.

– Oi, Finch – disse Walter.

– Oi, Sr. Quarterman – respondeu ele, e só então ergueu a cabeça. – A Sra. Peters disse que eu devia esperar pelo senhor. É por isso que estou aqui...

Antes que Walter pudesse responder, Kirk interveio e disse:

– Não sabíamos que ele estaria presente.

Ficou claro que ele reprovava a decisão ou, pelo menos, se ressentia por não termos sido avisados antes.

– Sim – disse Walter. – Acho que comentei sobre isso com Nina em meu recado.

– Não. Acho que não – retrucou Kirk por nós dois. – Mas tudo bem.

A secretária de Walter apareceu à porta e interrompeu o mal-estar ao nos oferecer algo para beber.

– Café? Chá? Água?

Todos recusamos, e Walter apontou para as poltronas vazias ao lado de Finch, depois puxou uma quarta cadeira, completando o círculo. Então se sentou com as pernas cruzadas na altura do joelho, limpou a garganta e disse:

– Bem, imagino que vocês saibam o motivo desta reunião.

Kirk respondeu um *sim* tão alto que fez com que eu me retraísse.

Walter olhou para Finch, que disse:

– Sim, senhor.

– Então não preciso mostrar a ninguém a foto que Finch tirou, e enviou, de outra aluna aqui da Windsor. Vocês dois já viram, não viram? – perguntou a mim e a Kirk, olhando para um e depois para o outro.

Fiz que sim com a cabeça. Minha garganta estava apertada e seca demais para falar, e me arrependi de não ter aceitado a água oferecida.

– Sim. Infelizmente vimos a imagem – disse Kirk. – Finch chegou em casa na noite de sábado e nos mostrou. Estava muito arrependido.

Olhei de relance para ele, chocada com a deturpação dos fatos e mais ainda com a falta de pudor ao mentir na frente de Finch. Pensando bem, eu nem deveria ter ficado tão chocada assim. Não era a primeira vez que Kirk contava uma mentirinha. Eu também já havia contado as minhas, mas nunca em circunstâncias tão graves.

– Então viram também a legenda que ele rabiscou na foto? – perguntou Walter.

– Sim, mas... *tecnicamente falando* ele não rabiscou nada – disse Kirk, soltando uma risadinha.

Walter forçou um sorriso.

– Uma figura de linguagem. Mas vocês viram?

– Vimos – respondi baixinho, o nervosismo cedendo à vergonha.

Walter juntou as mãos como se fosse rezar e levou as pontas dos dedos aos lábios, pensativo. Aflita com o peso daquele silêncio, respirei fundo e me remexi na cadeira, aguardando.

– Bem. Acho que, infelizmente, as palavras de Finch falam por si. Mas eu queria dar a ele uma oportunidade de se explicar ou de contextualizar. Talvez não saibamos da história toda? Falta alguma peça?

Todos olhamos para Finch. Senti ao mesmo tempo vontade de protegê-lo e de enforcá-lo. Segundos se passaram até que ele deu de ombros e disse:

– Não, senhor. Não tenho nada a acrescentar.

– Não há nada que você queira nos dizer sobre o que aconteceu?

Rezei para que ele não mentisse, mas que pedisse desculpas sinceras por ter ridicularizado uma colega indefesa, insultando-a com uma piada racista, dando a entender que ela era inferior ou que não tinha o direito de estar onde estava.

Mas quando ele enfim se manifestou, disse apenas:

– Não, senhor. Não tenho uma explicação pra dar. Foi só uma brincadeira... Não parei pra pensar...

– Finch – interveio Kirk, encarando o filho com as sobrancelhas bem arqueadas.

– Oi – respondeu Finch, olhando para o pai.

– Tenho certeza de que você tem *algo* mais a dizer sobre esse incidente.

Era um ultimato.

Finch limpou a garganta, tentou outra vez.

— Bem, na verdade não tenho mais o que dizer... exceto que eu não queria que aquela foto se espalhasse do jeito que se espalhou... e que minha intenção realmente não era insultar a Lyla. Eu só estava tentando... ser engraçado. Foi só uma brincadeira. Mas agora sei que não foi engraçado. Na verdade já tinha percebido isso naquela noite mesmo, quando contei aos meus pais.

Cheguei a sentir um frio na espinha ao ver meu filho, por sugestão do próprio pai, distorcer a verdade – não, distorcer não, *mentir* descaradamente – e perceber que ele ainda não havia se *desculpado*. Kirk deve ter notado também, porque disse:

— E você está muito, *muito* arrependido, não é, filho?

— Ah, Deus, claro, sim... Sinto muito por ter tirado aquela foto. E por ter escrito aquilo. Não fiz por mal.

Finch inspirou, como se fosse dizer mais alguma coisa, mas Kirk interveio outra vez.

— Então, Walt, como você disse, a foto fala por si. Foi de mau gosto. Um erro. Mas o que Finch está tentando nos dizer é que não houve má intenção. Certo, Finch?

— Definitivamente – disse Finch, assentindo. – De jeito nenhum.

Kirk continuou:

— E queremos que saiba que Finch está sendo severamente punido em casa pela sua falta de discernimento. Posso lhe garantir, Walt.

— Entendo – disse o diretor. – Mas infelizmente a situação é um pouco mais complicada e requer mais do que uma simples punição doméstica.

Kirk se ajeitou na cadeira, nitidamente assumindo o que eu reconhecia como seu modo ofensivo.

— Ah, é? – falou. – E *por quê*?

Walter respirou ruidosamente pelas narinas, depois exalou pela boca.

— Bem, em primeiro lugar, o pai de Lyla Volpe me ligou pra falar da foto. Está, compreensivelmente, bastante chateado.

Eu sabia muito bem o que estava por trás desse "compreensivelmente", mas Kirk insistiu:

— Em segundo lugar...

— Bem, em segundo lugar – acrescentou Walter, calmamente –, as ações de Finch estão em desacordo com nossos valores centrais, conforme expresso no Código de Conduta da Windsor.

– Mas não aconteceu na escola – argumentou Kirk. – Estavam na casa de um amigo. Numa propriedade particular. E... e a garota da foto... ela não faz parte de nenhuma minoria, faz?

Eu o encarei, boquiaberta, surpresa com a pergunta.

– O Código de Conduta não tem restrições geográficas. Ele se aplica a todos os alunos matriculados na Windsor – disse Walter tranquilamente. – E, sim, Lyla é de origem latino-americana.

Finch também parecia horrorizado com a pergunta do pai, mas depois pensei se não era só pânico. Talvez estivesse começando a se dar conta da seriedade da situação. Virando-se para Walter, disse:

– Sr. Quarterman... estou sendo suspenso?

– Não sei ainda, Finch. Mas se as acusações forem encaminhadas ao Conselho Disciplinar, e não vejo motivo para que não sejam, são eles que vão decidir se você será suspenso ou não.

– Quem está nesse Conselho Disciplinar? – perguntou Kirk.

– Oito alunos e oito professores.

– E como isso funciona? – pressionou Kirk. – Finch teria uma representante? Suponho que possamos trazer nosso advogado?

Walter balançou a cabeça.

– Não. Em casos assim, não é este o procedimento.

– Então ele não terá um julgamento *justo*?

– Não é um julgamento. E achamos que é muito justo, na verdade.

Kirk bufou, extremamente inconformado.

– E se ele acabar sendo suspenso? O que isso implica? Do que estamos falando, exatamente?

– Depende. Se Finch for suspenso, não poderá participar da cerimônia de formatura. E seremos obrigados a notificar sua suspensão às faculdades nas quais ele foi aceito.

– Ele acabou de ser aceito em Princeton – disse Kirk.

Walter assentiu, deixando claro que já sabia. Depois deu os parabéns.

– Obrigado – responderam Kirk e Finch ao mesmo tempo. Kirk acrescentou: – E agora... como é que fica?

– Não entendi bem o que quer dizer.

– Digo, em relação a Princeton.

Walter Quarterman ergueu as mãos e deu de ombros, num gesto de indiferença.

– Cabe inteiramente a Princeton decidir o que fazer diante da notificação de suspensão.

Finch arregalou os olhos.

– Eles poderiam me recusar?

– Revogar sua aceitação? – corrigiu o diretor. – Claro que podem. Princeton é uma instituição privada, assim como nós. Podem fazer o que acharem mais adequado diante das circunstâncias.

– Uau... – disse Finch, aturdido.

– Pois é – falou Walter. – Como você vê... as consequências podem ser bem graves.

– Ah, pelo amor de Deus! – gritou Kirk. – Não é possível que trinta *segundos* de uma falta de discernimento tenham mais peso que dezoito *anos* de excelência acadêmica!

– Kirk – disse Walter, a voz e a postura um pouco mais imponentes. – Ainda não sabemos o que vai resultar dessa história. Como também não sabemos o que Princeton fará se Finch for suspenso. Mas estou certo de que você compreende a gravidade daquela foto, bem como a natureza racista das palavras do seu filho.

Lá estava ela. A maldita palavra. Eu mesma já a tinha usado com Kirk e Finch, mas era muito pior ouvi-la da boca de outra pessoa. Lágrimas brotaram em meus olhos.

Kirk respirou fundo, como se precisasse se recompor.

– Ok. Bem, existe alguma forma de resolvermos isso em particular? *Todo o futuro do nosso filho está em jogo aqui, Walt.*

– O Conselho Disciplinar é particular. Todos os procedimentos permanecerão completamente confidenciais.

– Certo. Mas quero dizer... particular *entre nós*?

– Quer dizer deixando o Conselho Disciplinar de fora? – perguntou Walter, erguendo a sobrancelha.

– Sim. Quer dizer... E se a gente conversasse com os pais da garota?

Walter começou a responder, depois parou, então recomeçou:

– É uma decisão sua ligar ou não pro pai da Lyla. Não tenho certeza de que isso mudaria alguma coisa... mas, na minha experiência, desculpas sinceras nunca são demais nessas situações... na vida *em geral*.

Percebi imediatamente que Kirk acabara de encontrar o caminho para conseguir o que queria. Eu conhecia bem a expressão: um brilho diferente no olhar, a forma como seu rosto parecia relaxar.

– Tudo bem, então – disse ele, esfregando as palmas das mãos. – Vamos falar com os pais dela e ver o que acontece.

Walter assentiu, visivelmente preocupado.

– Ela mora com o pai – disse.

– Ok. Imagino que o número esteja na lista.

Kirk se reacomodou na cadeira, deu uma olhada no relógio.

– Está – respondeu Walter.

Tentei encontrar algo mais substancial para dizer, algum contrapeso à arrogância de Kirk, mas ele parecia um trem descarrilado que eu não conseguia fazer parar.

– Ok, ótimo – disse ele, levantando-se abruptamente. – Bem, detesto ter de sair assim tão depressa, mas tenho um voo pra tomar. Tive de remarcar pra estar aqui.

– Sinto muito que tenha tido que mudar seus planos de viagem – lamentou Walter, sem qualquer convicção.

Nós nos levantamos, e Kirk disse:

– Tudo bem. Não foi um problema.

– Ótimo. Então é isso. Obrigado por terem vindo – falou Walter, apertando minha mão, depois a de Kirk. Por fim, virou-se para Finch e disse:

– Muito bem, jovem. Pode voltar à sala de aula.

– Sim, senhor – respondeu Finch, levantando-se.

Ele olhou de relance para o pai, então se empertigou um pouco mais.

– Mais alguma coisa que você queira dizer, filho? – perguntou Kirk.

Ele fez que sim com a cabeça, respirou fundo e desviou o olhar do pai para Walter.

– Só queria dizer... que sinto muito por todo o problema que causei. E estou pronto para assumir as consequências, sejam elas quais forem.

As palavras soaram sinceras, e eu tinha de acreditar que ele estava *genuinamente* arrependido. Afinal, ele era meu filho. *Tinha* de estar arrependido.

Mas quando Walter assentiu e lhe deu um tapinha carinhoso nas costas, notei um olhar de determinação em Finch muito parecido com o do pai. Cheguei a sentir calafrios.

CAPÍTULO 6

# LYLA

Era oficial. Eu odiava minha vida. Tipo, literalmente tudo. Sabia que podia ser bem pior, claro. Eu podia ser uma sem-teto, ter uma doença terminal ou viver num país onde fanáticos jogam ácido nas meninas que tentam ir à escola. Mas tirando esse tipo de tragédia, ultimamente estava difícil encontrar alguma coisa pela qual ser grata.

Em primeiro lugar, meu pai tinha me colocado de castigo porque eu havia bebido e estava muito chateado, irritado e decepcionado comigo, e essa era a pior parte. Em segundo lugar, havia uma foto do meu peito, com mamilo e tudo, circulando por toda a escola. Mas era possível relevar essas duas coisas. Porque papai acabaria me perdoando, e a foto, mesmo humilhante, pelo menos não era *feia*. Na verdade era legal e meio artística, embora eu nunca fosse admitir isso para ninguém. Até mesmo a Grace, minha melhor amiga, tinha dito que eu estava bem nela. Meu cabelo estava perfeitamente arrumado sobre a cama. E meu vestido soltinho preto era uma graça, valia cada dólar que paguei com meu dinheiro ganho como babá. Honestamente, se não fosse o mamilo, pareceria até que eu havia posado para a foto. Era o mamilo que atrapalhava tudo. E a legenda com o *green card*, ofensiva aos imigrantes. Fiquei pensando na família Sayed, nossos vizinhos de quintal, as pessoas mais bacanas desse mundo. Já fazia alguns anos que eles se tornaram cidadãos americanos (eu tomei conta do filho deles para que pudessem comparecer à cerimônia), mas eu sabia que ainda havia comentários islamofóbicos, do tipo "o lugar de vocês não é aqui", de alguns imbecis do nosso bairro. Mas, de modo geral, nossos vizinhos eram pessoas legais (muitos artistas e músicos), pessoas que nunca diriam algo tão ofensivo e intolerante.

Então, sim, eu podia entender a revolta de papai com o mamilo e a legenda. De verdade. Mas o que realmente partia meu coração era que *Finch Browning* fosse responsável por tudo isso. Fazia *dois anos* que eu era louca por ele. Finch era um garoto superpopular – totalmente fora do meu alcance –, e tinha uma namorada linda chamada Polly, tão perfeita quanto ele. Ou seja, foi um desperdício de tempo gostar dele, mesmo antes de tudo acontecer. Mas ninguém manda nos próprios sentimentos, e os meus eram bastante reais. Grace, que sempre adorou me proteger, às vezes de maneira irritante, tentava me dizer que aquilo não passava de uma paixonite boba. Afinal, dizia ela, eu mal o conhecia. Mas eu sentia como se o *conhecesse*, de tanto que o observava de longe, dia após dia. Sabia, por exemplo, que Finch era do tipo mais sério e calado, sobretudo se comparado aos outros mais extrovertidos do seu grupo de amigos, mas que também podia ser engraçado de um jeito sarcástico e discreto. Sabia que era superinteligente, o melhor aluno de quase todas as matérias. Seu armário era meticulosamente organizado, e o interior de seu carro estava sempre limpo e arrumado (posso ter espiado uma ou duas vezes), e ele nunca estava atrasado e disparando pelos corredores para não perder a aula. Enfim, não estava ali a passeio. Mas, claro, não era por seu desempenho acadêmico, como diziam nossos orientadores, que eu tinha uma atração por ele. Como geralmente acontece numa paixonite, Finch tinha algo especial que chamava minha atenção, algo que eu não sabia direito o que era.

O garoto era muito, *muito* fofo. Eu adorava aqueles cabelos ondulados loiros e seus olhos azuis profundos, e o modo confiante como andava, e como ficava lindo no uniforme de basquete (embora ficasse muito bonito no uniforme escolar também). Mas acima de tudo eu adorava o jeito que ele me olhava. Eu me lembrei da primeira vez que ele me olhou assim. Tinha sido no ano anterior, no terceiro dia de aula, quando eu ainda não conhecia ninguém. Estávamos no refeitório, guardando nossas bandejas depois do almoço, e ele olhou para mim, depois olhou de novo e deu um sorrisinho. Fiquei toda derretida, e não foi a última vez que aconteceu. Indiscutivelmente rolava uma química entre a gente, algo que não era só de minha parte. Uma espécie de eletricidade.

Mais ou menos três meses atrás, quando finalmente confessei para Grace o que estava sentindo, e contei a ela sobre os olhares entre mim e Finch, ela tentou me convencer de que ele estava apenas flertando, e que eu não devia alimentar nenhuma esperança. Ele jamais terminaria com a Polly. Mas até Grace teve de admitir que significava alguma coisa ele ter começado a me seguir no Instagram, voltando e dando like em várias selfies antigas. Concordamos que no mínimo me achava bonita.

Então, sexta-feira passada, fomos convidadas para a festa do Beau. Estávamos no refeitório, só que dessa vez Finch veio falar comigo enquanto eu esperava com Grace na fila do bufê de saladas.

– Oi – disse ele, olhando diretamente nos meus olhos.

– Oi – falei, morrendo por dentro.

– O que vocês vão fazer amanhã à noite?

Eu já estava começando a contar a verdade, que era absolutamente nada, quando Grace se adiantou e começou a listar uma série de opções.

– Bem, uma galera vai pra casa do Beau. Se vocês quiserem dar uma passada por lá, vai ser legal.

– De repente a gente passa lá – disse Grace, como se recebêssemos muitos convites de garotos do último ano.

Seguindo-a, falei:

– É, vamos tentar, com certeza.

No dia seguinte continuamos a fazer tipo enquanto nos arrumávamos para a festa falando pelo FaceTime, testando vários looks ao mesmo tempo que combinávamos o que eu diria ao meu pai. Não dava para contar a ele sobre a festa. Papai era muito mais rígido que os pais da Grace, e eu não podia correr o risco de que ele me proibisse de sair ou, pior ainda, que ligasse para os pais do Beau, que eu podia apostar que sequer suspeitavam da festinha – eu sabia que ele vivia aprontando.

Como previsto, não foi nada fácil sair de casa. Cheguei a pensar que tinha botado tudo a perder quando disse que estava indo estudar. Papai não acreditou, claro, mas acabou cedendo, fazendo apenas o discurso superprotetor de sempre sobre tomar cuidado.

E eu *fui* cuidadosa. Pelo menos no início. Grace também. Tomamos apenas uma taça de vinho enquanto trocávamos de roupa na casa dela. Tudo muito civilizado e adulto, e prometemos que não ficaríamos bêbadas nem pagaríamos mico.

Mas assim que chegamos à casa do Beau, fiquei tão nervosa e tonta com a perspectiva de encontrar Finch fora do ambiente da escola que esqueci minha promessa e comecei a beber Jack Daniel's com Coca-Cola, uma dose depois da outra.

A certa altura, Grace e eu ficamos na cozinha, observando de longe, e rindo muito, enquanto Finch e os amigos apostavam doses de bebida numa partida de Uno do outro lado do ambiente. Volta e meia Polly sentava no braço da cadeira do namorado para cochichar alguma coisa no ouvido dele ou acariciar seu pescoço. Estava usando uma sainha jeans com uma regata branca e sandálias tipo gladiador, as tiras enlaçando boa parte das panturrilhas longas e finas. Tinha prendido os cabelos ruivos numa trança francesa meio improvisada e usava um par de brincos turquesa e uma gargantilha de couro. Eu estava com tanta inveja dela que chegava a doer – literalmente senti dores no peito –, e falei para Grace que queria ir embora. Mas foi nesse mesmo instante que flagrei Finch olhando para mim. Ele sorriu, eu sorri de volta. Grace também viu tudo, e ficou empolgadíssima por mim.

– Ai, meu Deus – falou. – Ele está te dando mole bem na frente da Polly!

– Eu sei – concordei, ainda olhando para ele, o coração acelerado.

Após alguns minutos, quando Polly monopolizou Finch com algum drama pessoal, Grace e eu fomos para o segundo andar e nos juntamos a algumas pessoas que relaxavam no quarto do Beau, fumando cigarro eletrônico e ouvindo música viajandona. Demos uns tragos, depois pegamos uma das cervejas que Beau havia deixado na banheira, mas, achando que estava "parado demais", Grace falou que ia descer. Eu estava meio tonta, cansada, e falei que daria um tempo ali no quarto. Grace disse que tudo bem, e que voltaria dali a pouco. Então deitei na cama do

Beau, só para poder fechar os olhos um pouquinho. E depois disso não lembro de mais nada.

Quando voltei a mim, estava no chão do banheiro, vomitando e chorando com papai do meu lado.

CAPÍTULO 7

# TOM

Durante toda a noite seguinte Lyla continuou implorando para que, em suas palavras, eu não "dedurasse Finch". Recorreu a todos os argumentos imagináveis. Que eu estava fazendo uma tempestade em copo d'água. Que Finch sempre havia sido um cara legal, e realmente queríamos arruinar seu futuro? (Hum, sim, queríamos.) Que fazer um escândalo serviria apenas para chamar mais atenção para a foto, e que até ela poderia acabar encrencada por beber na festa. (Um argumento razoável, admito, mas era um risco que eu me dispunha a correr em nome da justiça.)

Fingi que pensaria no assunto, hesitei aqui e ali, mas na manhã de segunda-feira, quando parei o carro diante da escola e olhei para aquele bando de riquinhos privilegiados, concluí que simplesmente não podia deixar pra lá. Que espécie de pai eu seria se não ensinasse minha filha a se dar o devido valor?

– Tenha um ótimo dia, pai – disse Lyla, descendo do carro com uma súplica no olhar.

– Você também, filha – falei, desviando o olhar.

Ainda me olhando, falou baixinho:

– Por favor, pai, não fala nada pro diretor.

– Eu te amo, filha – foi só o que respondi.

– Também te amo, pai – disse ela, fechando a porta.

Esperei que ela entrasse no prédio e fui embora, enojado com tudo.

Fui para a oficina, mas, antes de descer do carro, procurei pelo número do diretor da Windsor. Lyla chamava-o de Sr. Q e parecia gostar dele, mas nas poucas vezes em que estive com ele, achei que tinha um quê de elitista, meio metido a intelectual. Portanto, foi esperando o pior que digitei seu número no celular. Não achava que ele fosse tomar o partido de Finch imediatamente, mas conhecia o mundo o bastante para saber como funcionavam as coisas. Em primeiro lugar, os dois pertenciam ao mesmo planeta dos endinheirados. Em segundo, pessoas como Finch sempre acabavam se safando de um jeito ou de outro, protegidas por uma longa tradição de impunidade.

Trinquei os dentes enquanto esperava a ligação completar. Uma mulher atendeu:

– Gabinete do Sr. Quarterman.

– Ele está, por favor? – perguntei.

Ela informou que o diretor estava em reunião e perguntou se eu queria deixar recado.

– Quero, sim – falei, de forma sucinta. – Aqui é Tom Volpe, pai de Lyla Volpe, aluna do segundo ano.

– *Ceeerto*. E é... sobre...?

Fiquei com raiva. Mas, pensando melhor, vi que ela não tinha como saber de nada. Mesmo assim, aquele tom blasé não deixava de ser irritante. Procurei me acalmar um pouco antes de dizer:

– O assunto é uma foto ofensiva que um rapaz, também aluno da Windsor, tirou da minha filha.

– *Como?* – perguntou ela, como se *eu* também *a* tivesse ofendido.

Minha pressão arterial foi às alturas. Com exagerada lentidão, falei:

– Um aluno aí da Windsor... um rapaz chamado *Finch Browning*, tirou uma foto da minha filha Lyla enquanto ela dormia. Numa festa no fim de semana. Uma foto com o seio de fora. E então acrescentou à foto uma legenda *racista* e a mandou pra um monte de amigos. Estou mais do que furioso, e gostaria de discutir o assunto com o Sr. Quarterman *ainda hoje*.

– Claro, *claro*, Sr. Volpe. – O tom agora era bem diferente. – Vou tentar falar com o diretor agora mesmo. Em que número posso encontrar o senhor?

Passei a ela o meu número de celular e desliguei sem me despedir.

Não demorou para que o aparelho tocasse.

– Tom falando.

– Sr. Volpe?

– Sim.

– Aqui é Walter Quarterman, retornando sua ligação.

Ele falou de um jeito manso, quase gentil, bem diferente da arrogância acadêmica que eu tinha na cabeça. Isso me desarmou, mas não o bastante para me sentir obrigado a fazer delicadezas. Pelo contrário, fui direto ao ponto e relatei a história com todos os detalhes, inclusive o de que Lyla havia bebido. Ele não me interrompeu em nenhum momento. Esperou que eu terminasse, depois disse que já tinha visto a tal foto, enviada por outro pai durante o fim de semana.

Senti uma estranha mistura de alívio e fúria. Tanto melhor que ele já tivesse visto a foto: não era fácil descrever com palavras a natureza ofensiva de uma imagem assim. Por outro lado, doía saber que ele e tantas outras pessoas tivessem visto minha garotinha naquele estado. Além disso, por que *ele* não havia ligado *primeiro*?

– O senhor viu a legenda também? – perguntei.

– Vi. Terrível. Sinto muito – disse ele, depois informou que já havia ligado para os pais de Finch, o que me deixou mais tranquilo. – Mas não se preocupe – acrescentou, calmo, mas sem condescendência. – Prometo que vamos investigar o caso e tomar todas as medidas cabíveis.

– Obrigado.

– Mas tem uma coisa que o senhor precisa saber, Sr. Volpe. Fico até constrangido de tocar no assunto, diante de circunstâncias tão mais graves, mas... o consumo de bebidas alcoólicas, mesmo fora do recinto da escola, fere o Código de Conduta da Windsor Academy. O senhor sabia disso?

– Sabia – falei.

Na véspera eu havia feito uma rápida pesquisa no site da escola. Segundo o código, não havia punição formal para a primeira incidência no consumo de álcool ou drogas, apenas uma advertência registrada no histórico do aluno. Aquela era a primeira violação de Lyla, e na minha cabeça a tal advertência até endossaria tudo que eu tinha dito a ela sobre beber e serviria como um desestímulo para a prática no futuro. Repeti tudo isso a Quarterman, depois disse:

– Quero deixar claro que sou muito rígido nessa questão do álcool.

– Ótimo, Tom. Porque muitos pais não pensam assim... Tudo fica mais difícil quando os alunos recebem exemplos contraditórios por parte dos adultos que os cercam.

– Eu sei. – Hesitei um instante, depois disse: – A mãe da Lyla é alcoólatra.

– Sinto muito – falou ele, soando *realmente* sincero.

– Tudo bem. Ela não está presente nas nossas vidas, mas... o alcoolismo está no DNA da minha filha... Por isso o mencionei.

– Claro.

– Também queria que o senhor soubesse que, por causa da bebida, Lyla estava *inconsciente* quando aquela foto foi tirada. Ela não posou para a foto. Nem sabia que estava sendo fotografada. Estava completamente... vulnerável.

– Eu sei, Tom.

– De certa maneira a legenda me incomoda até mais do que a foto em si.

Num exame de consciência mais rigoroso eu seria obrigado a admitir que, caso existissem telefones celulares na minha adolescência, e se eu tivesse tomado umas e outras, o mais provável era que eu também tivesse tirado uma foto ao ver uma garota com o peito de fora. Mas em relação à legenda, a história era completamente diferente. Aquilo não era apenas uma ignorância (Lyla era tão americana quanto o garoto), mas sobretudo uma ofensa.

– Ele passou dos limites – falei.

– Concordo plenamente.

– E precisa ser punido.

– Precisa. E é bem provável que seja.

Esse foi o primeiro sinal de alerta durante toda a nossa conversa, e o pessimismo bateu na mesma hora, junto com uma revolta por ter permitido que ele me manipulasse por tanto tempo.

– É *provável*? – perguntei. – Peraí. Ainda existe *alguma* dúvida? Nós dois vimos a foto. Nós dois lemos a legenda. Não há o que discutir nesse caso.

– Eu sei, Tom, eu sei. Mas há todo um procedimento. Temos de ouvir o lado de Finch Browning também, seja lá qual for. Precisamos confiar no sistema e dar ao garoto o direito de defesa.

– Não há *defesa* para o que esse garoto fez a Lyla.

– Concordo. Mesmo assim temos de apurar todos os fatos. Mas... deixando Finch de lado por um momento... – ele fez uma pausa. – É preciso que você entenda que é bem possível que Lyla tenha de arcar com consequências bastante desagradáveis com o desenrolar desse processo nos próximos dias ou semanas.

– Você está falando da advertência que vai para o histórico dela? – perguntei, pensando se havia deixado alguma coisa passar na leitura do código. Mas isso não fazia diferença. Eu levaria aquela história até o fim.

– Não. Quer dizer, *sim*, também tem isso. Mas estou falando de repercussões maiores e de ordem mais... *prática*. Para a Lyla. Infelizmente, e muito injustamente, a vida às vezes é assim.

– Repercussões? Tipo *o quê*? Estamos falando da vida *social* da minha filha?

– Sim. Da relação dela com os outros alunos. Com os colegas – declarou, limpando a garganta. – Não é justo, mas... é possível que Lyla sofra algum tipo de reação negativa. Não seria a primeira vez que isso acontece.

– Você está dizendo que Finch é um cara muito popular na escola? E isso pode prejudicar a popularidade de Lyla? – perguntei, a essa altura quase berrando.

– Bem, não sei se eu colocaria a situação nesses termos. Mas, sim, é possível que ela se veja pisando num terreno mais... *escorregadio*, digamos assim. E certamente essa investigação vai aguçar a curiosidade das pessoas com relação à foto. Você e sua filha estão preparados pra lidar com isso?

– Estamos – respondi. – Até porque a foto já está circulando por aí. Você sabe como essas coisas se espalham rápido. Aposto que a escola inteira já viu. E tem mais, Lyla cometeu um erro porque bebeu, mas não tem *nada* do que se envergonhar. Esse garoto é o único que deve sentir vergonha. A imagem diz muito mais sobre *ele* do que sobre *ela*. Essa é a mensagem que a Windsor deve passar a todos os alunos e pais.

– Você tem toda a razão, Tom. E acredite que não estou tentando demover você de nada. De jeito nenhum. Quero que saiba que estamos aqui para dar todo o apoio a Lyla... Só quero ter certeza de que está preparado para o que pode vir por aí.

De repente me veio à cabeça o olhar de súplica com que Lyla havia se despedido de mim quando a deixei na escola pouco antes e cheguei a ficar em dúvida. Mas depois, ao me lembrar da foto e da crueldade daquela legenda, decidi que estava fazendo a coisa certa.

– Sim, estou preparado – falei.

Naquela tarde, quando busquei Lyla na escola, ela sequer olhou para mim. Antes que eu pudesse confessar, ela virou para a janela e disse:

– Por favor, me diz que você não é a razão para que os pais do Finch estivessem na escola hoje?

Dei partida no carro e respirei fundo antes de responder:

– Eu *liguei* pro Sr. Quarterman, Lyla. Mas ele já tinha visto a foto.

– Uau – disse ela, com uma de suas interjeições favoritas, embora eu não pudesse dizer o mesmo. – Simplesmente... *uau*.

– Eu tinha de ligar, filha...

– Quer saber? Deixa pra lá. Esquece. Você nunca vai entender. Nem vale a pena tentar explicar.

– Não sei exatamente o que você quer dizer, mas de uma coisa eu sei: *você* tem valor. E se não consegue enxergar isso, acho que falhei como pai.

Assim que paramos num sinal vermelho, olhei para ela, mas ela se recusou a me encarar. Podia perceber que ela havia se fechado completamente, e não voltaria a falar comigo tão cedo. Desde o ano anterior eu havia me acostumado às suas "greves", e não me importava muito com elas. Pelo contrário, achava até melhor do que brigar. Cedo ou tarde a tensão passava e as coisas se resolviam.

Então preferi deixá-la em paz naquela noite, e permitir que não aparecesse para jantar, sabendo que comeria alguma coisa quando a fome apertasse. E fiz o mesmo na manhã seguinte, sem pressioná-la a caminho da escola, ouvindo as notícias no rádio em vez de tentar puxar qualquer assunto.

Mas na noite seguinte, quando chegou a entrega de comida chinesa e ela *ainda* não estava falando comigo, acabei perdendo as estribeiras. Falei que não aguentava mais aquele mau humor e que ela tinha sorte por não tê-la colocado de castigo por ter bebido.

– Ok, pai. Você quer conversar? – disse ela com um ar desafiador.

– *Claro* que quero conversar.

– Tudo bem, então. Que tal isso? Eu *odeio* você.

Senti as palavras como um soco no estômago, mas fingi que não liguei.

– Você não me odeia – falei, dando uma garfada no arroz frito com camarão.

Ela baixou os hashis para o prato e me fuzilou com o olhar.

– Neste exato momento, pai, eu odeio *muito* você.

Aliviado com a ressalva *neste exato momento*, falei que o sentimento ia passar.

– Não, não vai. Posso até perdoar o que você fez no meu telefone, mesmo tendo sido uma grande *merda*. – Ela fez uma pausa, claramente esperando a bronca que eu lhe daria pelo palavrão. Quando a bronca não veio, ela continuou: – Mas *nunca* vou perdoar o resto. Foi uma coisa que aconteceu *comigo*, não com *você*. Eu pedi, cheguei a implorar para que você não se envolvesse, não ligasse pro diretor...

– O Sr. Quarterman já sabia de tudo, Lyla.

– Isso não vem ao caso. Pedi que você não fizesse drama... mas foi o que você fez... E agora minha vida está completamente destruída.

Então eu pedi que parasse de ser melodramática.

– Não estou sendo *melodramática*. Você tem alguma ideia do quanto as coisas pioraram? Essas coisas acontecem no ensino médio... As pessoas tiram fotos idiotas e depois... elas acabam sumindo.

– Fotos nunca somem.

– Você sabe o que eu quis dizer! As pessoas deixam pra lá. Mas você garantiu que não deixassem. *Todo mundo* vai ver aquela foto. *Todo mundo*. E Finch Browning pode ser suspenso!

– Que bom. Tomara que seja. Fez por merecer.

– *Quê*? Não, pai. Se ele for suspenso, não vai conseguir entrar em Princeton.

– Princeton? – falei, revoltado. – Aquele idiota foi aceito em Princeton?

– Meu *Deus*, pai! – gritou ela. – Você não está entendendo o...

– Não. É *você* quem não está entendendo – falei, percebendo que naquele momento ela se parecia com a mãe.

Sempre achei que os olhos lembravam os de Beatriz, mas a expressão geral ficava idêntica quando se exaltava daquele jeito. Acabei fazendo essa observação, e imediatamente me arrependi. A equação já era complexa o bastante sem mais essa variável.

– Engraçado você mencionar a mamãe – disse Lyla, cruzando os braços, a expressão desafiadora.

– Posso saber por quê?

– Porque tenho conversado com ela sobre isso...

– Ah, tem? E como anda sua mamãezinha querida? Está gravando algum disco? Filmando alguma coisa que preste? Casando pela terceira vez?

– Mamãe está ótima, de verdade. E a resposta é "sim" para as duas perguntas.

– Ah, que bom. Muito bom, mesmo.

– Pois é. E ela falou que eu posso visitá-la.

– E onde ela está agora? – perguntei, mesmo sabendo que havia voltado para o Rio, de acordo com o endereço de remetente rabiscado no cartão de Páscoa à mostra no quarto de Lyla.

– No Brasil – confirmou ela.

– Bem, você não tem passaporte. E não financiarei sua viagem para o Brasil.

– Já dei entrada no passaporte, e mamãe falou que a passagem é por conta dela.

Soltei uma risada sarcástica.

– Ah, é? Quanta generosidade! E já que ela está podendo, diga que está apenas uma década atrasada em qualquer tipo de apoio financeiro.

Eu me levantei e levei meu prato para a pia.

Lyla não disse nada, e fiquei ainda mais irritado. Sentando-me novamente, falei:

– Olha, tive uma ótima ideia! Por que você não vai morar com sua mãe no verão? Já que sua vida está destruída aqui e você nunca vai deixar de me odiar.

Não quis dizer isso, de jeito nenhum, e me arrependi na mesma hora, antes mesmo de ver a tristeza estampada nos olhos de Lyla.

– Ótima ideia, pai – disse ela, assentindo. – Valeu pela permissão. Vou falar pra mamãe que é isso mesmo que eu quero fazer.

– Perfeito – falei, saindo com raiva da cozinha. – Mas antes lave a louça. Estou cansado de fazer tudo sozinho.

CAPÍTULO 8

# NINA

— Então, o que você achou? – perguntou Kirk, baixinho, enquanto caminhávamos em direção ao estacionamento depois da conversa com Walter.

– Horrível – falei, embora a palavra não fosse forte o bastante para descrever minha profunda decepção, que beirava o desespero.

– Pois é, o cara é um arrogante – prosseguiu ele, apertando o passo. – Condescendente, se acha superior... típico liberal.

– Como é que é? – perguntei, mas depois da performance dele na reunião, nem deveria ter ficado tão surpresa assim.

– Esse Walt, ele é um boçal.

Apressando o passo para acompanhar as passadas longas e zangadas de Kirk, falei:

– É *Walter*. Não *Walt*.

– Tanto faz.

– E não é ele que está sendo julgado. É o *Finch*.

– Ainda não – disse Kirk, já diante dos nossos carros.

– Mas *será* julgado... – falei. – Acho que isso ficou bem claro.

Abri a porta do meu carro, joguei a bolsa no banco do passageiro antes de me recompor e olhar nos olhos do meu marido.

– Sim – disse Kirk. – E *isso* é uma *besteira*! Quarterman já tomou seu partido. Como diretor, tinha de ficar imparcial. Finch também é aluno da escola. Desde *pequeno*.

Finch estudava na Windsor desde o jardim de infância, era diferente dos que haviam entrado no ensino fundamental ou no médio. Sempre gostei que meu filho pertencesse a esse grupo, pelo menos por uma questão de continuidade, mas estremeci ao ouvir isso naquele contexto. A implicação era clara: Finch tinha mais direitos a Windsor do que Lyla, e teria direito a tratamento preferencial.

– Sim, mas o que ele fez é *indefensável* – falei. – Quanto a isso não ficou nenhuma dúvida naquela reunião.

– Tudo bem, Nina. Concordo. Mas ele admitiu o que fez e pediu desculpas. Não merece ser suspenso. Não depois de anos de comportamento exemplar. Ele só fez uma besteira.

– Muita gente não vai concordar com isso – retruquei, me perguntando o que justificaria uma suspensão na opinião dele. Na minha, aquilo era infinitamente pior do que colar numa prova, beber nas dependências da escola ou arrumar briga no pátio, coisas que resultavam em suspensão. – Além disso, a decisão não é nossa. É da Windsor.

– Bem, eu não vou deixar o futuro de Finch acabar nas mãos de um esquerdista metido a intelectual.

Mordi o lábio e me sentei ao volante. Kirk ainda me encarava com uma expressão desafiadora, esperando que eu dissesse alguma coisa.

– Acho que nao temos escolha nesse caso – respondi afinal, encarando-o de volta.

Era um conceito estranho para Kirk – que algo *pudesse* estar fora do seu controle –, uma qualidade que antes eu achava até sedutora, mas que agora me embrulhava o estômago. Tentei fechar a porta, mas ele me impediu.

– Só te peço uma coisa – disse ele, e eu ergui a sobrancelha, aguardando. – Não faça nada... Não conte nada a ninguém. Nem mesmo pra Melanie.

– Melanie já sabe de tudo que está acontecendo – falei, pensando nas cinco ou seis conversas telefônicas que tivemos desde a noite de sábado.

Melanie se sentia um tanto culpada, preocupada que de alguma forma a punição de Finch respingasse no filho *dela*. Afinal, Beau fora o anfitrião da festa, e ela e Todd, involuntariamente, forneceram a bebida.

– Sim, mas ela não sabe dessa conversa que acabamos de ter, sabe?

– Não. Mas certamente vai ligar e perguntar.

– Ok, que pergunte. Basta você omitir os detalhes... Deixa que daqui pra frente eu cuido de tudo.

Por pouco não perguntei o que significava aquele "cuidar de tudo", mas já podia muito bem imaginar o que era. Ao longo das 24 horas seguintes ele ligaria para os amigos advogados, preparando uma defesa caso as coisas não se desenrolassem como ele queria. Em seguida ligaria para o pai de Lyla e pediria uma conversa "de homem para homem", durante a qual encontraria um meio de convencê-lo a "deixar de lado a história toda", dizendo que isso seria "o melhor para todos".

Dali a vinte minutos eu estava entrando em casa, que parecia estranhamente silenciosa. Havia sempre alguém andando de lá para cá, dentro ou fora dela. Alguém cuidando do jardim, consertando alguma coisa ou limpando a piscina; algum professor de pilates ou o chef de cozinha, Troy, que nos atendia de vez em quando; ou no mínimo Juana, nossa empregada em tempo integral, que já estava conosco havia anos, desde os tempos da nossa antiga casa em Belmont, quando vinha apenas uma vez por semana.

Mas naquela tarde não havia ninguém, e eu ainda dispunha de uma hora inteira até que Finch chegasse da escola. Esse raro momento de solidão me encheu ao mesmo tempo de alívio e pânico. Deixei a bolsa num dos bancos da cozinha e pensei em preparar alguma coisa para comer, mas estava completamente sem apetite. Então fui para o meu escritório, que nos anos 1920 fora concebido como "sala da criadagem". Era nele que eu trabalhava nos meus projetos de filantropia, respondia e-mails e fazia compras on-line.

Sentei diante da bancada e fiquei ali, olhando através da janela para o quintal ensolarado, coberto de buxos e hortênsias azuis. A vista linda geralmente me deixava de bom humor, sobretudo naquela época do ano. Mas por algum motivo agora me entristecia.

Desci a persiana e baixei os olhos para a bancada, procurando algo para distrair a cabeça. Ainda apegada às agendas de papel, abri a página marcada pela fita, mesmo sabendo que não havia programado nada, algo tão raro quanto o silêncio da casa. Fechei a agenda de couro e olhei para a caixinha de cartões timbrados, cogitando escrever dois bilhetes que já deveria ter escrito havia muito tempo, um de agradecimento e outro de pêsames. Não encontrando a energia necessária, levantei e comecei a perambular pela casa. Cada cômodo impecavelmente limpo, arrumado, em perfeita ordem. O piso de tábua corrida brilhava. As almofadas estavam perfeitamente estufadas e dispostas. Orquídeas em plena floração enfeitavam três mesinhas em três cômodos diferentes. Fiz uma anotação mental para me lembrar de agradecer a Juana pelo capricho e pela dedicação, algo que deveria fazer com uma frequência muito maior. Não seria exagero dizer que nossa casa era perfeita.

No entanto, assim como a vista do jardim pela janela do escritório, a beleza dentro de casa me deixou ainda mais desconcertada. De repente tudo pareceu uma farsa e, quando passei pela copa, tive vontade de pegar uma peça de cristal das prateleiras iluminadas e estilhaçá-la na bancada de mármore, como fazem nos filmes sempre que alguém se irrita com alguma coisa. Mas na vida real a satisfação gerada seria menor que o esforço para limpar a bagunça. Sem falar no medo de me cortar. Por outro lado, uma visita ao pronto-socorro até poderia ser divertida, pensei, tocando uma taça de vinho.

– Não seja idiota – falei em voz alta, afastando a mão.

Então dei meia-volta e segui pelo corredor até a suíte principal, incorporada à casa em algum momento dos anos 1990. Correndo os olhos pelo cômodo, deixei que eles pousassem sobre a chaise-longue de veludo branco que eu havia comprado num antiquário *déco* em Miami. Aquilo havia sido uma extravagância. Muito dinheiro só para uma cadeira, não importava que nome lhe dessem. Disse a mim mesma que seria muito útil para as horas de meditação ou leitura matinal. Infelizmente, isso aconteceu raras vezes. Eu estava sempre ocupada demais. Mas então me aproximei e sentei nela, pensando em Kirk e me questionando sobre seu caráter. Como era possível que ele pudesse passar tão facilmente por cima do que Finch havia feito com Lyla? Tinha sido sempre assim? Acho que não, mas, então, quando ele mudou? Por que eu não havia percebido? Que *mais* eu não percebi?

Pensei na frequência de suas viagens e em como ultimamente nossa vida sexual se reduzira. Nunca tive motivo para suspeitar de que ele fosse infiel, e sinceramente achava que ele era dedicado demais aos negócios para se dar ao trabalho de ter um caso. Coloquei as chances de infidelidade em vinte por cento, depois aumentei mentalmente para trinta, talvez em razão de ter uma grande amiga especializada em divórcio.

Fazia alguns dias que eu e Julie não nos falávamos nem trocávamos mensagens, o que para nós era raridade. Eu tinha de admitir que a estava evitando, pelo menos em um nível subconsciente. Temia contar a ela sobre o que Finch havia feito. Não que ela fosse uma puritana ou algo assim. Embora tivesse altos padrões morais, era na realidade a pessoa menos crítica que já conheci. No entanto, desde a época da escola, ela não media as palavras comigo, o que havia gerado algumas brigas ao longo dos anos, quando ela feria meus sentimentos com sua franqueza. Mas eu gostava dessa nossa relação sem filtro, achava que era a real medida de uma amizade legítima, melhor até que o afeto. Com pessoas assim ninguém precisa de máscaras, seja nos bons ou maus momentos, e para mim essa pessoa sempre havia sido Julie.

Portanto, do mesmo modo que eu havia ligado para contar de Princeton, certa de que não precisava me preocupar com uma reação competitiva ou invejosa da parte dela, eu sabia que podia ligar agora. Então busquei o celular que havia deixado na cozinha, voltei para minha *chaise* e fiz a chamada.

Julie demorou a atender, meio ofegante, como se tivesse corrido escada acima ou atravessado às pressas o corredor do seu pequeno escritório de advocacia, o que era mais provável.

– Oi. Está podendo falar? – perguntei, chegando a torcer para que não pudesse, arrependida de ter ligado, cansada demais para compartilhar tudo.

– Claro – respondeu Julie. – Estava lendo o relatório de um detetive particular. É impressionante.

– *Seu* detetive particular?

– Infelizmente não. Da parte adversária – respondeu, suspirando. – Estou representando a esposa.

– Alguém que eu conheço? – perguntei, mesmo sabendo de seu compromisso com a confidencialidade.

– Provavelmente não. É bem mais nova que a gente. Trinta e poucos, por aí. Achou que seria uma boa ideia dar uns beijos no amante, casado também, no estacionamento do Walmart.

– Nossa. E as fotos? São inequívocas? – perguntei, em parte protelando; por outro lado, extremamente aliviada por constatar que não era só a minha vida que estava de cabeça para baixo.

– Sim. Câmera ótima.

– Puxa... – respirei fundo, depois disse: – Bem, falando em fotos escandalosas... preciso contar uma coisa.

– Opa. Que foi?

– É sobre o Finch... – falei. Minha cabeça latejava e meu estômago se retorcia. – Você tem certeza de que está com tempo? A história é meio comprida.

– Sim, tenho alguns minutos. Espera aí que eu vou fechar a porta da sala – disse ela, e rapidamente voltou ao telefone. – Então, o que houve?

Limpei a garganta e lhe contei a história toda, começando com Kathie me mostrando a foto no banheiro e terminando com a conversa que acabara de ter com Kirk no estacionamento da Windsor. Ela interrompeu algumas vezes, apenas para fazer perguntas, checagem de fatos, um hábito profissional como advogada. Quando terminei, ela disse:

– Ok. Desliga e manda a foto pra mim.

– Pra quê? – perguntei, achando que já tinha sido minuciosa o suficiente sobre a foto.

– Preciso ver – explicou ela. – Pra ter uma ideia exata da situação. Manda logo, tá?

O pedido, agravado pelo tom de voz, me pareceu impositivo, quase grosseiro. Mas também reconfortante de um jeito estranho. Julie sempre havia sido a metade alfa da nossa dupla, e extraordinariamente boa em momentos de crise.

Então obedeci. Desliguei, enviei a foto e fiquei olhando para a imagem enquanto esperava pela ligação de Julie. Ela estava demorando demais para ligar de volta. Talvez não tivesse recebido a foto ou precisasse de tempo para organizar as ideias. O telefone finalmente tocou.

– Ok. Já vi – disse ela quando atendi.

– E aí? – perguntei, já me preparando.

– E aí que a coisa é *muito* feia, Nina.

– Eu sei.

Meus olhos se encheram de lágrimas, mas eu não sabia dizer se eram lágrimas de vergonha ou tristeza.

Seguiu-se um silêncio do outro lado da linha – o que era incomum na nossa relação. Pelo menos esse silêncio, que parecia constrangedor. De repente ela disse:

– Fico surpresa que Finch tenha sido capaz de uma coisa dessas. Ele sempre me pareceu tão gentil...

As lágrimas voltaram a rolar quando ouvi o pretérito perfeito em sua declaração, e fiquei pensando em como nós três convivemos quando Finch era pequeno. Naqueles primeiros anos eu ia a Bristol uma ou duas vezes por mês, sempre que Kirk precisava viajar por mais de dois dias, e, embora ficássemos hospedados na casa dos meus pais, Finch sempre pedia para ver "a tia Jules". Na época ela vinha tendo dificuldade para engravidar e, numa de minhas visitas, chegara a confessar que via Finch como um filho e que isso a deixava um pouco mais tranquila. Mesmo que não engravidasse nunca, sempre teria o afilhado. Esse era o vínculo forte e verdadeiro que tinham um com o outro.

Finch já estava com 5 anos quando ela teve as gêmeas Paige e Reece, mas nada mudou com a chegada delas. Continuamos a nos ver com frequência, e todo verão passávamos uma semana na praia. Finch era muito doce com as meninas, ficava horas brincando com elas na areia, construindo castelos, cavando buracos, deixando-se enterrar mesmo quando preferia estar na água.

Perguntei a Julie o que ela faria caso algo assim acontecesse às filhas dela. Ela hesitou um instante, depois disse:

– Elas ainda estão no sétimo ano. Não consigo nem imaginar...

– Consegue, sim – falei, porque um dos grandes talentos de Julie era a imaginação, resultado de uma profunda capacidade de empatia.

– Ok, você tem razão – disse ela com um suspiro. – Bem... acho que penduraria o cara pelas bolas.

Sua resposta foi um soco no estômago, mas não havia como fugir da verdade. E então comecei a sentir um frio na espinha só de pensar nos desdobramentos legais para além dos muros da Windsor.

– O que exatamente você quer dizer com isso?

– Eu daria queixa – respondeu Julie, parecendo estar com raiva.

Estava com raiva de mim ou do Finch? Talvez estivesse apenas tomando as dores da menina.

– Que queixa exatamente seria essa? – perguntei, com calma.

Ela limpou a garganta e disse:

– Bem, há uma lei nova no estado do Tennessee, um decreto aprovado no ano passado... Qualquer menor de idade que enviar fotos sexualmente sugestivas poderá ser indiciado como criminoso ou agressor sexual por envolvimento com pornografia infantil – o que significa que estaria inscrito no Registro de Agressores Sexuais até os 25 anos. Também significa que o menor teria de informar a infração toda vez que se candidatasse a alguma faculdade ou a algum emprego.

Nessa altura eu já chorava convulsivamente e mal conseguia falar.

– Sinto muito, Nina.

– Eu sei – consegui responder, esperando que ela não percebesse a extensão da minha dor.

– Claro... Adam poderia tentar me impedir de registrar a queixa – disse ela, falando do marido, um bombeiro descontraído e sempre muito sensato que, por coincidência, era amigo do meu ex-namoradinho do ensino médio, Teddy, agora um policial.

– Por que você acha isso? – perguntei.

– Sei lá. Aposto que ele ia dizer que o melhor seria deixar a escola resolver o assunto. Pra falar a verdade, acho que o caso do Finch sequer vai chegar aos tribunais. Com esse dinheiro que vocês pagam pela escola... Provavelmente o pai da garota vai confiar na decisão deles.

– Pode ser.

Julie suspirou e disse:

– E o Finch? Já se desculpou com ela?

– Ainda não.

– Bem, isso precisa acontecer...

– Eu sei. Na sua opinião, o que mais devemos fazer?

– Bem... vamos ver... Se uma das minhas filhas fizesse algo semelhante a uma colega... – pensou ela em voz alta.

– Elas *jamais* fariam isso – falei, porque nenhuma das duas tinha qualquer vocação para menina má.

– Sim, mas... a gente nunca sabe *de verdade*, não é? – Julie estava sendo generosa comigo, falando o que fosse preciso para me consolar. – Não sei direito o que eu faria, mas... *com certeza* não tentaria livrar a cara delas.

– Não estamos tentando livrar a cara do Finch, Julie – falei com uma ponta de rispidez.

– Tem certeza? – perguntou, soando cética. – O que você acha que o Kirk vai tentar fazer quando falar com o pai da garota?

89

– Bem, em primeiro lugar, vai se desculpar – afirmei, desejando ter omitido essa parte da história, isto é, a suspeita que eu tinha de que Kirk pretendia manipular o Sr. Volpe.

Afinal, ele não tinha dito nada nesse sentido. Talvez *tudo* que quisesse fosse apenas se desculpar.

– E em segundo lugar? – perguntou Julie.

– Não sei.

Mais silêncio.

– De qualquer modo – disse Julie –, acho que Finch está numa bela encruzilhada. Sei que o Kirk está pensando em Princeton, mas... há muito mais coisa em jogo aqui.

Eu sabia perfeitamente o que ela estava tentando dizer. Mesmo assim não queria ouvir e já começava a ficar com um pouco de raiva também. Julie às vezes era dura demais, sobretudo quando o assunto era Kirk.

– As coisas vão acabar se resolvendo – falei, meio nervosa.

Se Julie percebeu a tensão, fingiu que não.

– Nina, essas coisas não "acabam se resolvendo" assim. Talvez eu nem devesse dizer isso, mas...

– Então não diga – soltei bruscamente. – Talvez seja melhor guardar algumas coisas para nós mesmos.

Na nossa amizade não havia precedente para esse tipo de conversa, mas, novamente, tive a impressão de que Julie estava questionando o caráter do meu único filho. Do *afilhado* dela. Julgá-la por isso era bem mais fácil do que admitir que *eu também* estava questionando o caráter dele.

– Ok – disse Julie, com cordialidade, mas sem arrependimento.

Falei que precisava desligar, depois agradeci os conselhos.

– Não foi nada – disse ela. – Sempre que precisar.

CAPÍTULO 9

# TOM

Na tarde de segunda-feira, enquanto lavava a louça da véspera, recebi a ligação de um número privado. Obedecendo a um impulso, atendi, e ouvi uma voz masculina que não reconheci.

– Oi. É Thomas Volpe?

– Sim, é o Tom – respondi, interrompendo o que fazia.

– Oi, Tom – disse o homem. – Aqui é Kirk Browning, pai do Finch.

Por um segundo não consegui falar.

– Alô? Você está aí?

– Pois não – falei, enquanto meu punho se fechava e eu apertava o telefone com a outra mão. – O que posso fazer por você?

A resposta foi rápida e direta:

– Sou *eu* quem gostaria de fazer alguma coisa por *você*. Pra tentar reparar o que meu filho fez.

– Hum... Não sei se isso é possível.

– Entendo. Mas será que não podemos pelo menos... conversar pessoalmente?

Meu instinto foi dizer que não, que não havia nada que ele pudesse me dizer, ou que eu pudesse dizer a ele. Mas, pensando melhor, concluí que na verdade eu tinha *muito* a dizer a esse homem.

– Sim, tudo bem. Quando?

– Bem, vejamos... Neste momento estou fora da cidade. Volto na manhã de quarta-feira... Quarta à noite está bem pra você? Seis horas na minha casa?

– Hum, não. Realmente não dá pra mim. Estou com minha filha nesse horário – falei, deixando claro que tipo de pai eu era.

– Nesse caso, me diga quando.

Isso era o que ele deveria ter dito desde o início.

– Quarta-feira, meio-dia – falei, esperando que não fosse *nem um pouco* conveniente para ele.

Que ele até fosse obrigado a antecipar o voo.

Ele pensou um pouco, depois disse:

– Claro. Pra mim está bom. Chego às onze no aeroporto. Podemos deixar pra meio-dia e meia, só por garantia?

– Ok.

– Ótimo. Posso passar meu endereço?

– Mande uma mensagem. Mas dessa vez... não deixe o número privado.

---

Tendo morado a vida inteira numa cidade como Nashville, eu já tinha visto muitas casas impressionantes, e sabia o que esperar daquele endereço dos Brownings em Belle Meade. Mesmo assim, fiquei boquiaberto ao entrar com o carro na propriedade. Um caminho longo, ladeado pelos arbustos altos de uma cerca viva, levava a um casarão de tijolo e pedra no estilo Tudor que mais lembrava um castelo de conto de fadas. Sempre gostei de casas antigas, e não pude deixar de admirar os detalhes da arquitetura: o telhado todo triangulado, as telhas de ardósia, a fachada de enxaimel, as janelas altas e seus vitrais. Desci do carro, fechei a porta e segui em direção às enormes portas duplas de mogno, elaboradamente entalhadas, flanqueadas por dois lampiões tremeluzentes. Estremeci ao imaginar o valor astronômico da conta de gás da casa, sem falar na hipoteca. Depois lembrei que pessoas assim provavelmente não precisavam de hipoteca.

Eu me aproximei da varanda da frente, tentando identificar exatamente o que sentia. Ainda estava tão furioso quanto antes, mas não era só isso. Eu estava intimidado? Não. Com inveja? De jeito nenhum. Ressentido com a fortuna deles? Também não. Enquanto observava a campainha, concluí que o problema estava na *previsibilidade* da situação toda: o menino rico que aprontava com a garota pobre, e era irritante fazer parte desse clichê. Assim como era irritante a insensibilidade do imbecil com quem encontraria agora. Sinceramente, também estava irritado com a falta de consciência do idiota do pai. Quem, a não ser um *babaca* totalmente sem noção, convidaria um desconhecido para uma conversa em sua própria casa, se a casa fosse como *aquela*, sobretudo quando seu filho imbecil havia aprontado? Será que havia pesquisado sobre Lyla ou sobre mim? Será que fazia ideia de que ela era uma das poucas bolsistas da Windsor? Levaria dez segundos no Google para descobrir que eu era marceneiro, do tipo que ele provavelmente contrataria e ficaria pagando a prestação – o que significava que ou não tinha feito nada disso ou que tinha feito mas não estava nem aí para os meus sentimentos. Eu não tinha certeza do que era pior, mas o odiava mais a cada segundo.

Com um peso nos ombros, toquei a campainha e ouvi seu som formal ecoar dentro da casa. Por trinta segundos não apareceu ninguém, e lembrei a mim mesmo que o dinheiro era a única coisa a favor daquela gente. Eu tinha superioridade moral e todas as vantagens que vinham com ela.

Finalmente a porta se abriu, e ali estava uma senhora latina que me instruiu a entrar, ela chamaria o Sr. Browning. A cena não podia ser mais *clássica*. Sobretudo quando o "Sr. Browning" imediatamente surgiu atrás dela. Ele claramente poderia ter chegado à porta primeiro, mas *queria* que sua empregada imigrante a abrisse. *Parecer importante a qualquer custo* era, certamente, um de seus lemas.

Sem ao menos agradecer-lhe ou apresentá-la, ele passou direto e se postou à minha frente. Eu odiava tudo em sua aparência. Tinha a pele avermelhada, como se tivesse passado a manhã bebendo no clube de golfe. O cabelo estava com gel e era escuro demais para ser a cor verdadeira. E precisava abotoar pelo menos mais dois botões na camisa de linho rosa.

– Como vai, Tom? – falou, estendendo a mão para apertar a minha, a voz retumbante como a de um desses garotos de fraternidade combinada ao aperto ridiculamente firme. – Kirk Browning. Por favor, entre.

Acenei com a cabeça e me esforcei para cumprimentá-lo enquanto ele me dava passagem. Olhei de relance para o hall, surpreso com a decoração moderna e descolada. Uma gigantesca tela abstrata azul-clara pendia sobre uma cômoda preta laqueada. Não era lá do meu gosto, mas tinha de admitir que era bem impressionante.

– Obrigado por ter vindo – disse Kirk, totalmente radiante. – Vamos para o meu escritório?

– Tudo bem.

Ele assentiu, conduzindo-me por uma sala de aspecto formal e um amplo corredor, até chegarmos a um escritório escuro com lambris de madeira, decorado com cabeças de animais de caça nas paredes, mais um toque radical de design. Kirk deu um sorrisinho e disse:

– Bem-vindo à minha caverna particular.

Respondi com um sorriso forçado, e ele apontou para o carrinho de bebidas abastecido, dizendo:

– Será que é cedo demais pra um uísque? Já são cinco horas em algum lugar do planeta, certo?

– Não, obrigado. Mas fique à vontade.

Ele pensou por um segundo, como se realmente cogitasse beber alguma coisa, mas acabou desistindo. Depois apontou para as duas poltronas que pareciam flutuar no meio da sala. Fiquei com a impressão de que tinham sido postas ali especialmente para nossa conversa e cheguei a sentir um calafrio.

– Sente-se, por favor.

Escolhi a poltrona que dava para a porta, de costas para a lareira a gás. Claro que o almofadinha não iria queimar lenha de verdade, pensei, enquanto ele se sentava com os pés perfeitamente paralelos. A calça subiu o suficiente para revelar as canelas. Não usava meias dentro dos sofisticados mocassins. Coisas de Belle Meade.

– Mais uma vez, *Tom*, obrigado por ter vindo – disse ele, exagerando a pronúncia do meu nome ao alongar o fim.

Apenas assenti. Não facilitaria as coisas.

– Espero não ter atrapalhado muito o seu dia.

Dei de ombros e disse:

– Meus horários são flexíveis, sou autônomo.

– Ahh. E trabalha com o quê, Tom?

– Sou marceneiro.

– Puxa, uau. Que ótimo – disse ele, esbanjando condescendência tanto na voz quanto no olhar. – Dizem que as pessoas mais felizes trabalham com as mãos. Eu adoraria ser um pouco mais... habilidoso – completou, olhando para as próprias mãos, decerto tão macias quanto inúteis. – Não sei nem trocar uma lâmpada direito!

Tentei resistir ao desejo de perguntar quantas pessoas ele tinha no quadro de funcionários apenas para trocar lâmpadas, mas depois não vi sentido nisso.

– Imagino que tenha alguém pra fazer isso.

Kirk pareceu surpreso, mas logo se recuperou, dizendo:

– Na realidade, minha mulher, Nina, é ótima nesse tipo de coisa. Acredite se quiser.

Ergui a sobrancelha.

– Ótima em... trocar lâmpadas?

– Não, não. Quer dizer... Ela adora esses pequenos projetos domésticos. Mas, claro, para os mais complicados temos um faz-tudo. Um cara ótimo. O Larry – explicou ele, como se todos os trabalhadores manuais conhecessem uns aos outros.

Correndo os olhos pelo escritório, perguntei:

– Mas então, onde está sua esposa? Não vai participar da conversa?

Ele fez que não com a cabeça e se justificou:

– Infelizmente ela já tinha um compromisso.

– *Infelizmente* – repeti, impassível.

– Pois é. Mas de repente acho que é até melhor se pudéssemos conversar, sabe, de homem pra homem.

– Sim. De homem pra homem – repeti.

– Isso, Tom – afirmou ele, e respirou fundo. – Em primeiro lugar, Tom, eu gostaria de pedir desculpas em nome do meu filho. A foto que ele tirou da sua filha é realmente inadmissível.

Estreitei os olhos como se não tivesse entendido direito, dando corda para que se enrolasse.

– Foi *terrível* – prosseguiu ele. – E acredite em mim, Finch agora tem plena consciência disso.

– *Agora*? Quer dizer então que *antes* ele não tinha? Quando postou a foto?

– Bem, na realidade ele não *postou* nada... – disse Kirk, erguendo as mãos.

– Ah, perdão – falei, embora nunca usasse essa palavra. – Ele não sabia que era errado quando *enviou a foto* aos amigos?

Dificilmente ele poderia responder na negativa, pensei, mas foi justamente o que fez.

– Não, num primeiro momento, não. Ele não parou pra pensar. Você sabe como são os adolescentes... Mas ele agora entendeu. Entendeu perfeitamente, e está arrependido. *Muito* arrependido mesmo.

– Já se desculpou com a Lyla? – perguntei, sentindo que sabia a resposta.

– Bem... ainda não. Mas quer se desculpar. Fui eu que pedi a ele que esperasse até termos nossa conversa. Queria me desculpar com você primeiro.

Limpei a garganta e, escolhendo cuidadosamente as palavras, falei:

– Bem, *Kirk*. Pedir desculpas é muito bom, mas... infelizmente não apaga o que seu filho... como é mesmo o nome dele?

– Finch – respondeu Kirk, assentindo, o queixo quase alcançando o peito. – O nome dele é Finch.

– Ah, claro. Como em... *Atticus* Finch? – perguntei.

– Exatamente! – Ele deu sorriso largo. – *O sol é para todos* é o livro predileto da minha mulher.

– O meu também, quem diria – falei, descruzando os braços para dar um tapinha irônico na minha perna.

– Nossa, que coincidência. Vou falar pra ela – disse Kirk, sorrindo. – Mas então... onde estávamos?

– Estávamos falando do que *seu filho* fez com *minha filha*.

– Isso. Olha, você nem imagina o quanto ele está arrependido...

– *Quanto*? – perguntei, com um sorriso falso.

– Ah, muito. Muito, *muito* arrependido. Está arrasado. Não tem comido nem dormido direito desde que...

Eu o interrompi com uma risada cáustica, já começando a perder a compostura.

– Então... peraí. Você não está querendo que eu... que eu sinta *pena* do seu filho, está?

– Não, não! Não é nada *disso*, Tom. Eu só quis dizer que o Finch tem consciência de que fez algo errado. E que está arrependido de verdade. Mas aquela legenda da foto... Ele não escreveu aquilo por mal. Foi só... uma piada.

– Seu filho costuma fazer piadas *racistas*?

– Claro que não – disse ele, finalmente começando a suar. – Sua filha nem é hispânica... é?

– Não, não é.

Seu rosto se iluminou.

– Eu sabia – disse ele, como se isso encerrasse o caso.

– A mãe dela é *brasileira* – expliquei, e vi o sorriso de antes dar lugar a um olhar de interrogação. – Portanto, tecnicamente a palavra que você deveria ter usado é *latina*. *Hispânico* é um etnônimo que se refere apenas aos espanhóis e a outros falantes de língua espanhola. E, como você deve saber, no Brasil se fala português.

Tudo isso eu havia aprendido recentemente com Lyla, depois de uma pesquisa que ela mesma havia feito para entender melhor quem era.

– Muito interessante – disse Kirk, soando condescendente outra vez ou procurando uma tábua de salvação para o filho. – Quer dizer então que... os brasileiros *não são* uma etnia diferente?

– Os brasileiros podem ser de qualquer raça, *Kirk* – expliquei pausadamente, como se estivesse falando com um idiota. E estava. – Assim como os americanos.

– Ah, sim, claro. Faz sentido. Então a Lyla é branca?

– Em grande parte – respondi.

Não queria dar respaldo à ignorância daquele homem com uma explicação sobre a genealogia da minha filha. Que, aliás, nem eu mesmo sabia direito qual era. Sabia apenas que a mãe de Beatriz era uma brasileira branca de origem portuguesa e que o pai era mestiço, descendente de negros. O que significava que Lyla era... o quê? Afro-brasileira?

– Em grande parte? – perguntou Kirk.

– Olha, o que interessa é que, embora a mãe de Lyla tivesse um *green card*, Lyla é cem por cento americana.

– Isso é maravilhoso. Maravilhoso mesmo.

– Isso o quê? – perguntei.

– Tudo. Que a mãe tenha vindo. Que a Windsor tenha esse tipo de diversidade...

– Não creio que a Windsor seja tão diversificada, mas... é uma escola excelente. Fiquei muito impressionado com os professores. E com o diretor – falei, deliberadamente.

Kirk assentiu.

– Sim, o Walt é realmente muito bom no que faz. E reconheço que agora está numa posição difícil. Depois desse... incidente. Acho que será melhor pra todo mundo se ele acabar optando por resolver esse problema internamente.

– Internamente? – perguntei, mesmo sabendo aonde ele queria chegar.

– Sim. Entre as nossas duas famílias. Posso garantir que o Finch está sendo punido com todo o rigor. E gostaríamos de compensar você pelo... pelo seu tempo de trabalho... e sobretudo por qualquer angústia que isso possa ter causado a você e sua filha.

Eu o encarei, incrédulo, enquanto ele caminhava até a mesa, abria uma das gavetas e puxava um envelope branco de tamanho comercial. Quando ele voltou para entregá-lo a mim, pude ver meu nome escrito, e fui dominado por uma mescla de sentimentos. Eu deveria socar esse cara? Ou pegar o dinheiro e fugir? De qualquer modo, fiquei curioso para saber quanto esse palhaço achava que seria necessário para nos comprar. Talvez realmente tivesse feito uma pesquisa e soubesse que eu era marceneiro. Talvez até me tomasse por um "marceneiro *hispânico*". Ou talvez tivesse múltiplos envelopes na gaveta: um primeiro para a eventualidade de um trabalhador de minoria, um segundo para a de um operário branco, um terceiro para a de um colega executivo. *Lutar ou fugir, lutar ou fugir?* Isso não deveria ser uma escolha, e sim uma reação instintiva.

De um jeito ou de outro, acabei optando por fugir, e me levantei para receber o envelope. Ao colocá-lo no bolso de trás da calça, senti que continha notas. *Muitas* notas.

Uma verdadeira expressão de alívio atravessou o rosto de Kirk.

– Estou muito feliz por termos tido essa conversa, Tom. Ela foi muito, muito *construtiva*.

– É, foi, sim – falei.

– E se você não se incomodar de informar ao Walt que resolvemos isso...

A voz dele sumiu, porque acho que nem ele era descarado o bastante para realmente pronunciar: *estou te comprando*.

Numa última simulação, assenti com a cabeça, abri o mais falso dos sorrisos e me deixei ser alegremente conduzido para a porta.

CAPÍTULO 10

# NINA

Kirk chegou do aeroporto apenas meia hora antes do encontro com o pai de Lyla. Já desfazia a mala, andando de lá para cá entre o closet e nosso banheiro, quando tentei puxar assunto. Perguntei o que ele pretendia dizer a Thomas Volpe, se queria mesmo que eu ficasse de fora da conversa. Para meu grande alívio, e uma ponta de culpa, ele respondeu que tinha certeza *absoluta*, e que preferia não falar dos detalhes.

– Não quero dar a impressão de uma conversa ensaiada – explicou. – A coisa tem de ser natural, entende?

– Claro – falei sem nenhuma convicção, mas tão aliviada quanto antes.

Minutos depois, saí de casa meio em pânico. Enquanto tentava distrair a cabeça com alguma tarefa boba, me pegava pensando em Kirk e naquelas qualidades que tanto haviam me atraído um dia, mas que agora me frustravam. Ele tinha de ter *sempre* razão, de estar *sempre* no controle. Mas no início da nossa relação, vez ou outra eu era uma exceção a sua regra, pois ele ouvia minha opinião quando já não ouvia a de mais ninguém. No mínimo, tínhamos uma parceria. Éramos uma dupla de iguais.

De repente me veio à cabeça um episódio da infância de Finch. Ele e um amiguinho haviam mergulhado as orelhas do cachorro dos vizinhos, um filhote de cocker spaniel, numa lata de tinta azul. Finch negou, por mais contundentes que fossem as provas em contrário, entre elas as manchas de tinta que encontrei nas solas do seu pequeno tênis Nike. Kirk e eu divergíamos quanto ao melhor caminho a tomar. Ele defendia o uso da força bruta para extrair uma confissão, mas eu o convenci a me deixar tentar outra coisa primeiro. Então fomos os três para a mesa da cozinha. Falei para Finch que nunca deixaria de amá-lo, não importava o que tivesse feito, e como era importante falar a verdade.

– Fui eu, mamãe – disse, aos prantos. – Desculpa!

Ainda me lembro do jeito que Kirk me olhou, do jeito que fizemos amor naquela noite, da declaração que ele fez depois, dizendo que havia escolhido a melhor mãe do mundo para seu filho.

Fazia muito tempo que ele não me olhava assim.

—

Cerca de uma hora depois, eu ainda estava na rua quando Kirk ligou, perguntando se eu queria almoçar com ele.

– Ah, não, foi tão ruim assim? – perguntei, porque ele nunca tinha tempo, a menos que fosse algum almoço de negócios.

– Não, pelo contrário – disse ele, animado. – Foi ótimo.

– Sério?

– É. Tivemos uma ótima conversa. Gostei dele.

– E ele? Gostou de *você*?

– Claro – disse Kirk, rindo. – Que motivo teria pra não gostar?

Ignorei a pergunta e pedi mais detalhes.

– No almoço eu conto tudo. A gente se encontra no clube?

Ele se referia ao Belle Meade, o *country club* do qual éramos sócios e do qual sua família sempre fora.

– Hum, podemos ir a outro lugar? – falei, me lembrando subitamente de como havia me sentido no clube quando comecei a ir lá com Kirk e sua família.

Na ocasião fiquei desconfortável: a equipe bajuladora em seus rígidos paletós brancos, as salas formais cheias de tapetes orientais e móveis antigos e, sobretudo, a uniformidade dos sócios, todos muito brancos. Até 2012 não havia sócios negros, ao passo que quase todos os funcionários eram dessa cor. Para não faltar à verdade, tal como Kirk já havia observado, muitos afro-americanos foram abordados com um convite para se associar, mas simplesmente recusaram, o que para mim era perfeitamente compreensível.

Em algum ponto do caminho, no entanto, eu havia sucumbido ao luxo, focando mais na beleza, na serenidade e na inegável conveniência da associação do que na exclusividade. Eram raras as semanas em que eu não passava pelo menos algumas horas por lá, jogando tênis, bebendo com as amigas na varanda que dava para o campo de golfe ou jantando com Finch e Kirk no restaurante de grelhados.

– Você tem algo contra o clube agora? – perguntou Kirk, como se estivesse lendo meus pensamentos.

– Não é isso. É que não estou muito a fim de conversar com as pessoas. Diante de tudo isso que...

– Tudo bem – disse ele, cedendo mais rapidamente do que eu havia previsto. – Quer que eu ligue pro Etch ou pro Husk?

A probabilidade de topar com algum conhecido nesses restaurantes também era alta, mas eu não queria dificultar as coisas. Além disso, *adorava* o Husk, talvez o meu restaurante predileto na cidade. Então falei que o encontraria lá.

– Ótimo – disse Kirk. – A gente se vê daqui a pouco.

Vinte minutos depois, estávamos confortavelmente acomodados no primeiro andar do restaurante, numa casa do século XIX repleta de objetos de arte em Rutledge Hill. Kirk *ainda* não havia contado nada sobre a conversa, preferindo fazer suspense, insistindo que tomássemos uma taça de vinho antes. Por melhores que fossem as notícias, isso era irritante. Fomos atendidos por uma garçonete que já conhecíamos. Conversamos um pouquinho com ela, depois fizemos nosso pedido: um hambúrguer para Kirk, camarão com creme de milho para mim, uma taça de vinho para cada um.

Assim que a moça se afastou, falei:

– Então? Será que *agora* você pode me contar o que aconteceu?

Kirk assentiu e respirou fundo.

– Bem, o cara chegou logo depois que você saiu. Fomos pro meu escritório, jogamos conversa fora por um tempo... depois fomos ao que interessava. De início ele se fez de ofendido, mas não dei corda.

– Como assim?

– Fui logo dizendo que o Finch estava muito arrependido, e que a gente também sentia muito.

– E o que foi que ele disse?

– Na realidade, não muito. Ficou bem quieto. Mas acho que concordou com a ideia de resolvermos a coisa entre nós.

– Jura? – falei, mais do que surpresa.

– Sim.

– Quer dizer que ele não vai levar o caso pro Conselho Disciplinar?

– Exatamente – disse Kirk quando a garçonete trouxe dois pãezinhos à mesa.

Ele começou a passar manteiga num deles, com ar de vitória.

– Mas... como? Por quê? Ele simplesmente concordou com você?

– Bem, digamos que dei a ele um pequeno... incentivo.

Arregalei os olhos, já apavorada.

– Que tipo de incentivo?

– Do tipo financeiro – disse Kirk, calmamente.

– *O quê?*

– Como assim, o quê? Só lhe dei um pouco de dinheiro – respondeu ele, o rosto impassível. – Nada de mais.

– Pelo amor de Deus... Quanto foi que você deu?

Ele deu de ombros, depois balbuciou:

– Quinze mil.

Balancei a cabeça e soltei um gemido.

– Por favor, por favor, Kirk, me diga que você está de brincadeira.

A julgar pela expressão em seu rosto, não estava.

– Puxa, Nina. Você acha que o futuro do nosso filho não vale quinze mil?

– O problema não é o *valor*, Kirk. Ou o *baixo* valor dessa sua...

– Quinze mil é *muito* dinheiro pra maioria das pessoas – afirmou ele, sempre o defensor dos oprimidos quando convinha. – E o cara é *marceneiro*.

– Não é isso que interessa! – gritei, depois olhei discretamente à minha volta, confirmando que não havia conhecidos por perto; mesmo assim, baixei o tom de voz. – O problema é você ter dado a ele um *cala-boca*.

Kirk revirou os olhos e deu um sorrisinho condescendente.

– Não estamos num filme de gângster, Nina. Não foi um "cala-boca". Não pedi a ele que *calasse* nada.

– Nem precisava. Que outro motivo você teria?

– Bem, por um lado, foi um gesto simbólico de nosso pedido de desculpas. Por outro, um pequeno incentivo.

– Incentivo *pra quê*?

– Pra que ele diga ao Walt que não quer levar o caso pro Conselho Disciplinar.

– Você chegou a *dizer* isso a ele? – perguntei, cada vez mais horrorizada.

– Não foi preciso. Ficou subentendido. Olha, Nina, o cara embolsou o dinheiro na maior felicidade. Não forcei a barra.

– Você pagou quinze mil *em dinheiro vivo*?

– Sim, e como eu disse, ele *pegou*. Foi uma espécie de acordo tácito. Um contrato.

Apertei os lábios, refletindo. Eram tantos absurdos que ele me dizia que eu nem sabia por onde começar.

– E o Finch? – falei. – Você pretende contar a ele sobre esse pequeno contrato?

– Não. Acho melhor deixar o Finch de fora.

– Deixar de fora a pessoa que é a única responsável?

– De fora da solução, Nina. Não do castigo. Ele *está* sendo punido, esqueceu?

– Tudo bem. Mas... e se ele souber? E se Finch descobrir que o pai fez uma coisa tão escusa? E que a mãe foi conivente?

Ele balançou a cabeça.

– Essa possibilidade não existe. O cara não vai falar... Raciocina comigo... quando a gente molha a mão de alguém pra conseguir uma mesa no restaurante, a pessoa anuncia? Não, não anuncia. Porque a coisa é "escusa" pra *ambas* as partes.

– Então você *admite* que fez algo escuso.

Kirk deu de ombros.

– É o que você quer que eu admita? Tudo bem. Eu admito. Foi meio escuso. Mas foi por uma boa causa. Pelo meu filho. E funcionou.

– Como você sabe que funcionou? – perguntei.

– Porque ele pegou o dinheiro, Nina... E antes disso me deu uma aula sobre imigração, falando que brasileiros não são hispânicos e que a filha é americana, *blá, blá, blá*... Cheio de atitude. E depois dei a ele o dinheiro e de repente ele ficou tranquilo, todo calminho, e pegou. Então me diga, Nina, funcionou ou não funcionou?

Diante do meu silêncio, ele próprio respondeu:

– Sim. *Funcionou*. Você até pode ficar aí se fazendo de santa, mas no fundo concorda comigo. Sabe que valeu a pena.

Fiquei olhando para ele, os pensamentos confusos, indo e vindo. Por um lado, por mais que me sentisse culpada, era um alívio que o pai de Lyla tivesse cedido. Além disso, não havia como voltar atrás. Eu não podia exigir que ele devolvesse o dinheiro.

– Bem, seja como for, já passou da hora de Finch se desculpar com a Lyla. Olho no olho – falei, enquanto a garçonete servia nosso vinho.

Esperei que Kirk provasse e desse seu ok, e só depois retomei o que vinha dizendo.

– E tem mais. Quero que a gente sente mais uma vez, os três, pra uma conversa mais profunda. Sobre *tudo*. Faz dois dias que Finch está me evitando. Mais do que dois, até. Não sei dizer se está arrependido ou emburrado. – A garganta ficou apertada. – Não sei o que está se passando no *coração* dele agora...

– Ele está arrependido, Nina. E você sabe que ele tem um bom coração. Isso tudo vai passar, fique tranquila.

Eu já ia dizendo que *achava* que conhecia o coração de Finch, mas... Julie estava certa. O menino doce que eu conheci um dia jamais teria feito isso com uma garota. Nem com ninguém. Simplesmente não fazia sentido.

Mas havia algo tão forte e reconfortante no olhar que Kirk me lançava que fez com que eu desistisse da ideia de argumentar. Então preferi dar um voto de confiança ao meu marido, acreditando, pelo menos por ora, que ele estava certo. Que de alguma forma sairíamos daquele pesadelo.

―

Naquela noite tentamos falar com Finch – Kirk e eu, *juntos*. Mas ele insistiu que precisava estudar para uma prova. Poderíamos conversar amanhã? Nós cedemos, e Kirk foi cedo para a cama, dizendo que estava exausto. Tentei fazer o mesmo, mas de repente me vi deitada a seu lado mais acordada e ansiosa do que nunca.

Lá pela meia-noite, levantei e fui para o escritório. Tirei a lista telefônica da Windsor de uma gaveta e não demorei a encontrar o nome de Lyla e Thomas Volpe. A mãe não estava na lista, o que era estranho, porque casais divorciados sempre recebiam dois registros independentes, então concluí que a mãe de Lyla havia morrido. Desejei que não tivesse sido recentemente. Ou não. Seria melhor que Lyla tivesse tido a mãe por perto tanto quanto possível. Cada vez mais melancólica, consultei seu endereço. Moravam na Avondale Drive, uma rua que não soava familiar, embora eu soubesse que o código postal 37206 era de East Nashville, depois do rio Cumberland. Liguei o laptop, abri o Google Maps no modo *street view* e digitei o endereço. A imagem era a de uma casa pequena em Lockeland Springs. Pelo que eu podia ver da foto desfocada, a residência ficava no alto de um terreno estreito e tinha uma escada que descia até a rua. Havia uma pequena árvore no quintal e alguns arbustos ao longo da casa. Depois de esquadrinhar a imagem, pesquisei o endereço. Descobri que Thomas Volpe havia comprado a casa em 2004 pelo preço de 179 mil dólares, e senti uma pontada de vergonha, quase remorso, ao pensar nos quase 4 milhões desembolsados por nossa casa. Em seguida abri a fatura on-line do nosso cartão American Express, mal acreditando no que já tínhamos gastado naquele mês. Era impressionante a rapidez com que as coisas se somavam, algumas centenas de dólares de cada vez. Neste mês em particular, a maior parte dos débitos eram meus, mas vi uma cobrança de mil dólares de Finch na Apple Store; duzentos dólares na Imogene + Willie; e 150 dólares no restaurante Pinewood Social, na véspera da festinha de Beau. Eu me lembrei de uma conversa dele sobre estar "precisando" de um telefone novo, mas não lembrei se me pediu permissão ou só me informou sobre a compra depois de realizada. Tinha certeza de que não havia mencionado qualquer outra compra ou jantar. Não que houvesse regras reais em torno de seus gastos.

Na verdade, quase nunca falávamos de dinheiro com nosso filho. Depois da mudança do cenário financeiro da família, cinco anos antes, a análise do que comprar ou não se tornou bastante simples. Ninguém perguntava mais se "precisávamos" ou se "podíamos pagar", bastava "querermos". Se a resposta fosse sim, normalmente comprávamos. O resultado disso era que Finch não sabia nada sobre dinheiro – nem pensava realmente sobre isso –, e não fazia ideia das dificuldades que as pessoas normais costumavam passar e menos ainda os mais *necessitados*. De repente percebi que estava fugindo do cerne da questão. Dinheiro e bens materiais nada tinham a ver com o que Finch havia feito. Caráter não tinha a ver com dinheiro.

No entanto, algo me dizia que Julie discordaria, sobretudo se soubesse do suborno de Kirk, que parecia cada vez mais relevante. E se Thomas realmente estivesse precisando de dinheiro? Isso mudaria a análise dos fatos? Atenuaria de alguma forma o que Kirk havia feito? Como não tinha certeza, resolvi aprofundar minha pesquisa. Mordi o lábio, abri o Facebook e busquei por "Thomas Volpe". Encontrei três, só que nenhum era da região. Então fiz uma pesquisa mais geral no Google, mas também não encontrei nada de útil. Repetindo a pesquisa com o nome de Lyla, descobri que ela tinha um perfil no Facebook e outro no Instagram, ambos privados. Só o que eu podia ver eram as fotos de perfil, duas fotos diferentes num mesmo dia de verão. Não havia dúvida de que se tratava da mesma garota fotografada por Finch, mas nessas fotos ela parecia feliz, de pé num píer, vestindo uma blusa de ombro a ombro e um short branco. Era uma menina linda, tinha o corpo esguio e belos cabelos compridos. Mais uma vez pensei em sua mãe, me perguntando não apenas *quando*, mas *como* ela havia morrido. Então, sem poder esperar nem mais um segundo, consultei o endereço de e-mail de Thomas Volpe na lista, respirei fundo e comecei a digitar.

> Caro Thomas,
> Meu nome é Nina Browning. Sou a mãe do Finch. Sei que você esteve com meu marido hoje, e ele me contou um pouco da conversa que tiveram. Não sei ao certo como você está se sentindo, mas acho que ainda há muito o que ser dito, e feito, para que possamos acertar as coisas... Gostaria de saber se você consideraria me encontrar para uma conversa. Espero muito que sim. E, o mais importante, espero que Lyla esteja bem, apesar da coisa terrível que meu filho fez com ela. Vocês dois estão em meus pensamentos.
> Atenciosamente,
> Nina

Reli a mensagem rapidamente e enviei antes que pudesse mudar de ideia ou alterar alguma coisa no texto. O alerta de mensagem enviada percorreu o escritório e, por um segundo, senti um arrependimento. Por um lado, sabia que Kirk veria isso como um erro estratégico e, pior ainda, como uma traição imperdoável a ele e a Finch. Por outro lado, e do ponto de vista puramente prático, o que eu diria àquele homem caso ele aceitasse me encontrar?

Enquanto eu me convencia de que estava sofrendo à toa, porque Thomas dificilmente responderia (afinal, ele havia aceitado o dinheiro de Kirk), seu nome pipocou na tela do meu computador. Meu coração disparou numa mistura de alívio e pavor. Abri minha caixa de entrada e li: Amanhã 15h30 no Bongo East? Tom.

Está ótimo, digitei, as mãos trêmulas. Até amanhã, então.

---

A manhã seguinte foi nada menos que uma tortura. Não fiz mais do que perambular pela casa, olhar para o relógio e contar os minutos até o encontro com Tom. Às onze, me obriguei a ir a uma aula de meditação com o mais zen de todos os instrutores, mas não adiantou nada. Com os nervos à flor da pele, voltei para casa, tomei uma ducha e sequei o cabelo, que ficou armado demais, com "cara de salão", então fiz um rabo de cavalo e deixei algumas mechas soltas nas laterais. Depois fiz uma maquiagem bem leve, deixando o delineador de lado, e fui ao closet decidir o que vestir. Sempre achei complicada essa coisa de meia-estação, sobretudo na hora de escolher os sapatos. Estava quente demais para uma bota e frio demais para sandálias. Scarpins eram muito formais, e sapatos baixos me deixavam insegura – e não era o momento para insegurança. Acabei optando por uma sandália Anabela nude e um vestido transpassado Diane Von Furstenberg. Quanto às joias, fiquei apenas com um brinquinho de diamante e a aliança de casamento, e sem meu chamativo anel de noivado. Sabia que pensar na aparência naquelas circunstâncias, dar importância a tantos detalhes, era ridiculamente superficial, mas também sabia que era importante causar uma boa impressão, e eu não queria ostentar nada, apenas demonstrar respeito.

Antevendo o trânsito de Nashville, e minha tendência a me atrasar, cheguei a Five Points vinte minutos antes e parei o carro na única vaga livre das três que ficavam diante do sobrado que abrigava o café escolhido por Tom, o Bongo. Nunca havia estado ali antes, mas já tinha passado na frente diversas vezes, e me lembrei de Finch me dizendo que também era conhecido como Game Point. Logo vi por quê. Na parede dos fundos, estantes de ferro e madeira disponibilizavam à clientela mais de cem jogos de tabuleiro, a maioria antigos. Num canto, um casal de mais idade jogava Batalha Naval. Pareciam estar começando um relacionamento, muito felizes. Em outras mesas, muitas pessoas sozinhas, a maioria com laptops ou material de leitura.

Na fila do caixa, examinei o cardápio colorido escrito a giz, depois pedi um *latte* e um *muffin* de batata-doce com chocolate branco que pareceu interessante, mesmo sabendo que provavelmente não comeria nem a metade porque meu estômago estava embrulhado. Paguei e deixei uma nota de um dólar no pote de gorjetas, no qual estava escrito: NÃO GOSTA DE MOEDAS? ENTÃO DÊ PRA GENTE! Enquanto esperava o barista tatuado fazer minha bebida, corri os olhos à minha volta e observei o teto de aspecto industrial, a tubulação aparente do ar-condicionado, o piso de cimento verde-musgo e a intensa luz do sol se infiltrando pelas grandes janelas de blocos de vidro. O lugar era bem agradável, com uma atmosfera diferente dos Starbucks e das lojas de suco da minha vizinhança. Assim que recebi o *latte* e o *muffin*, que esquentaram no micro-ondas, fui para uma mesa junto a parede, perto do canto de jogos. Sentei de frente para a porta, onde bebi meu café e esperei.

Às três e meia em ponto, um homem de compleição e estatura mediana entrou e correu os olhos pelas mesas. Parecia um pouco jovem demais para ter uma filha adolescente, mas, assim que nossos olhares se cruzaram, tive certeza de que era Tom Volpe.

Eu me ergui um pouco da cadeira e chamei baixinho por ele. Talvez estivesse longe demais para ouvir, mas decerto interpretou corretamente meus sinais corporais, porque acenou com a cabeça e veio andando na minha direção. Com o cabelo castanho um pouco comprido, barba de dois dias por fazer e um maxilar bem marcado, ele parecia *mesmo* um marceneiro. Um segundo depois estava diante da mesa, olhando diretamente nos meus olhos. Permaneci de pé.

– Tom? – falei.

– Sim – respondeu ele, a voz grave.

Ele não tomou a iniciativa de apertar minha mão, não sorriu, não fez nada do que se espera quando se encontra com alguém, mas também não me pareceu hostil. O que me deixou aliviada. E desconcertada, talvez mais do que se estivesse furioso. Eu fiquei sem saber o que fazer.

– Oi – falei, alisando o vestido com as mãos. – Eu sou a Nina.

– Sim – repetiu ele, impassível.

– Muito prazer em conhecê-lo – falei sem pensar, imediatamente me arrependendo, já que não havia nada de *prazeroso* naquele encontro, e nós dois sabíamos disso.

Mas ele não esboçou reação, disse apenas que ia buscar um café, e saiu abruptamente para o caixa. Esperei alguns segundos antes de me sentar outra vez, depois olhei discretamente para ele, examinando-o mais um pouco. Parecia estar fisicamente em forma, tinha um corpo atlético ou, pelo menos, naturalmente forte. Usava calça jeans desbotada, blusa de malha cinza para fora e botas surradas que desafiavam qualquer tipo de classificação. Não faziam o gênero *country* nem eram aquelas de operário, com solado de borracha. Muito menos eram de alguma grife europeia ou da moda, como as muitas que Kirk tinha no closet.

Tom pagou, deixou o troco no pote de gorjetas, pegou o café e veio ao meu encontro. Baixei a cabeça e procurei me acalmar, ainda sem saber ao certo o que iria dizer.

Segundos depois ele estava sentado à minha frente. Tirou a tampa do café com o polegar e abanou o vapor. Quando ele me olhou, travei completamente. Por que eu não tinha me preparado melhor? Não era à toa que Kirk nunca confiava em mim para representá-lo nas reuniões mais importantes.

Foi Tom quem tomou a palavra, salvando-me, embora eu soubesse que não era sua intenção.

– Você me parece familiar – disse, apertando um pouco olhos. – Já nos conhecemos?

– Acho que não – falei. – Talvez da Windsor, não?

– Não, não é isso – respondeu ele, balançando a cabeça. – Tenho a impressão de que... foi muito tempo atrás.

Mordisquei o lábio, começando a suar, e desejando que meu vestido não fosse de seda.

– Não sei... Não tenho a memória muito boa para fisionomias. Às vezes até acho que tenho aquele distúrbio...

– Que distúrbio? – disse Tom, inclinando ligeiramente a cabeça. – Aquele em que a pessoa não consegue prestar atenção em nada?

Não havia dúvida de que era uma alfinetada, sugerindo que eu era autocentrada. Mas eu não estava em posição de me defender. Então disse apenas:

– Não. É um distúrbio *de verdade*. Tem até um nome engraçado. Prosopagnosia, eu acho. Posso apostar que tenho um pouquinho disso. Mas... deixa pra lá.

– Sim, deixa pra lá – repetiu, baixando os olhos para colocar a tampa de volta no café e, sem nenhuma pressa, pressionar todo o perímetro dela com o polegar.

Deu um gole demorado antes de voltar a olhar para mim. Mas dessa vez não me salvou.

– Então... – falei, por fim. – Nem sei por onde começar.

– Desculpa, mas com isso eu não posso ajudar – disse ele, com um primeiro sinal concreto de animosidade.

– Eu sei, eu sei. É que... Bem, acho que meu marido não conduziu as coisas da maneira correta...

Ele assentiu com a cabeça, uma expressão de frieza e asco nos olhos castanhos-claros.

– Ah, você está falando da tentativa de me comprar?

Senti um frio na barriga.

– Sim. Isso, entre outras coisas.

De repente me ocorreu que Tom talvez já tivesse depositado ou gastado o dinheiro. Nesse caso, como eu poderia criticar a atitude do meu marido sem criticar a *dele* também? Mas não, ele tinha dito *tentativa* de suborno.

E eu não estava enganada, porque ele puxou a carteira do bolso, abriu-a e tirou um maço de notas novinhas em folha, deslizando-as sobre a mesa. Olhei para baixo e vi a familiar careta de Benjamin Franklin, sentindo-me enojada enquanto tentava formular uma frase.

– De qualquer modo, não consigo acreditar que ele fez uma coisa dessas – falei por fim, olhando para o dinheiro. – Quer dizer, sei que ele fez... te deu isto aqui, mas... eu não tive nada a ver com essa decisão. Não era assim que eu pretendia lidar com a situação.

– E como é que *você* pretendia lidar com a situação?

Respondi que não sabia exatamente. Ele se retraiu e deu mais um gole no café.

– Mas não aprovava o *suborno*, aprovava?

– Não – falei, nervosa. – Eu não tinha ideia de que ele ia te dar... *isto*.

– Pois é. Quinze mil dólares – disse Tom, novamente olhando de relance para o maço. – Está tudo aí.

Olhei para baixo, balançando a cabeça.

– Mas então? – disse Tom. – Para que exatamente ele estava me subornando?

– Não sei – falei, voltando a olhar para ele.

Ele me encarou com um olhar tão cético que beirava o sarcasmo.

– Não *sabe*? – disse.

Engoli em seco, depois me obriguei a verbalizar o que realmente pensava.

– Acho que estava tentando... *motivar* você a dizer pro diretor que não fazia questão de que o caso de Finch fosse submetido ao Conselho Disciplinar.

– Você quer dizer... *subornar*.

– Sim.

– E você, acha o quê?

– Como assim? – balbuciei.

– *Você* acha que o Finch deve ser submetido ao Conselho Disciplinar?

Assenti.

– Sim, na verdade, acho.

– Por quê? – disparou ele.

– Porque o que ele fez é errado. *Muito* errado. E acho que ele precisa assumir as consequências.

– Tipo o quê? – pressionou Tom.

– Não sei... O que a Windsor decidir, seja lá o que for.

Tom deu uma risada cáustica.

– Qual é a graça? – perguntei, com uma pontada de indignação.

Será que ele não via que eu estava me esforçando? Não podia me dar uma chance, por menor que fosse?

– Graça nenhuma – disse ele, o sorriso dando lugar a um olhar pétreo. – Acredite em mim.

Por alguns segundos ficamos nos encarando, até que Tom pigarreou e disse:

– Eu estava aqui pensando, Nina... Quanto será que você e seu marido dão para aquela escola? Além do dinheiro das mensalidades?

– Como assim? – perguntei, embora soubesse exatamente o que ele estava querendo dizer.

– Será que não existe nenhum *prédio* com o nome de vocês no campus da Windsor?

– Não – respondi, apesar de *termos* um auditório na biblioteca com o nosso nome; e uma fonte nos jardins. – Mas, sinceramente, não vejo que relevância isso pode ter... Isso que o Kirk fez é horrível, mas... Walter Quarterman não é assim.

– Assim *como*?

– Ele é uma boa pessoa. Não vai tomar nenhuma decisão com base nas doações que fazemos à escola.

– Tudo bem – disse Tom, debruçando-se na mesa, o rosto tão próximo que eu chegava a ver os fiapos dourados na barba por fazer. – Olha, você pode dizer o que quiser, mas eu sei como o mundo funciona. E, pelo visto, seu marido também sabe – completou, e empurrou o dinheiro na minha direção.

Por mais calmo que fosse o tom de voz, seu olhar era raivoso.

– Bem, obviamente, dessa vez meu marido entendeu errado – falei, a voz um tanto trêmula.

Apontei para o dinheiro, depois me livrei dele, jogando as notas dentro da bolsa. Mas Tom não deu o braço a torcer.

– Seu filho foi aceito em Princeton, não foi?

– Foi.

– Parabéns. Você deve estar muito orgulhosa.

– *Estava* – falei. – Mas não estou orgulhosa *agora*. Estou envergonhada. Dele e do meu marido. E eu sinto muito pelo que...

Ele me encarou e disse:

– Olha. É assim que eu vejo as coisas. Seu marido tentou me calar com esse dinheiro. E agora você está tentando fazer a mesma coisa, mas com palavras, com um belo pedido de desculpas. Você viu que seu marido foi uma grande babaca e agora está tentando limpar a barra dele. E a do seu filho também.

Com o rosto em chamas, balancei a cabeça e disse:

– Não. Não é nada disso. Não estou aqui tentando *calar* ninguém, nem *limpar barra* nenhuma. Minha única intenção é dizer que sinto muito. Porque sinto.

– Tudo bem. E?

– E o *quê*?

– Isso faz você se sentir melhor? Dizer essas coisas pra mim? Você espera que eu diga para não se preocupar com isso? Sem ressentimentos? Que está tudo perdoado? Que você não é igual a seu marido e a seu filho?

Agora ele falava mais alto, estava exaltado, gesticulando com as mãos. Notei que elas eram calejadas, e havia um corte comprido no polegar esquerdo; a cicatriz parecia recente.

Balancei a cabeça e disse que não, que não era nada daquilo, que ele estava redondamente enganado, mas no fundo eu sabia que não estava sendo totalmente honesta. *Claro* que isso era parte do motivo de eu estar ali. Queria que ele soubesse que eu era uma boa pessoa (ou pelo menos *achava* que era) e não tinha o hábito de oferecer suborno a quem se pusesse no meu caminho.

– Não... Vim aqui pra dizer que acho que o caso *deve* ser submetido ao Conselho Disciplinar – falei, calmamente. – E que você deve se *certificar* disso.

Tom olhou para mim, deu de ombros e disse:

– Ok. Ótimo. Anotado. Mais alguma coisa?

– Sim – respondi, porque havia mais uma coisa, outro motivo para minha presença naquele café. Ciente do risco que estava correndo, falei: – Eu também queria... notícias da Lyla. Como ela está?

Tom se recostou na cadeira, visivelmente surpreso. Ficou calado por alguns segundos, depois disse:

– Ela está bem.

– Como ela... é? – perguntei, já preparada para ser novamente repreendida, para ouvir que aquilo não era da minha conta.

Em vez disso, ele respondeu:

– Ela é uma menina doce. Mas valente.

Eu assenti, percebendo que ele daria a conversa por encerrada.

– Bem... você poderia, por favor, dizer a ela que eu sinto muito?

Tom passou a mão pela barba, inclinou-se para a frente e me encarou.

– Sente muito pelo quê, Nina? Você se acha responsável pelo que seu *filho* fez?

Pensei um instante antes de responder:

– Sim. *Acho*. Pelo menos em parte.

– E por que você acha isso?

– Porque sou a *mãe* dele. Deveria ter lhe dado uma educação melhor.

---

Depois de deixar o East End e atravessar a ponte da Woodland Street, não consegui ir para casa. Em vez disso, fiquei passeando sem rumo pela Lower Broadway – o coração de Nash Vegas –, com suas boates coloridas e bares com jukebox aonde eu não ia desde a última despedida de solteira das amigas. O que era uma pena. Eu adorava a música ao vivo no Robert's, no Layla's e no Tootsies. Mas Kirk não gostava nem um pouco, a menos que estivesse muito bêbado, e aí quem não gostava era *eu*.

Acabei dirigindo por todo o centro e virando na Sexta Avenida, reduzindo a velocidade ao passar diante do Hermitage Hotel. Lá estava o mesmo funcionário que havia aberto a porta do nosso Uber na noite do Hope Gala, e achei quase impossível acreditar que apenas cinco dias haviam se passado desde o incidente. Quanta coisa havia mudado desde então – ou ao menos quanta coisa havia sido revelada em meu coração!

Meu celular vibrou na bolsa com uma chamada. Não peguei para ver quem era. Contornei o prédio do Capitólio, segui adiante até Germantown e só então me dei conta de que estava com fome. Ou melhor, *faminta*. Então parei na City House. Fazia muito tempo que não saía sozinha para almoçar ou jantar, portanto foi libertador me sentar diante do balcão. Kirk não só ditava aonde iríamos, como também escolhia a nossa mesa e muitas vezes acabava pedindo por nós: "Por que não dividimos um steak tartare e uma salada, depois uma truta e um bife de costela?", sugeria, porque eram seus favoritos. Passividade não chegava a ser um pecado mortal, mesmo assim resolvi que passaria a fazer minhas próprias escolhas nos cardápios. Uma coisa de cada vez.

Então pedi uma pizza margherita e uma Devil's Harvest. O bartender já ia despejar a cerveja no copo quando o interrompi, dizendo que eu mesma me serviria. O celular vibrou de novo e dessa vez olhei. Além de algumas ligações perdidas, encontrei diversas mensagens de Kirk e Finch perguntando onde eu estava, a que horas chegaria em casa e se eu não topava jantar mais cedo com eles no Sperry's. Via-se claramente que os dois haviam se falado, porque as mensagens tinham praticamente o mesmo texto, e fiquei sem saber o que pensar: se Kirk estava me manipulando ou se os dois estavam mesmo preocupados comigo. De qualquer modo, respondi aos dois pelo grupo da família, dizendo que tinha esquecido de um "compromisso" e que "podiam sair sem mim".

Depois de terminar a cerveja e comer mais pizza do que jamais tinha feito na vida, paguei a conta, voltei para o carro e segui sem rumo pela zona oeste da cidade. Acabei no Centennial Park, onde Kirk e eu costumávamos passear com Finch quando ele ainda era um bebê de colo. Pensando nisso, tentei identificar minha etapa favorita da vida de Finch – de nossa vida juntos –, e concluí que foi a fase dos 8 aos 9 anos, quando ele já tinha idade suficiente para articular suas opiniões e travar conversas interessantes, mas ainda segurava minha mão em público. O ápice da infância. Puxa, quanta saudade daquele tempo.

De repente uma lembrança surgiu na minha cabeça quando sentei nos degraus do Parthenon, que abriga o museu de arte que costumávamos visitar em família. Era final de outono, nós dois vestíamos jaquetas, e eu me sentei em um local próximo àquele ali enquanto Finch recolhia folhas fingindo preparar "sopa de nabo com manjericão". Ele aprendeu essas palavras numa canção infantil, e a letra me veio à cabeça agora: "*Victor Vito e Freddie Vasco / Comiam burrito com pimenta Tabasco / Botavam no arroz, botavam no feijão / Na sopa de nabo com manjericão*". Pensei no quanto Finch adorava cantar e dançar. No quanto adorava música, arte e culinária.

"Coisas de menina", dizia Kirk, preocupado que eu estivesse deixando nosso filho "sensível demais".

Eu argumentei que isso era ridículo, mas a certa altura acabei cedendo aos desejos do meu marido e permitindo que Finch ocupasse suas horas de lazer com atividades mais tipicamente masculinas. Os esportes e a tecnologia (interesses de Kirk) tomaram o lugar da música e da arte (interesses meus). Por mim tudo bem, eu só queria que nosso filho fosse fiel a si mesmo, mas, em retrospecto, tive a impressão de que ele estava seguindo os passos do pai. Em *todos* os aspectos.

Talvez eu estivesse sendo simplista demais. Uma pessoa não se resume ao somatório dos seus hobbies. Mas não pude deixar de sentir que tinha perdido meu filho. Que havia perdido *os dois*. Ansiei por voltar e fazer tudo diferente. Dar a Finch menos bens materiais e mais do meu tempo. Fazer um esforço maior para me comunicar com ele, mesmo contra a sua vontade.

Também fiquei pensando na minha própria vida, na intensificação do meu trabalho filantrópico e de toda a socialização nesses mesmos círculos que começaram havia alguns anos. E em como esse turbilhão de atividades coincidiu com a venda da empresa de Kirk e o início da adolescência de Finch. Difícil dizer o que havia acontecido primeiro, mas eu também tinha a minha parcela de culpa. Pensei no tempo perdido com coisas triviais que se tornaram tão importantes para a minha vida. Reuniões, festas, almoços, academia, salão de beleza, jogos de tênis no clube e, sim, até mesmo alguma obra assistencial realmente útil. Mas com que finalidade? Que importância tinha tudo isso agora? O que poderia ser mais importante do que arrumar tempo para conversar com meu filho sobre respeitar as mulheres e as diferentes culturas e etnias? Pensei em Kirk e nas notas de cem dólares na minha bolsa, um resumo perfeito de sua postura diante da vida, pelo menos nos últimos tempos.

Ao pensar no nosso casamento, fiquei me perguntando quando exatamente tínhamos passado a priorizar outras coisas em detrimento da nossa relação, refletindo sobre o efeito cumulativo de todas aquelas decisões diárias que em tese não tinham importância nenhuma, bem como sobre o impacto delas, ainda que subconsciente, em Finch. Ele certamente não via os pais falando sobre outra coisa que não dinheiro ou futilidades semelhantes. Quando Kirk me elogiava, quase sempre se referia à minha aparência ou às minhas compras, não às minhas ideias, bons trabalhos ou sonhos (se é que eu ainda os tinha). Tinha sido sempre assim entre a gente? Talvez sim, e eu só tivesse percebido agora porque Finch estava mais velho e consumia menos do meu tempo.

De repente senti uma solidão profunda e sofrida, junto com um doloroso anseio por uma vida mais simples. Senti saudade daquelas pequenas coisas que antes eu achava tão chatas: levar meu filho à escola e a todas as suas outras atividades, preparar o café da manhã e o jantar para ele, brigar para que fosse dormir e, a que eu menos gostava, ajudá-lo com o dever de casa na mesa da cozinha.

Tudo isso culminou numa reflexão sobre Tom e Lyla. A relação pai solteiro/filha. A reação de Tom a Kirk, depois a mim. Os sentimentos de Lyla diante de tudo que havia acontecido com ela. Minha vontade era falar com ela – uma vontade quase irracional de tão intensa. Pensando melhor, como *não* fazer um paralelo entre o presente e o passado? Entre a história dela e a minha, por mais antigas e desbotadas que fossem as minhas lembranças?

---

Tudo aconteceu no meu primeiro semestre na Vanderbilt, quando eu ainda estava me encontrando, me adaptando a um ambiente muito maior e mais interessante. Estava mais do que feliz por ter me formado no ensino médio e fugido da vidinha besta que eu levava em Bristol, mas ainda tinha saudade de casa. Nem tanto dos meus pais, mas de Teddy, meu namorado havia quase dois anos que estava a três horas de distância em Birmingham, matriculado na Samford University com uma bolsa de estudos como jogador de basquete. Ele e eu conversávamos por telefone toda noite e trocávamos juras de amor eterno em cartas escritas à mão. Para mim não havia a menor dúvida de que Teddy era o homem da minha vida.

No entanto, nesse meio-tempo, não demorou para que eu tivesse um novo grupo de amigas, que era formado pela minha colega de quarto, Eliza, e outras duas meninas do nosso andar, Blake e Ashley. Embora fossem diferentes em muitos aspectos, incluindo a geografia (Eliza era de Nova York, Blake, de Los Angeles e Ashley, de Atlanta), as três tinham em comum certa desenvoltura e sofisticação, que eu definitivamente não tinha. Todas haviam estudado em colégios particulares de elite, e eu numa escola pública de ensino médio igual a tantas outras. Elas viajaram pelo mundo e frequentavam os mesmos lugares, como Aspen, Nantucket e Paris. Conheciam inclusive alguns lugares mais exóticos, como a África e a Ásia, ao passo que, para minha família, a ideia de uma viagem especial se resumia ao Grand Canyon ou à Disney. Todas conheciam bons restaurantes e viviam reclamando da comida do refeitório, que para mim era ótima. Não falavam de outra coisa que não fosse a efervescência da cena gastronômica de Nashville e não pensavam duas vezes antes de pedir os pratos mais caros para depois pagar com o cartão de crédito dos pais. Eu, que não podia fazer nada disso, evitava esses programas ou, em último caso, dizia que "não estava com fome" e escolhia algo mais barato nas entradas. O guarda-roupa das três era incrível (Eliza e Blake preferiam peças mais ousadas, ao contrário de Ashley, que era mais conservadora), enquanto o meu era extremamente básico – a Gap era minha ideia de estilo. Embora elas não *tentassem* ser esnobes, eram *naturalmente* esnobes, e eu fazia o possível para acompanhá-las na sofisticação, ora perdida, ora constrangida.

E, para ser sincera, Teddy não ajudava muito. Certa vez, num fim de semana, ele pediu emprestada a caminhonete de um amigo e apareceu de repente em Nashville, carregando um buquê de flores silvestres que ele mesmo colheu ao longo do caminho. Fiquei emocionada por vê-lo, claro, e comovida com o gesto romântico, mas quando as meninas se aproximaram para conhecê-lo, fiquei inexplicavelmente envergonhada. Em Bristol, Teddy era um inegável sucesso. Além de muito bonito, um astro do basquete. Mas, ao vê-lo pelos olhos das minhas amigas, ele pareceu um pouco açucarado demais, simplório demais, *country* demais. O sotaque carregado, que sempre achei bonitinho (na realidade ele era do Mississippi, de onde tinha saído apenas aos 12 anos), agora me parecia caipira demais, assim como as expressões rústicas que ele usava. Os cabelos, as roupas, os sapatos... tudo me parecia ligeiramente errado. Nada que eu pudesse identificar exatamente, mas o suficiente para torná-lo diferente dos garotos da Vanderbilt, ou pelo menos daqueles em torno dos quais minhas amigas gravitavam. Claro, isso não era o bastante para abalar minha confiança em nosso amor, eu não era tão fútil assim. Mas isso me fez pensar um pouco em como seria minha vida ao lado dele e em como seria ao lado de outra pessoa.

Além do que tinha a ver com o próprio Teddy, tive a nítida impressão de que minhas amigas achavam uma grande burrice da minha parte ter um namorado sério naquela fase da vida. Certo dia, por exemplo, elas estavam folheando meu anuário (eu nunca devia ter levado aquela porcaria para a faculdade; todas haviam deixado os seus em casa) e viram que meu namoro com Teddy havia sido apontado como "o mais provável de terminar em casamento". Morreram de tanto rir, e eu não entendi muito bem por quê.

– Aimeudeus! Isso é hilário! – disse Blake às gargalhadas, trocando olhares com Ashley.

Não era a primeira vez que eu tinha a sensação de que falavam de mim pelas costas. Então peguei o anuário de volta e o fechei.

– Isso não quer dizer que a gente *vá* se casar – argumentei, me sentindo um pouco culpada em relação a Teddy. – É só que o nosso namoro era o mais longo de todos, só isso.

– Hum – disse Blake.

– Parece que vocês tiveram uma briga ontem à noite – disse Eliza. – É isso mesmo?

– Não foi exatamente uma briga – falei, tentando lembrar de todos os tópicos sobre os quais falamos naquelas muitas horas de conversa telefônica.

Sempre começávamos e terminávamos bem, mas às vezes também trocávamos uma ou outra farpa por conta da insegurança ou do ciúme.

– Namoros a distância nunca dão certo – sentenciou Blake, que se achava uma autoridade em tudo que dizia respeito a namoro.

– Não diga *isso* – pediu Eliza, que muitas vezes tinha uma postura meio protetora em relação a mim, talvez porque trocássemos mais confidências. – Pode dar certo, *sim*!

– Mas pelo menos você vai *sair* com outros caras, não vai? – insistiu Ashley.

– Ou ficar com outros caras? – corrigiu Blake, rindo.

– Não e não – falei, sabendo como eu soava ingênua para elas, mas não me importando com isso.

– Mas você não quer saber como é transar com outra pessoa que não seja o Teddy? – perguntou Blake, acendendo um cigarro. – Vai que ele é péssimo de cama e você nem sabe. Você precisa de uma base para comparação.

Engoli em seco e me obriguei a fazer a confissão que vinha evitando.

– Humm... Na verdade, eu ainda não transei com o Teddy.

Eliza pareceu surpresa, e as outras duas riram, dizendo alguma variante de "você só pode estar brincando".

– É verdade – falei. – Mas já fizemos todo o resto.

Nenhuma das três ficou impressionada com o adendo.

– Mas por quê? – disse Ashley, como se eu fosse o objeto de um fascinante estudo sociológico.

– Sei lá... Eu só queria... esperar – falei, pensando em Julie e na promessa que havíamos feito no primeiro ano do ensino médio de que íamos esperar o máximo possível, ou pelo menos até a faculdade.

E de repente senti uma intensa pontada de saudade da única pessoa a quem eu não precisava explicar esse tipo de coisa.

– Esperar pelo quê? Pelo casamento? – questionou Blake. – Por causa da religião?

– Não – respondi sem hesitar, cada vez mais desconfortável.

Embora Teddy acreditasse que sexo fora do casamento era errado, ele estava disposto a pecar se eu também estivesse.

– Ah. Pensei que Samford fosse uma dessas escolas carolas – disse Blake num leve tom de censura.

Fiquei sem saber se o problema dela era com os carolas ou com Samford como instituição acadêmica.

– Sim, é uma instituição cristã – falei –, mas Teddy não é *nenhum* santo.

– Bem, acho bacana essa coisa de esperar – disse Ashley.

Das três, era ela quem tinha os valores mais parecidos com os meus, talvez porque também fosse do Sul.

Eliza e Blake assentiram, mas eu podia ver que nenhuma das duas concordava com Ashley e que colocavam sexo e sushi na mesma categoria. Aos 18 anos toda mulher já deveria ter experimentado as duas coisas – rolinho primavera e masturbar o namorado não contavam.

Pela primeira vez me ocorreu que talvez elas tivessem razão e que eu estivesse sendo pudica demais. Afinal de contas, eu já era uma universitária. Precisava ser mais ousada, ampliar os horizontes, começar a pensar com minha própria cabeça em vez de depender tanto de Teddy.

– Então, meninas – falei, ansiosa para mudar de assunto. – Estou pronta para um drinque.

Na realidade estava pronta para *mais* de um drinque. Pronta para tomar meu primeiro porre. Isso era outra coisa que Teddy achava errada. Nas poucas vezes em que eu havia tomado uma cerveja numa festa, ele tinha reprovado. Certa vez eu havia tentado fazê-lo mudar de opinião, dizendo que na Bíblia sempre havia alguém bebendo vinho.

– Mas ela também diz para obedecer a lei e se encher do Espírito – argumentou, depois confessou que já havia tomado um porre com os amigos, mas que não gostou do jeito que isso o fez se sentir. – Me enchi de vodca, mais do que de vinho ou do Espírito.

Na minha cabeça as duas coisas não eram excludentes. Mas eu o admirei por isso. E *ainda* o admirava, mas decidi que Teddy estava a mais de três horas de distância, e não havia motivo para que minha experiência na faculdade fosse igual à dele.

Então me levantei, voltei para nosso quarto e preparei um coquetel no minibar que Eliza havia improvisado. Não havia coqueteleira, então despejei uma dose de Smirnoff num copo de plástico, acrescentei uma colherada de suco em pó Crystal Light e, sem me dar ao trabalho de buscar gelo na máquina do corredor, comecei a beber. O álcool não demorou a bater, e senti uma forte empolgação, uma onda de felicidade e muito amor por minhas amigas e por minha nova vida na Vanderbilt. Peguei emprestado um vestido justo e curto de alcinha da Eliza, e as três acharam que eu estava "gata". Não era raro que elogiassem meu corpo, meus cabelos ou os traços do meu rosto, e faziam isso com aparente sinceridade. Além disso, eu tinha consciência da atenção masculina que atraíamos em todos os lugares, e decidi que estar bêbada numa festa era muito mais divertido do que me enfiar debaixo das cobertas na cama de cima do beliche e ficar me lamentando com Teddy pelo telefone. Talvez minhas amigas tivessem razão sobre namoro a distância, lembro-me de pensar enquanto flertava e dançava e continuava bebendo, misturando cerveja com destilado. No mínimo, talvez Teddy e eu precisássemos começar a sair com outras pessoas.

Em dado momento me vi envolvida num papo longo e sedutor com um amigo de Ashley, também de Atlanta. Ele se chamava Zach Rutherford e tinha duas covinhas lindas, além de uma farta e loura cabeleira. Era bem mais baixo do que eu, meio magricela, e nem fazia meu tipo, mesmo se eu não tivesse namorado. Portanto, não senti culpa por estar conversando ou dançando com ele. Mas quando ele começou a exagerar na intimidade, falei que precisava voltar para o dormitório.

– Posso te acompanhar?

– Tenho namorado – fui logo avisando.

Zach riu e disse:

– O recado está dado, Nina. Mas não foi uma cantada. Só estou me oferecendo pra te acompanhar.

Hesitei um instante, depois troquei uma ideia com Ashley, e ela me tranquilizou, dizendo que Zach era um cara legal, que participava de torneios nacionais de golfe, que podia ter escolhido qualquer universidade do país.

– Todas as meninas de Atlanta queriam namorar com ele – disse ainda, cheia de segundas intenções, mesmo antes de piscar e acrescentar: – Nunca se sabe!

Balancei a cabeça e disse:

– Ele só vai me acompanhar.

A essa altura, porém, eu havia começado a sentir uma pontinha de atração e curiosidade por Zach. Só que eu realmente tinha que voltar, porque estava tonta, e disse a mim mesma que seria útil uma companhia masculina para chegar ao dormitório, que ficava do outro lado do campus.

Então lá fomos nós. Só que, antes de chegarmos ao meu dormitório, Zach perguntou se poderíamos dar uma passadinha rápida no dele, dizendo que precisava pegar uma coisa. Concordei, porque eu estava bêbada e aproveitando a caminhada e sua companhia (naquele momento eu estaria gostando de qualquer coisa). Chegando lá, falei que ficaria esperando à porta, mas ele sugeriu que eu subisse, e acabei cedendo. Alguns minutos depois, estávamos aconchegados em seu futon, dividindo uma cerveja e ouvindo o R.E.M. cantar "Nightswimming". Também não me opus quando ele se inclinou para me beijar, e afastei Teddy o máximo que podia da minha mente.

Essa é praticamente a última lembrança *vívida* que tenho dessa noite. Quando acordei, estava nua numa cama estranha, ao lado de um menino nu. De início nem me dei conta de que era Zach, mas depois tudo voltou à minha cabeça numa avalanche de horror.

– Onde estamos? – perguntei, olhando para o estrado superior de uma cama beliche.

– No meu quarto – resmungou ele.

– O que aconteceu? A gente...?

Eu sabia que sim, porque estava doendo. E muito. Com a luz fluorescente e fraca que vazava do closet, pude ver o sangue, tanto na parte interna das minhas coxas quanto no lençol.

– Sim – respondeu ele, ainda meio sonolento ou meio tonto.

– Ai, meu Deus – falei. – Não. Nããão...

– Você quis – disse ele, e num flash lembrei de tudo.

O momento da penetração. A dor. As mãos fechadas em punho e as lágrimas. Eu dizendo a ele – gritando – *não, pare, não*. Foi como um pesadelo, mas era real. Aconteceu.

Embora o quarto estivesse girando, consegui me sentar, procurar freneticamente minhas roupas, e encontrar o vestido branco de Eliza enrolado aos lençóis, junto com a calcinha.

– Você quis – repetiu Zach, os olhos apenas entreabertos, ainda falando arrastado.

Procurei pelos meus sapatos no escuro, mas não encontrei. Então fui embora sem eles, deixando Zach inerte na cama.

Voltei correndo para o meu dormitório, mas só chorei depois de entrar no quarto e descobrir, aliviada, que Eliza ainda não havia chegado. Procurei por manchas de sangue no vestido que ela tinha me emprestado, mas por sorte não havia nenhuma. Eu o pendurei, depois me embrulhei numa toalha, calcei os chinelos e fui para o banheiro comunitário. Tomei o banho mais quente e mais demorado de toda a minha vida, chorando sem parar, depois voltei para o quarto e me obriguei a ouvir os quatro recados deixados na secretária eletrônica.

Como eu já havia imaginado, eram todos de Teddy. A voz ficando cada vez mais tensa e agitada, pedindo que eu ligasse de volta assim que chegasse, por mais tarde que fosse, e encerrando todos eles com um "eu te amo".

Tudo que eu mais queria era ouvir sua voz, mas já eram quatro da madrugada, e o mais provável era que estivesse dormindo e precisasse acordar cedo para alguma aula. Não deveria acordá-lo. Mas no fundo sabia que o verdadeiro motivo era que eu não teria forças para lhe contar o que havia acontecido nem para mentir para ele. Então liguei para Julie, acordando-a em seu dormitório na Wake Forest, e desabafei com ela a história toda.

Quase imediatamente ela usou a palavra *estupro*.

– Não foi *estupro* – sussurrei, embrulhada nas cobertas. – Eu estava beijando o cara...

– Foi estupro, *sim* – insistiu Julie, sempre à frente de seu tempo, ou pelo menos à frente da minha ideia do que constituía um estupro em 1995. – Você tem de procurar a polícia do campus. Ou, melhor ainda, a polícia de Nashville.

Falei que era loucura. Até porque eu já havia limpado todas as evidências.

– Ninguém vai acreditar em mim.

– Vai, sim – disse Julie. – Você era virgem.

Comecei a chorar de novo.

– Não posso ir à polícia – falei, soluçando.

– Por que não?

Expliquei que, no mínimo, a culpa era parcialmente minha. O erro também foi meu. Por ter deixado que as coisas chegassem aonde tinham chegado. Caberia a mim carregar aquela cruz.

E também disse a ela que o mais justo seria terminar com Teddy. Faria isso logo pela manhã, ou mais tarde, depois de suas aulas e do treino. *Não* havia outro jeito. Terminar com ele seria menos cruel do que contar toda a verdade.

– Mas aí você vai estar punindo o *Teddy* também – argumentou Julie. – Não faça isso, Nina. Você precisa conversar com ele. Contar tudo pra ele. Ele vai concordar comigo. Você tem de procurar a polícia.

– Não, Julie. Não posso fazer isso com o Teddy. Ele vai ficar arrasado se souber que bebi... que beijei... *enfim*. Ele merece alguém melhor do que eu.

– Mas ele ama *você*. É *você* que ele quer.

– Não vai querer mais se souber de tudo.

– Deus prega o perdão – disse ela, apelando.

Ela conhecia Teddy, sabia como funcionava a cabeça dele. Sabia que *eu* também sabia.

– Não dá. E você vai prometer que não vai contar nada também. Nem pro Teddy nem pra *ninguém. Nunca.*

Julie deu sua palavra e, mesmo depois de tantos anos, sempre a manteve. Mesmo entre nós, raramente falávamos disso diretamente, embora ela fizesse referências veladas sempre que um caso parecido era noticiado na mídia. Certa vez chegou a dizer que o que aconteceu comigo era parte do motivo pelo qual ela se tornou uma advogada de mulheres. Sua clientela era quase inteiramente feminina. Arrependia-se de não ter feito mais na juventude.

Para falar a verdade, eu também me arrependia de não ter feito nada na época. Sabia que havia sido estuprada por Zach Rutherford. E mesmo sabendo que Finch não tinha feito nada tão horroroso com Lyla, ainda assim era terrível. Assim como Zach, meu filho havia se aproveitado de uma menina ingênua num momento de vulnerabilidade. Tinha usado a garota. Abusado dela. Ele a tinha tratado como lixo.

Em muitos aspectos, Finch era Zach, e eu era Lyla. E eu não queria que Finch assombrasse a vida dela do mesmo modo que Zach havia assombrado a minha.

Então me levantei, joguei a bolsa cheia de dinheiro sobre o ombro e caminhei de volta para o carro sob o sol poente da primavera. Eu não tinha certeza do que faria em seguida. Mas uma coisa era certa, eu não ficaria de braços cruzados.

CAPÍTULO 11

# TOM

Sempre me considerei sortudo por poder ganhar a vida fazendo o que mais gosto, mas com a marcenaria vinha um bônus, que era poder me desconectar. Como chamam isso? Estar no fluxo? Seja lá o que for, fiz o que pude para afastar tudo da minha cabeça naquela tarde na oficina. Enquanto media, marcava e cortava prateleiras de abeto para uma estante de livros, senti que começava a relaxar pela primeira vez em dias, a mente aos poucos se esvaziando.

Infelizmente, as prateleiras eram simples *demais*, algo que eu conseguiria fazer de olhos fechados, portanto não demorou para que eu voltasse a pensar em Nina Browning. Minha vontade inicial havia sido odiá-la da mesma forma que odiava o marido e o filho, e eu estava contando os minutos até poder jogar aquela pilha de dinheiro na cara dela. Mas, por algum estranho motivo, não havia conseguido produzir nada mais intenso do que uma leve e teórica antipatia, o que me deixava ao mesmo tempo irritado e confuso. A impressão de que já a conhecia também não ajudava em nada. Ao contrário de Nina, sempre fui um ótimo fisionomista. Para ser sincero, tinha facilidade para lembrar de *certos* rostos, assim como tinha facilidade para lembrar de um móvel excepcional. Nina tinha uma aparência forte e memorável. Muito bonita, mas longe de ser genérica.

Olhei as horas no velho relógio de parede acima da minha bancada de trabalho. Quase sete. Lyla tinha pegado uma carona com Grace para voltar da escola, mas eu fazia questão de estar em casa na hora do jantar, mesmo quando planejava voltar para a oficina ou fazer algumas viagens para a Uber mais tarde. Mandei uma mensagem, perguntando o que ela queria comer, mesmo sabendo que ela diria que tanto fazia. Mesmo quando ela não estava brava comigo, tinha dificuldade para decidir as coisas. Um minuto depois chegou a resposta que eu já imaginava: Tanto faz. Sem fome.

Enquanto varria o chão da oficina e guardava as ferramentas, voltei a pensar em Nina. No rosto dela. Nas pernas que eu tinha visto de relance quando ela levantou para se identificar. Não havia como negar que ela era atraente, o que me deixava puto, quase tanto quanto o fato de eu não conseguir odiá-la. Soprei a serragem da broca e disse a mim mesmo que isso não tinha importância. Ela era uma idiota. Eu conhecia o tipo. Só uma idiota para casar com um cara daqueles, só uma idiota para criar um filho capaz de fazer o que o dela tinha feito, especialmente quando tinha tudo que alguém da sua idade poderia querer da vida: privilégios, popularidade, Princeton. Ela mesma dissera isso. Ela era a *mãe*.

As mulheres são bem mais competentes quando querem ou precisam fingir, e não havia dúvida: Nina Browning era ótima atriz ou, no mínimo, muito esperta. Uma impostora daquelas. Soube a hora certa de perguntar por Lyla, fingindo compaixão maternal. Seu golpe quase funcionou, mas depois ela perdeu a mão. Simplesmente não dava para acreditar que ela queria que eu seguisse com as acusações contra o próprio filho no Conselho, sobretudo sabendo que ele tinha acabado de ser aceito em Princeton. De jeito nenhum. Por que ela arriscaria tudo por causa de uma menina que ela nem conhecia? Ela não faria isso. E pensar que eu quase caí no truque da psicologia reversa. Então a imaginei tomando seu martíni com as amigas, rindo enquanto contava como tinha conseguido manipular um cara com seu discursinho idiota.

E foi então que a ficha caiu. Eu me lembrei de onde a tinha visto. Foi uns quatro anos antes, talvez mais, já que ultimamente eu andava subestimando a passagem do tempo. Ela havia aparecido na casa de uma cliente que me contratou para refazer os armários de uma saleta conjugada com a cozinha. Essa mulher, cujo nome não consigo me lembrar de jeito nenhum, era da mesma faixa etária e tinha o mesmo perfil de Nina – o que significa que também morava numa mansão em Belle Meade, mas não tão grandiosa quanto a de Nina. Na verdade, quem tinha me procurado primeiro foi seu empreiteiro, me alertando de que ela era impossível de agradar, que não tinha ficado satisfeita com o marceneiro anterior e queria refazer tudo do zero. Não havia gostado do resultado final, embora tivesse aprovado o projeto, e também não havia gostado da madeira usada, embora também tivesse aprovado a teca.

– Vou entender se você não quiser pegar – dissera o cara. – A mulher é um pé no saco.

Quase segui o conselho dele, mas precisava do dinheiro, como sempre, e acabei topando. Quando fui encontrá-la, tentei na verdade convencê-la a não refazer, explicando que as falhas que ela percebia na teca provavelmente sumiriam com uma simples camada de tinta, ou com duas ou três, e que na minha opinião ela estaria jogando dinheiro fora. Mas ela não se convenceu, ou talvez apenas *quisesse* jogar dinheiro fora.

Então aceitei o trabalho, e combinamos de usar mogno e um projeto mais detalhado, cheio de floreios e arabescos que ela tinha visto numa revista de design e que eu achava muito genérico e até meio cafona. Os mesmos armários que se viam em quase todas as mansões pré-fabricadas do país.

Em resumo, o empreiteiro tinha razão. Foram três longas semanas com aquela mulher, mas não porque ela fosse difícil de agradar. Na realidade havia ficado impressionada com meu trabalho. O problema era que ela não me deixava em paz, falava sem parar, desfiava um rosário de reclamações sobre a vida, contava os problemas que tivera com as compras on-line (a casa parecia um depósito da FedEx) ou o drama de suas amigas do tênis. Todo dia, às cinco em ponto, abria uma garrafa de vinho, que era minha deixa para tentar ir embora, e a deixa que ela usava para me oferecer uma taça e sugerir "hora extra". Eu explicava que não bebia no trabalho, e ela insistia de uma forma que eu só havia visto no ensino fundamental. "Ah, qual é, não seja tão certinho assim", dizia. "Só uma tacinha." Vez ou outra eu cedia e dava uns goles só para acabar com a insistência, enquanto ela entornava o resto da garrafa e falava mal do marido, que nunca parava em casa, que não ouvia o que ela dizia, que vivia reclamando dos seus gastos pessoais.

E foi numa dessas noites que Nina Browning apareceu, vestida para o que parecia ser alguma ocasião importante. A dona da casa ainda não estava pronta, então deixou a amiga com uma taça de vinho e disse que não demorava. Meia hora depois eu ainda estava trabalhando enquanto, na cozinha adjacente, Nina digitava algo no celular. Cada um na sua, como se não estivéssemos a poucos metros de distância. A certa altura ela recebeu uma ligação, que imaginei ser do marido, ou de alguém muito próximo, porque começou a falar baixinho, reclamando que a amiga estava sempre atrasada. Ao desligar, e perceber que eu estava olhando, deu um sorrisinho e disse:

– Você não ouviu nada.

– Ah, *ouvi*, sim – falei, sorrindo.

– É uma ótima amiga, mas *vive* atrasada.

– Talvez se falasse um pouco menos...

Isso a fez rir de verdade, com muitos dentes brancos, mostrando como era bonita e, ainda mais notável, quão diferente da amiga parecia ser. Mais verdadeira, menos insegura. Capaz de falar comigo como se eu fosse um igual, não apenas um marceneiro a quem ela poderia pagar hora extra para beber com ela.

Minutos depois a amiga voltou à cozinha, dizendo que eu podia continuar trabalhando, que "confiava em mim para me deixar sozinho na casa". Era para ser um elogio, mas na realidade foi um insulto, que Nina percebeu com um sutil revirar de olhos. E elas foram embora.

Isso foi tudo. Não a conhecia realmente. Mas era uma referência que me fez pensar que talvez nossa conversa de hoje naquele café tivesse sido sincera, e não uma performance. Por outro lado, podem ter sido *duas* performances. Apaguei as luzes, tranquei a oficina e segui para o carro, dizendo a mim mesmo que nada daquilo importava. Que ela fosse uma boa pessoa era tão irrelevante quanto sua aparência. Isso não mudava o que seu filho tinha feito, e não mudaria minha decisão. No caminho para casa, mais uma vez me peguei pensando nela – quem ela era *realmente*. Por algum motivo inexplicável, queria – de algum modo *precisava* – saber a verdade sobre Nina Browning. Então fiquei mais do que intrigado quando recebi o e-mail dela naquela noite – e incapaz de resistir à troca de mensagens que se seguiu.

Tom,
Muito obrigado por ter ido se encontrar comigo. Não foi fácil, mas fico feliz pela oportunidade de esclarecer algumas coisas. Fiquei pensando se você estaria aberto a nos encontrarmos outra vez, mas desta vez com Finch e Lyla. Claro, se você não se sentir confortável, não vou insistir. Mas acho que pode ser bom para os dois. O que você acha?
Atenciosamente,
Nina

---

Obrigado pela mensagem e pela sugestão. Me deixa falar com Lyla e ver o que ela acha. Ah, acho que me lembrei de onde nos conhecemos. Você tem uma amiga que mora numa casa de tijolinhos na Lynwood? Há alguns anos fiz um trabalho pra ela, tenho certeza que te encontrei por lá. T.

---

Ah, que coincidência! Sim, tenho! É a Melanie Lawson! Agora me lembro de ter conversado com você! (Prova de que sou ruim com rostos, porque me lembro de toda a conversa :)
Nina
P.S.1: Você fez um ótimo trabalho na casa dela. Até hoje ela o elogia.
P.S.2: O filho dela também estuda na Windsor, sabia?

---

Não. Não faço parte da cena social da Windsor.

---

Entendo perfeitamente. Adoro a escola, mas às vezes também não aguento aquilo lá. Finch estuda na Windsor desde o jardim de infância, então acho que já me acostumei... Não sei se é relevante, mas devo dizer que era onde nossos filhos estavam na noite em questão (na casa da Melanie). O filho dela deu uma festa (sem permissão dos pais). Mundo pequeno? Ou algo assim?

---

Acho que vou ficar com o "algo assim". E na realidade nada está "em questão", está?

---

Tem razão. Duas expressões mal-empregadas nessas circunstâncias. Desculpa. Mais uma vez eu queria dizer que sinto muito pelo que Finch fez. São apenas palavras, eu sei, mas não deixam de ser sinceras. Realmente quero tentar fazer a coisa certa. Espero que você acredite nisso. E espero que Finch tenha a oportunidade de estar com Lyla e dizer tudo isso a ela pessoalmente.

---

Obrigado. Vou falar com a Lyla e em breve te dou uma resposta.

CAPÍTULO 12

# NINA

Manter algo em segredo era uma possibilidade praticamente nula na comunidade da Windsor e, por mais que eu quisesse conter aquele incêndio, sabia que era apenas uma questão de tempo até o fogo se alastrar. Tomando por base o drama de outras famílias, não dava mais que uma semana.

E não estava enganada. Na manhã seguinte (seis dias após a festinha de Beau), meu celular já estava entupido de mensagens de amigas, e até mesmo de conhecidas, querendo saber "como eu estava". Acho que algumas estavam genuinamente preocupadas, mas a maioria era de mulheres do gênero de Kathie, pessoas que, em algum nível, talvez até de forma inconsciente, estavam se divertindo com a fofoca, indiferentes ao fato de casualmente piorarem o problema não apenas para Finch (que tinha feito por merecer), mas também para Lyla.

Escrevi uma resposta-padrão ("Obrigada pela preocupação e pelo carinho") e passei a evitar os lugares que frequentava habitualmente – onde poderia encontrar algum conhecido. Starbucks e Fix Juice, o shopping de Green Hills e a Whole Foods, as aulas de spinning e ioga e, sobretudo, o clube.

A única pessoa com quem mantive contato foi Melanie, uma amiga tão fiel que acho que me daria razão até mesmo se eu resolvesse atirar em alguém no Belle Meade Boulevard. Ela mandava vários prints de pessoas comentando sobre o assunto, quase sempre algum boato de que "tinham ouvido falar", como: Lyla estava *completamente* nua; Finch havia colocado algo na bebida dela; os dois tinham transado. A história só ia aumentando.

Em todas elas, Melanie saía ferozmente em defesa de Finch, desmentindo o que havia para desmentir e digitando suas respostas em maiúsculas, com uma profusão de pontos de exclamação. Mesmo nos casos em que não havia exagero, ela argumentava e insistia que Finch era "um bom menino que havia feito uma besteira".

Por um lado, essa lealdade me deixava sinceramente comovida, sobretudo nos casos em que ela procurava corrigir as mentiras. Por outro, sua indignação me deixava ainda mais envergonhada. Afinal de contas, Finch *era* culpado. Talvez não de todas as acusações que circulavam de boca em boca, mas ainda assim culpado. Algo que aparentemente Melanie não era capaz de perceber. Assim como Kirk.

Na noite de sexta ela apareceu na minha casa, aflita e meio desarrumada (pelo menos para seus padrões, que eram altíssimos).

– O que houve? – perguntei ao abrir a porta.

– Você não viu minhas mensagens? Avisei que estava vindo...

– Não, não checo o telefone há um tempinho.

Eu havia guardado o aparelho, cansada de ficar olhando toda hora para ver se havia chegado alguma resposta de Tom. Não fazia nem 24 horas desde que pedira para me encontrar com Lyla, mas a ansiedade estava me matando.

Levei Melanie para a cozinha e disse:

– Senta aí e me conta o que está acontecendo.

Ela suspirou, jogou a bolsa com monograma da Goyard no chão e se empoleirou numa banqueta.

– É a vaca da Kathie... – Ela fez uma pausa, olhando ao redor, e perguntou: – Tem alguém em casa?

– Kirk não está. Passou por aqui mas já viajou de novo. Não ficou mais que um dia. Finch está lá no quarto. Vai, continua.

Massageando a têmpora com uma das mãos e mexendo nas pregas da saia de tênis com a outra, Melanie disse:

– Aquela *vaca* da Kathie agora está dizendo por aí que o *Beau* transou com a Lyla. Depois que o Finch tirou a foto.

– E... ele *transou*? – perguntei, ciente do risco que corria.

Eu *nunca* havia brigado com Melanie, mas sabia que ela podia ser um tanto suscetível e irritadiça, especialmente quando o assunto era Beau ou sua filha Violet, que apresentava tendências a ser mais diva do que qualquer criança que já vi fora da televisão.

– Ah, meu Deus, *não*! – respondeu, balançando a perna artificialmente bronzeada.

– Então de onde foi que ela tirou isso? Só porque Lyla estava na cama do Beau quando foi fotografada?

– Não faço a *menor* ideia! Mas posso apostar que é Lucinda, a filha, que está por trás disso. A menina é uma vaca. Detesto aquela garota... Ela tem postado artigos no Facebook sobre misoginia e abuso sexual – contou ela, pegando o celular na bolsa e começando a ler numa vozinha enjoada, provavelmente imitando Lucinda. – "Em 44% dos casos registrados de abuso sexual, a vítima tem menos de 18 anos. Uma em cada três meninas é sexualmente abusada antes de sair do ensino médio. Mesmo assim, as escolas irresponsavelmente relutam em tomar providências nesse sentido, o que resulta no atual índice de abusos sexuais nas universidades."

Senti uma pontada de tristeza ao pensar em Lyla e na minha própria experiência na Vanderbilt.

– Sei que a Lucinda é tão detestável quanto a mãe, mas... infelizmente ela está *certa*. Se fosse outra pessoa postando essas mesmas coisas...

– Seria uma pessoa detestável *do mesmo jeito*! – interrompeu Melanie. – Que mantenha seu discurso fora das redes sociais!

Na verdade, essa não era a minha opinião. Achava que esse ativismo era um dos poucos aspectos positivos das redes sociais, que muitas vezes não passavam de uma plataforma de narcisismo e futilidade, um meio de mostrar fotos de viagens de férias ou de entediar a todos com fotos da couve-de-bruxelas comida na véspera. Eu já ia dizendo alguma coisa nessa linha, mas Melanie estava impossível.

– Ah, por favor, Finch e Beau são bons garotos! De boa família! – repetiu pela milésima vez, soltando os cabelos para depois sacudi-los e fazer um novo rabo de cavalo. – E Lyla não faz *de jeito nenhum* o tipo deles.

– Ela é *muito* bonita – falei, meio que para mim mesma.

– Você a viu pessoalmente?

Fiz que não com a cabeça.

– Não. Mas vi outras fotos dela.

– Ela é... *mulata*? O Beau disse que sim. É verdade?

– Mulata? Faz anos que não ouço essa palavra.

Fiquei me perguntando se ela seria politicamente correta, e tinha quase certeza que não.

– Tanto faz o termo – disse Melanie, dando de ombros. – Mestiça? Multirracial? Nem sei mais o que é.

– Ela é metade brasileira.

– Hum, então deve ser por parte de mãe, porque ouvi dizer que o pai é branco. *Também* soube que a mãe está presa por tráfico de drogas e prostituição. Não é à toa que a filha é tão promíscua.

– Quem disse que ela é promíscua? – falei, atenta à contradição.

Se ela estava tão convicta assim de que Finch e Beau não tinham feito nada com Lyla, que motivo teria para dizer que a menina era promíscua? Ou uma coisa ou outra.

– Você não viu a roupa dela?

Melanie deu um puxão na blusa e fez uma cara de nojo.

– Ora, Mel. Você sabe que não é bem assim – falei, ficando nervosa. – Uma roupa não faz uma pessoa *promíscua*. É o mesmo que dizer: "Ah, ela estava de minissaia, então fez por merecer."

Melanie arregalou os olhos por alguns segundos, depois disse:

– Ok. O que está acontecendo? Não estou entendendo. Por que você está do lado da Lyla?

– Não é isso. Mas tenho a impressão de que ela é uma boa menina que de repente se viu envolvida numa história da qual não tem culpa.

– E por que você acha isso?

– Sei lá. Tomei um café com o pai dela – falei sem pensar, mas já fazendo um gráfico mental das repercussões que certamente viriam.

Melanie era fiel à nossa amizade, mas incapaz de guardar um segredo.

– Tomou *um café*? – disse ela, talvez já pensando a quem contaria a novidade assim que fosse embora. – *Quando*?

– Ontem – falei, e numa fração de segundo tomei a decisão de não tornar a informação ainda mais apetitosa com um pedido de segredo. – Nada de muito importante, na verdade... Só achei que era a coisa certa a fazer.

– Mas e aí? Como é que ele é?

– Você o conhece. O nome dele é Tom Volpe. Lembrou?

Ela ficou com uma expressão vazia, então balançou a cabeça e disse:

– Peraí. Esse nome *soa* familiar. De onde conheço esse nome?

Ela agora repetia *Volpe* baixinho, franzindo a testa como se tentasse lembrar.

– Foi ele que fez o trabalho de marcenaria da sua despensa. E da sua sala perto da cozinha.

Seu rosto de repente se iluminou.

– Claro! *Esse* Tom! Sim. Um gato. Meio rústico, um jeito de operário...

A descrição me deixou um pouco incomodada, embora eu não soubesse exatamente por quê. Não estava longe da verdade. Então assenti e apenas falei:

– É. Pode ser.

– Peraí. A *Lyla* é filha *dele*?

Fiz que sim com a cabeça.

– É surpreendente – comentou ela.

– Por quê?

– Sei lá. Talvez porque ele seja marceneiro? Não tem muitos filhos de marceneiro na Windsor... Ela deve ser bolsista.

– Quem sabe? – falei, resistindo à tentação de acrescentar *e quem se importa?* Em vez disso, complementei: – Mas deve ser muito inteligente, já que foi admitida no nono ano. Ou supertalentosa em alguma coisa.

Era do conhecimento geral que na Windsor os critérios de admissão eram bem mais rígidos no ensino médio. No caso do ensino fundamental, eram mais amplos e tinham mais a ver com os pais do que qualquer outra coisa. Ninguém dizia, mas na hipótese de dois candidatos com currículos semelhantes, não havia dúvida de que a vaga era dada àquele cujos pais fizessem uma doação maior. Para Kirk não havia nada de errado nisso. Assim era a vida.

– Ou talvez tenha sido admitida por causa dessa coisa de ser mulata – disse Melanie. – Você sabe como é o Walter em relação à *diversidade*.

Dei de ombros, me sentindo desconfortável. Para mudar de assunto, apontei para uma garrafa de pinot noir que tinha aberto para o jantar e disse:

– Aceita?

– De repente só uma tacinha. Preciso cortar o açúcar. Estou *muito* gorda.

Argh... – disse ela, inclinando-se de modo a produzir uma mísera dobra sobre o tanquinho do abdômen, pegando a taça que lhe passei e perguntando: – Mas e aí? Quero detalhes. Foi ele quem *pediu* pra se encontrar com você? – ela quis saber, tomando um gole do vinho.

– Não. Fui eu – respondi, voltando a encher minha taça.

– *Por quê?* Pra convencê-lo a não seguir com as acusações?

– Não. Pra pedir desculpas.

– Ah, sim, claro. Pensei que pudesse ser outra coisa – disse ela, novamente balançando os pés e parecendo magoada, algo que fazia com certa frequência.

De certa maneira eu adorava essa sua vulnerabilidade, por mais descabida que fosse. Não era assim que agia a maioria das mulheres de Belle Meade, que jamais tiravam a máscara de felicidade. Para um simples e corriqueiro "Tudo bem?", respondiam com uma interminável litania de bênçãos e sucessos. Todas sempre muito muito ocupadas, muito muito felizes, muito muito realizadas, muito isso, muito aquilo. Tinha uma que adorava dizer: "Ótimo é pouco!" O casamento, os filhos, as férias, o verão... Ótimo era *sempre* pouco para todas essas coisas.

Até mesmo o habitual *Não posso reclamar!* me deixava irritada. Primeiro porque é *claro* que elas *podiam* reclamar, e reclamavam, e continuariam reclamando. Reclamavam dos professores e técnicos da escola, do vizinho, do cachorro do vizinho, das colegas de comitê de qualquer instituição de caridade ou escola em que estivessem trabalhando (fosse porque não faziam sua parte ou porque eram mandonas demais), das pessoas que não respondiam mensagens na mesma hora, das outras que viviam compartilhando bobagens nos grupos, da faxineira, da babá, do jardineiro e de qualquer pessoa que entrasse na casa delas para realizar um serviço. Então elas reclamariam de tudo, *menos* de algo que respingasse nelas mesmas, nos filhos ou no marido. E se, Deus me livre, elas ou os filhos cometessem um erro, culpariam todos os outros e insistiriam que são a vítima de "boa família". Eu conhecia muito bem essa gente.

– Posso confessar uma coisa? – prosseguiu Melanie. – Fiquei sentida por você não ter me contado nada. Principalmente porque Beau também está envolvido.

– Estou contando agora, não estou?

– Mas devia ter contado antes. Assim que tomou a decisão. Antes de se encontrar com ele.

– Devo ter esquecido – menti. – Desculpa, Mel.

Ela franziu a testa até onde o Botox permitiu.

– Ele falou alguma coisa do Beau? – perguntou. – Ou da festinha em si? Estava bravo por causa disso?

– Não. Tenho certeza de que agora essa é a menor das suas preocupações.

Melanie assentiu, depois encheu os pulmões e disse:

– Olha... eu te admiro, Nina. Admiro muito. Pela pessoa boa que você é. Pelo coração que tem. Pela vontade de fazer a coisa certa neste caso. Mas... acho que você está sendo severa demais consigo mesma. E com o Finch.

Ao ouvir isso, fiquei dividida. Não havia dúvida de que sua cumplicidade era bem mais confortável do que o amor implacável de Julie. Mas para mim era frustrante que não conseguisse, ou não quisesse, enxergar o que estava em jogo ali. Pensando nas duas eu me sentia entre a cruz e a espada. Eu sabia o que Kirk diria se pudesse ler minha mente agora. Ele odiava quando eu ficava assim, ou pelo menos quando meus sentimentos iam de encontro aos seus interesses. É impossível te agradar, teria me dito. *Siga em frente e pare de pensar nisso.*

Claro, Kirk também se preocupava com um monte de coisas. Mas, para ele, essas coisas eram diferentes. Eram coisas que realmente mereciam preocupação porque tinham a ver com dinheiro. Ou com qualquer outra questão mais quantificável. A seus olhos, problemas emocionais ou de relacionamento não passavam de uma grande bobagem. Minha mãe estava ressentida comigo? *Ela vai superar.* Uma amiga andava me irritando? *Pare de andar com ela.* Eu me sentia culpada por tudo que tínhamos ou achava que não contribuía o bastante com o mundo? *Doamos mais do que o suficiente às instituições de caridade.* E agora: como era o caráter do nosso filho? *Ele é um bom garoto que cometeu um pequeno erro. Vamos, deixa isso pra lá.*

– Você nem está ouvindo o que eu estou falando, está? – ouvi Melanie dizer.

– Desculpa. Me distraí por um momento.

– Eu estava perguntando sobre a Polly e o Finch.

– O que tem eles?

– Como o Finch está lidando com o término do namoro? – perguntou, baixando a voz.

– Eles terminaram? Eu nem soube – falei, sentindo uma pontada de culpa materna por ser a última a saber.

– Pois é. Melhor assim, eu acho. Finch merece coisa *bem* melhor do que Polly. Sempre falei isso, desde o início. Todo mundo acha a mesma coisa.

Mal acreditando que Melanie ainda visse meu filho como superior a alguém depois de tudo que havia acontecido, falei:

– Não sei, Mel. De repente foi *ela* quem terminou com *ele*. No lugar dela, eu terminaria. O que Finch fez foi uma grande maldade.

– Por favor, pare de se torturar, querida. Filhos fazem besteiras. Especialmente os meninos. Lembra o que aquele psiquiatra disse? Que o lobo frontal dos meninos não se desenvolve completamente até os 25 anos? É por isso que eles aprontam assim.

Dei de ombros, depois repeti o que já tinha dito a Kirk. Para mim aquilo não era uma questão de discernimento, mas de *caráter*.

– Puxa, Nina! Sua obrigação é defender seu próprio filho!

– Mas e a Lyla? Minha obrigação não seria defender *todos* os filhos?

– O *Tom* que se preocupe com a Lyla. *Ele* que a defenda. Você tem mais é que ficar do lado do Finch. *Sempre*.

– Sem considerar suas ações? Em *qualquer* circunstância?

– Em *qual-quer* circunstância – disse Melanie, cruzando os braços.

– O que você faria se o Beau tivesse *matado* alguém? – provoquei.

– Bem, nesse caso... A gente contrataria os melhores advogados de defesa. Tipo esse pessoal que defendeu o O.J. Simpson. E se ele fosse condenado, eu o visitaria todo dia na cadeia, até morrer. – Ela respirou fundo. – Beau é sangue do meu sangue. Nunca vou deixar de amá-lo. Nunca.

Percebendo que ela estava na defensiva, falei:

– Claro, eu entendo.

E entendia mesmo. Também amava meu filho incondicionalmente. Também contrataria os melhores advogados na esperança de obter-lhe uma sentença mais branda. Afinal de contas, *assim* funciona nosso sistema penal, no qual eu *acredito*.

Mas no fundo também sei que não acobertaria meu filho caso ele tivesse cometido um crime horrível. *Qualquer* crime. Não *mentiria* por ele. Não obstruiria a *justiça* por ele. Ficaria do seu lado, mas preferiria que ele confessasse, que se arrependesse genuinamente e arcasse com todas as consequências. Ou seja, que fizesse por *merecer* seu perdão.

Tentei explicar isso para Melanie, mas ela não me ouviu. Pelo contrário, fincou ainda mais o pé.

– Eu não – disse. – Eu faria qualquer coisa pra proteger o Beau do sofrimento. *Qualquer coisa.*

Por um tempo não fizemos mais do que olhar uma para a outra, cientes de que dificilmente chegaríamos a um acordo. E me lembrei de um sermão que tinha ouvido muito tempo antes, na igreja que Teddy frequentava. O pastor Sundermeier tinha dito algo como: "A justiça não tem a ver apenas com aquilo que a pessoa *merece*, mas também com aquilo que ela *precisa*." Uma peça fundamental naquele quebra-cabeça, mas que Melanie e Kirk não conseguiam enxergar.

– Bem, não sei se muda alguma coisa, mas Kirk pensa da mesma forma que você – falei.

E ela assentiu, satisfeita por ter um aliado.

– *Claro* que pensa. Kirk tem um ótimo feeling pra esse tipo de coisa.

Pensei sobre os quinze mil dólares, sabendo que provavelmente Melanie endossaria a iniciativa de Kirk, mas também ridicularizaria a quantia, já que nunca se importava de pagar a mais. Um dos seus mantras era *Pra resolver um problema, basta jogar dinheiro em cima dele.*

– Nem sempre – argumentei. – Às vezes o Kirk é meio... *focado* demais nos resultados. Sempre consegue o que quer.

– Eu sei – disse Melanie com um sorrisinho. – Foi por isso que você se casou com ele, não foi?

Ela estava se referindo à "nossa história", aquela que Kirk adorava repetir: como ele me perseguiu no segundo ano da faculdade, as dezenas de convites que havia feito antes de conseguir me convencer a sair com ele. Obviamente achava que eu estava apenas me fazendo de difícil, o que a seus olhos me deixava ainda mais interessante. Nunca contei a ele a verdade. Que estava assustada com os eventos traumáticos do primeiro ano e que por um bom tempo não conseguia nem pensar em garotos.

Mas, olhando em retrospecto, talvez Melanie tivesse alguma razão. Eu *realmente* admirava a tenacidade de Kirk, e era bem possível que isso *tivesse* pesado na minha decisão de ficar com ele. E, se é para ser honesta, devo confessar que também gostei do fato de ele ter conquistado a simpatia das minhas amigas e se dar bem com todas elas. Ele tirava as lembranças ruins da minha cabeça. Eu me sentia segura a seu lado. Achava que nada ruim me aconteceria enquanto estivéssemos juntos.

– Acho que sim – murmurei, e seguimos bebendo o vinho enquanto eu contemplava minhas *próprias* intenções.

Por que eu queria tanto me encontrar com Lyla e falar com Tom de novo? Apenas para fazer a coisa certa? Para dar a Finch a oportunidade de aprender com os próprios erros? Ou estava buscando uma espécie de absolvição ou... ou até mesmo uma forma de justiça para meu eu mais jovem? Eu não sabia dizer. Sabia apenas que queria muito ficar sozinha naquele momento.

Forçando um bocejo, falei:

– Puxa... estou *completamente* exausta.

– Eu também – disse Melanie. – Já vou indo...

Rapidamente fiquei de pé, ciente de que aquele *já vou indo* podia implicar mais uma hora de conversa. Melanie me puxou para um abraço, dizendo:

– Força, querida. Procure descansar. Deixe que o Kirk cuide das coisas. Confie em mim, logo, logo, tudo vai acabar.

Assim que ela saiu, só faltei voar para pegar o celular. Entre a enxurrada de e-mails de propaganda, localizei duas mensagens. Uma era de Walter Quarterman e a outra de Tom Volpe. Com o coração em disparada, abri e li a de Walter primeiro: um recado para mim e Kirk, convocando Finch para a "audiência fechada" do Conselho Disciplinar, marcada para as nove horas da terça-feira seguinte, e se desculpando pela demora (dois membros do Conselho tinham viajado para um seminário). Disse ainda que poderíamos comparecer à escola no dia da audiência, mas que não poderíamos participar.

– Ok – falei para mim mesma, aliviada com o agendamento.

Mais quatro dias.

Respirei fundo, depois abri a segunda mensagem.

De: Thomas Volpe
Para: Nina Browning
Assunto: Oi

Oi, Nina. Acho que você tem razão. Vai ser bom sentarmos os quatro para uma conversa. Pode ser neste fim de semana? Amanhã por volta das onze? Prefiro que seja na minha casa, se você não se incomodar. O endereço está no diretório da Windsor.

Muito ansiosa, mas ao mesmo tempo grata e esperançosa, respondi editando o assunto:

De: Nina Browning
Para: Thomas Volpe
Assunto: Obrigada

Tom, muito obrigada pela sua decisão. Amanhã de manhã está ótimo. Às onze estaremos aí. De novo, muito obrigada.

Segundos depois de enviar a mensagem, recebi uma ligação de Kirk.
– O babaca embolsou o dinheiro, mas não fez nada pra impedir o julgamento! – berrou ele no meu ouvido. – Nem deve saber o que significa um acordo de cavalheiros.
– Acordo de *cavalheiros*?
Fiquei tão horrorizada com o ridículo da expressão que nem me dei ao trabalho de contar que Tom havia devolvido o dinheiro. Sabia que dois erros não faziam um acerto, mas Kirk não merecia a verdade. *Merecia* se sentir lesado.
– Sim, um acordo.
– Aquilo não foi um acordo. Muito menos de cavalheiros. Foi um *suborno*. Você tentou calar o homem com dinheiro, mas o tiro *saiu pela culatra*.
– Faça um esforço para não soar tão feliz.
– Não estou *feliz* – falei. – Neste exato momento não estou feliz com *nada*.
– Então somos dois – disse Kirk.

Em seguida fui para o quarto de Finch. A porta estava fechada. Hesitei alguns segundos antes de bater, pensando nas mudanças pelas quais havíamos passado, tão rápidas e ao mesmo tempo tão graduais. Quando menino, sua porta ficava aberta e muitas vezes ele ia dormir na nossa cama. Lá pelos 9 ou 10 anos, começou a fechá-la de vez em quando, mas eu me sentia à vontade para entrar sem bater. Depois, quando ele já tinha 11 ou 12, passei a bater de leve antes de entrar. Mais tarde passei a esperar até que ele me desse permissão. E nos últimos dois anos, as conversas no quarto eram inexistentes. Raramente entrava no cômodo, já que era Juana quem recolhia as roupas para lavar e depois as guardava no armário.

Então bati e abri uma fresta. Finch estava na cama com o laptop no colo e fones nos ouvidos. Ele ergueu a cabeça e olhou para mim com uma expressão vaga.

– Oi – falei.

– Oi.

– Você poderia tirar os fones?

– O som está desligado.

– Então tira.

Ele obedeceu, impassível.

– Como vão as coisas? – perguntei, meio sem jeito.

– Bem.

– Ótimo. E a Polly, como está?

– Bem, eu acho.

– Você acha? – Dei um passo quarto adentro. – Não sabe?

– Na realidade, não. A gente terminou – disse ele sem nenhuma emoção.

– Sinto muito. Posso saber... por quê?

Ele suspirou.

– Prefiro não falar disso, tudo bem?

Mordi o lábio e fiz que sim com a cabeça

– Tudo bem. Mas também vim aqui pra dizer que o Sr. Quarterman mandou uma mensagem. Sua audiência com o Conselho Disciplinar foi marcada pra próxima terça.

– É, eu sei. Também recebi o e-mail.

– Ah. E a Lyla? Você já falou com ela?

– Não.

– Por que não?

– Papai disse que era pra eu não falar.

– Disse, é? Quando?

– Semana passada. Depois da reunião com o Sr. Q.

– Bem, agora sou em quem vai dizer uma coisa – falei, quase ríspida. – Vamos conversar com a Lyla amanhã de manhã. Eu e você. O pai dela também vai estar presente. Só nós quatro.

Eu me preparei para ter de argumentar, mas ele assentiu e disse que tudo bem.

– Nesse meio-tempo, quero que você reflita um pouco sobre a Lyla. Sobre os sentimentos *dela*. Agora isso é sobre *ela*.

– Eu sei, mãe – disse ele, parecendo seu eu mais jovem e sincero.

– *Sabe* mesmo?

– Sei.

– Então entende que esse encontro com a Lyla não é uma jogada pra beneficiar *você*. É um pedido de desculpas pra *ela*.

– Sim, mãe, eu entendo – disse ele, sustentando meu olhar.

Talvez ele estivesse apenas falando o que eu queria ouvir para evitar um sermão, mas a expressão em seu rosto era sincera. Nada que me permitisse respirar aliviada (eu ainda tinha dúvidas quanto ao seu caráter), mas um pequeno consolo, uma pontinha de esperança.

– Tem certeza de que não quer falar sobre a Polly? Ou sobre qualquer outra coisa que esteja te preocupando? – insisti com delicadeza, mesmo sabendo qual seria a resposta.

– Tenho, sim, mãe.

CAPÍTULO 13

# LYLA

Eu já estava convencida de que as coisas não podiam piorar quando, na sexta à noite, papai entrou no meu quarto e despejou outra bomba na minha cabeça. Assim, como quem não quer nada.

– Durma um pouco – disse, parado à porta com uma camiseta dos Titans e uma calça de moletom. – Temos uma reunião amanhã de manhã.

– Que tipo de reunião?

Imediatamente fiquei desconfiada. Nunca marcamos nada para os fins de semana. Papai sabe que gosto de dormir até mais tarde no sábado, já que é o único dia que posso fazer isso. Aos domingos de manhã ele normalmente me convence a ir à missa com a Nonna (que é uma católica meio obcecada).

– Finch Browning e a mãe virão aqui – disse ele, casualmente, como se eu não fosse dizer nada.

Fiquei esperando pelo golpe de misericórdia, mas ele não veio.

– O quê? Fazer *o quê*?

– Conversar – disse ele, dando mais um passo e baixando os olhos para o cesto de roupas limpas que na noite anterior ele havia deixado ali, pedindo que eu dobrasse as peças.

Geralmente é ele quem faz isso por mim (ou refaz quando vê a péssima qualidade do meu trabalho; papai tem os TOCs mais esquisitos), mas eu percebi que ele estava tentando ser mais rígido comigo de uma hora para a outra. Como se o hábito de dobrar as roupas para mim tivesse contribuído para minha decisão de beber numa festa.

– Conversar sobre *o quê*? – falei, horrorizada.

– O que você *acha*, Lyla?

– Não sei, pai – respondi, caprichando no sarcasmo. – Foi por isso que perguntei. Porque só pode ter sido você que armou isso tudo.

– Bem, imagino que... sei lá, vou chutar alguma coisa... imagino que seja sobre o que Finch fez com você – disse ele calmamente, e com o mesmo sarcasmo.

Não sei exatamente o que passou pela minha cabeça naquele momento, mas eu não teria ficado mais chocada se ele tivesse convidado Finch e a mãe para que jogássemos Banco Imobiliário pelados. Tipo, nada seria mais dolorosamente constrangedor do que reviver o que Finch *fez comigo*.

– Uau. Pelo visto o senhor está *mesmo* disposto a arruinar a minha vida.

E de fato parecia um eufemismo. Mas fiquei quieta, porque não sou boba. Sabia que ele podia explodir a qualquer momento. Nos últimos tempos, meu pai andava indo de zero a cem num piscar de olhos. Na verdade, já nem havia um zero. Ele vivia pilhado, prestes a entrar em erupção.

– Pelo contrário – disse ele. – Estou tentando ser um bom pai, só isso.

– Ah, é? Pelo que sei, bons pais não tentam destruir a vida das filhas.

Foi o que bastou. Espalmando as mãos, ele bufou como um touro bravo de desenho animado, depois saiu resmungando.

– Você deve estar me confundindo com aquela *outra*, a que se diz sua mãe.

Cheguei a pensar em correr atrás dele e mandar que ele parasse de bancar o mártir. Tudo bem, sei que mamãe foi péssima no quesito maternidade, mas nem por isso ele podia se vangloriar por fazer aquilo que quase todos os pais faziam também. Não posso acreditar que nunca pensei em lhe dizer isso antes, e talvez não houvesse momento melhor do que aquele. Mas não encontrei forças para levantar da cama. Então fiquei ali, chorando baixinho, até que ele voltou ao quarto, como eu havia imaginado. Papai nunca havia imposto a tal regra de nunca dormir sem fazer as pazes, mas era mais ou menos assim que ele agia. Ele reaparecia pelo menos para dar um civilizado boa-noite. Certa vez ouvi a Nonna dizer que ele "não levava

146

muito jeito" para lidar com as situações de conflito, mas acho que, na realidade, podia ter a ver com a partida intempestiva da mamãe.

Nenhum dos dois sabia dizer ao certo o que havia acontecido quando ela foi embora no meio da madrugada, mas parece que havia rolado uma briga feia por minha causa. Algo a ver com mamãe bebendo muito e quase deixando que eu me afogasse numa festa. (Mamãe jura de pés juntos que eu sabia nadar porque já tivera aulas de natação; papai diz que não, que eu sabia apenas virar o rosto na hora de esvaziar os pulmões.) Seja como for, ele ficou furioso com a "negligência" dela. E ela ficou furiosa com a "acusação" dele. Tão furiosa que acabou *indo embora*. Para sempre.

Numa de suas reaparições, ela dissera: "Seu pai deixou bem claro que vocês dois ficariam melhor sem mim. E acho que ele tinha razão". Ela sempre foi mestre em se fazer de vítima, mesmo quando falava *comigo*, sua filha abandonada.

Quase comentei que ele não *batia* nela. Porque "acusação" não era nada tão drástico. Nada que justificasse abandonar uma filha, e claro que ela tinha outras opções além de simplesmente jogar a toalha. Ela podia ter provado que papai estava errado e tentado mostrar a ele que conseguia ser uma mãe afetuosa e responsável. Em vez disso, provou que ele estava certo.

Quanto ao papai, acho que no fundo ele culpa a si mesmo, pelo menos em parte, pelo rumo que as coisas tomaram. Talvez até pense que, se os dois tivessem imposto a regra de nunca dormir sem fazer as pazes, teria conseguido convencer mamãe a procurar um programa de reabilitação ou teria dado um jeito de acertar os ponteiros com ela. Acho difícil, e posso apostar que ele acha também. Mas às vezes fico pensando nessa possibilidade, e tenho certeza que ele faz o mesmo.

Em todo caso, apesar de toda a raiva, fiquei feliz quando papai voltou ao quarto. Antes que ele pudesse dizer o que fosse ou repetir aquela sua ladainha de autocomiseração, desabafei:

– Pai, escuta. Sou muito grata por você ser um bom pai e tudo mais, mas essa coisa toda está me *matando*.

– *Matando?* – repetiu ele, com a mesma calma de antes.

– É só modo de dizer.

Ele assentiu.

– É. Quer dizer, sinceramente, a última coisa que eu queria *no mundo* era sentar pra conversar com os Brownings. Tipo... preferiria mil vezes pisar descalça na brasa quente. Ou arrancar as unhas do pé.

– Se você acha que estou me divertindo, está enganada.

– Então por que faremos isso? Aliás, de quem foi a ideia?

– Da Nina – respondeu ele. – Da Sra. Browning.

Arregalei os olhos, assimilando a informação, bem como o nome dela. *Nina*. Era tão classudo, elegante, totalmente condizente com a lembrança que eu tinha dela, embora a tivesse visto uma única vez num jogo de basquete da escola. Finch era um dos quatro veteranos do time, então antes do jogo ele caminhou até o meio da quadra acompanhado dos pais. Não me lembro de muita coisa a respeito do pai, a não ser que era alto como Finch, mas me lembro de ter achado a mãe *muito* bonita e estilosa. Era pequena, tinha cabelos cor de mel na altura dos ombros e a roupa que ela estava usando... *uau*. Uma calça jeans escura, botas de cano alto e uma capa marfim com uma franja de pompons.

– Ela ligou pra você? – perguntei, curiosa com o teor da conversa deles.

– Mandou um e-mail – disse papai, novamente olhando para o cesto de roupas antes de vir à beirada da minha cama.

– Quando?

Esse negócio de ele manter segredos era mais uma coisa que havia mudado na nossa relação, mas, para ser sincera, eu também tinha os meus. Que não eram poucos. Não só o fato de beber.

Ele por fim se sentou e pegou meu pé, massageando-o por cima da meia felpuda. Instintivamente recolhi as pernas e abracei os joelhos contra o peito. Ele pareceu ofendido, magoado ou as duas coisas ao mesmo tempo, e disse:

– Uns dias atrás – respondeu. – Depois a gente se encontrou pra tomar um café.

– Isso é estranho pra caramba – falei.

Primeiro porque era mesmo; segundo porque papai nunca sai para tomar café com *ninguém*.

– O que tem de estranho nisso? – disse ele, meio sem jeito.

Porque também achava a mesma coisa.

– Tipo assim... *tudo?*

Ele deu de ombros.

– Ok. Talvez seja um pouco. Mas tivemos uma boa conversa.

– Ah, que bom – falei, revirando os olhos. – Fico feliz em saber.

– Sem ironias, Lyla.

– Não é ironia. *Realmente* fico feliz que vocês tenham conversado, e tal. Mas será que não dá pra vocês colocarem uma pedra em cima desse assunto?

– Não, não dá.

– Por que não?

– Porque esse garoto te deve desculpas, filha. É importante. Assim como é importante a gente sentar pra conversar. Nina e eu estamos de acordo quanto a isso.

– Tudo bem, mas precisava ser *aqui*?

– Qual é o problema? Você tem vergonha da sua casa? – disse ele, muito na defensiva.

– Não – respondi, o que era mentira.

Desde que comecei a estudar na Windsor, no nono ano, e perceber quanto dinheiro as pessoas ao meu redor tinham, *realmente* passei a ter certa vergonha do nosso bairro e da nossa casa. E claro que fiquei ainda mais envergonhada por me sentir assim.

– Acho estranho, só isso – falei, não querendo magoá-lo.

– "Estranha" é aquela foto! – disse ele, começando a ficar agitado e irritado novamente. – Aquela foto, Lyla, ela, *sim*, é constrangedora.

Baixei os olhos, novamente tomada pela vergonha. Mais do que todo o drama na escola, o que me matava era que papai tivesse me visto daquele jeito, chapada numa cama com o peito de fora. Sem falar nas outras coisas que ele também tinha visto quando cheguei em casa naquela noite e das quais eu nem lembrava. O mais provável era que ele já suspeitasse de que eu bebia de vez em quando, mas posso apostar que não me imaginava bêbada nem fazendo sexo. Claro, a foto não confirmava nada com relação ao sexo, mas era uma pista bastante convincente de que eu já não era mais o anjinho perfeito que ele via em mim.

– *Paaaai*. Por que você não tenta ter um pouquinho de empatia? Senão pelo Finch, por mim!

*Empatia* era uma palavra em alta na Windsor, volta e meia usada pelo Sr. Q nas assembleias, e o conceito havia migrado para as discussões em sala de aula.

– Peraí. Eu ouvi direito? Você quer que eu tenha empatia pelo *Finch* numa situação dessas?

– Sim. *Quero*. Por todo mundo. Isso se chama "perdão", pai. Já ouviu falar?

– O perdão é *conquistado*, Lyla. Ele não fez nada para...

– Mas não é pra isso que ele está vindo aqui? – falei aos berros. – Quer dizer... do que adianta conversar com a Nina, ou receber os dois pra um pedido de desculpas, se você já está com a opinião formada em relação a ele?

Papai balançou a cabeça, estupefato, depois disse:

– Até agora não consigo entender por que você não está furiosa com o que esse menino fez. Realmente não consigo.

Ele se calou, claramente aguardando minha resposta. Mas eu não tinha nada a dizer. Pelo menos nada que quisesse dividir com ele.

– Se alguém precisa se preocupar com essa conversa de amanhã, esse alguém é o Finch, não você. Mas aposto que ele não está nem aí. Porque é um babaca – continuou ele.

– Ele na verdade *não* é, pai! – falei, e comecei a chorar outra vez, mais por frustração do que qualquer outra coisa.

Não havia como explicar ao meu pai que garotos tiravam fotos como aquela o tempo todo. De si mesmos ou dos outros. Além do mais, Finch não tinha *postado* a foto. Se a coisa tinha viralizado, a culpa não era dele. Agora, quanto à legenda, talvez a história fosse diferente. Mesmo assim, havia um contexto. Ele estava jogando Uno, falando um monte de besteira, talvez só estivesse tentando ser engraçado. Não estou dizendo que *foi* engraçado, mas acho que há uma diferença entre ser um babaca e fazer uma piada idiota e de mau gosto, especialmente quando se está bêbado. Pelo menos era o que eu vinha dizendo a mim mesma. Era nisso que eu queria acreditar. Que eu *precisava* acreditar.

Meio sem jeito, papai se aproximou e colocou os braços em torno dos meus ombros para me dar um beijinho na testa, e eu teria virado o rosto se não estivesse precisando tanto daquele abraço.

– Desculpa, filha. Só estou tentando fazer o melhor que posso – disse ele, mas dessa vez não soou como um mártir, apenas como um pai que realmente *estava* tentando acertar.

– Eu sei – falei, fungando.

– E não sei se isso ajuda, mas... acho que a mãe do Finch é uma boa pessoa. Tem a cabeça e o coração no lugar certo.

– Você acha? – falei, a voz abafada contra o peito dele.

Papai recuou e olhou nos meus olhos. Com uma expressão triste, falou:
– Acho... Ela está preocupada com você.
– Está? – perguntei, virando-me para a pilha de lenços na minha mesa de cabeceira.
– Sim. Por isso *estou* dando a ela, e por extensão a ele, uma chance amanhã. Espero que isso te deixe um pouquinho mais feliz.
– Deixa, sim – declarei, assoando o nariz. – Só quero que isso acabe logo.
– Eu sei, filha – disse papai, assentindo vigorosamente como se estivéssemos em perfeito acordo, quando, na realidade, tínhamos uma ideia bem diferente do que significava "acabar", e nós dois sabíamos disso.
Ficamos calados por uns minutos. Eu podia ver que ele queria dizer mais alguma coisa, mas não sabia como. Para ajudá-lo, falei:
– Mais alguma coisa?
– Na verdade... sim. Tem mais uma coisa que eu gostaria de dizer. Sobre a sua mãe...
– O que tem ela?
– Nada de muito importante – falou, parecendo desconfortável. – É que... bem, não acho que seja uma ideia terrível você visitá-la nas férias. Você já não é mais criança, e acredito que possa saber o que é melhor pra você. Afinal, ela é a sua mãe.
– Valeu, pai. Acho que vou fazer isso, sim. Sinto falta dela.
Vendo o brilho de tristeza que havia surgido em seu olhar, percebi, tarde demais, que havia falado mais do que devia. Mas era verdade. Eu *sentia* falta da minha mãe. Talvez não da *pessoa* em si, mas da *ideia* de ter uma mãe por perto. Sobretudo num momento como aquele, quando a ideia de empatia de um pai não bastava.

⁓

Na manhã seguinte, acordei cedo para tomar banho e lavar o cabelo, que era cheio e crespo, e precisava secar naturalmente, porque só assim ficava bom. O tempo adicional foi dedicado integralmente à agonia de escolher o que vestir. Todas as minhas coisas pareciam fora de moda, caretas ou comuns demais. Claro que liguei para pedir conselho a Grace, embora já tivéssemos conversado por mais de uma hora na noite anterior, trocando ideias sobre a situação como um todo. Grace estava meio em cima do muro sobre tudo: não estava tão furiosa com Finch quanto papai, mas ainda estava chateada.

Quanto ao que eu devia vestir, apenas disse:

– Não exagera. Faça a linha casual.

Ela tinha razão. Depois de avaliarmos minhas opções, acabamos decidindo por uma calça jeans branca, justa e rasgada nos joelhos, com uma blusinha de alça de seda azul que eu havia comprado num brechó. Após o terceiro ou quarto "boa sorte" de Grace, desliguei e coloquei uma maquiagem bem leve. Sabia perfeitamente que papai odiava me ver maquiada, mas resolvi arriscar, apostando que ele nem fosse notar, ocupado que estava com a faxina-relâmpago que vinha fazendo na casa. Nossa casa é sempre assustadoramente arrumada, mas naquela manhã ele pegou pesado no TOC, aspirando, varrendo e passando limpador multiuso em cada superfície. Certa hora falou que precisava sair para fazer uma coisa e voltou dali a pouco com um saco de doces folheados variados da Sweet 16th, que ele arrumou num prato de porcelana, depois transferiu para a travessa que costumava usar nos dias de churrasco.

– No prato estava melhor – falei, erguendo os olhos do último exemplar da revista *InStyle* que fingia ler para me fazer de calma.

Ele assentiu, parecendo um pouco aflito, depois voltou tudo para o prato e deixou sobre a mesinha de centro, junto com a pilha de guardanapos dispostos em leque. Interpretei tudo isso como um sinal de que ele pretendia manter sua palavra e deixar a mente aberta. Pelo menos eu sabia que ele não odiava a Sra. Browning, porque nunca fazia nada daquilo quando odiava alguém.

Às onze em ponto a campainha tocou. Papai respirou fundo e seguiu sem pressa até a porta da frente. Fiquei no sofá, correndo os dedos pelo cabelo para desfazer a rigidez da mousse. Com um frio na barriga, e sem conseguir ver, ouvi quando ele abriu a porta e os cumprimentou. Ele se apresentou a Finch e os convidou para entrar. Respirei fundo várias vezes para tentar me acalmar quando os três passaram à sala em fila indiana, a Sra. Browning na frente, depois o Finch, por último papai. Era meio surreal, como encontrar um professor no supermercado ou em qualquer outro lugar fora da escola.

– Por favor, sentem-se – disse papai, apontando para o sofá perto de mim e para uma poltrona.

Parecia tão nervoso quanto eu, mas não tão bravo quanto eu havia imaginado.

A Sra. Browning sentou ao meu lado no sofá, e Finch, na poltrona diagonalmente oposta. Os dois me cumprimentaram. Incapaz de olhar para Finch, mantive os olhos na mãe dele. Apesar das roupas casuais, de perto ela era ainda mais bonita e elegante do que quando a vi nas arquibancadas do ginásio. Estava usando uma camisa branca com as mangas dobradas no punho, jeans *skinny* e uma sapatilha dourada. As joias eram lindas e modernas, peças mais delicadas misturadas com outras mais pesadonas, ouro misturado com prata (ou platina, o que era mais provável). Tudo nela era chique, mas natural. Como se ela tivesse acordado assim, toda linda.

– Lyla, essa é a Sra. Browning – disse papai. – O Finch, claro, você já conhece.

Sem fazer contato visual com nenhum dos dois, falei:

– Prazer. Oi.

– Aceitam um croissant? – ofereceu papai, olhando para a Sra. Browning, depois para Finch.

Era a primeira vez que eu o ouvia dizer a palavra croissant, achei estranho. Francês demais, sei lá.

Finch olhou para o prato como se quisesse aceitar, mas balançou a cabeça e agradeceu. A mãe também, e o prato de doces ficou ali, reduzido a um bizarro objeto de decoração.

– Querem beber alguma coisa? – disse papai. – Café? Água?

Devia ter oferecido antes, eu acho.

– Eu tenho aqui, obrigada – disse a Sra. Browning, e pegou sua garrafinha de Evian na bolsa.

– Finch? Quer beber alguma coisa? – perguntou papai.

– Não, obrigado.

E eu estava ali, querendo morrer, quando a Sra. Browning anunciou que Finch tinha algo a me dizer.

Assenti, sem tirar os olhos de sua pulseira larga que deslizava para cima e para baixo enquanto ela erguia a mão para ajeitar uma mecha de seu cabelo loiro e brilhante atrás da orelha.

– Tenho... – ouvi Finch dizer. E então ele disse meu nome, e eu olhei para ele pela primeira vez. – Estou muito arrependido do que fiz. Eu tinha bebido muito... Não que isso justifique alguma coisa. Foi uma estupidez e uma imaturidade, e uma coisa horrível de se fazer. Eu sinto muito, de verdade.

– Tudo bem – sussurrei, mas papai interveio na mesma hora, dizendo que *não estava* tudo bem.

– *Pai* – falei baixinho. – Dá um tempo.

– Não – disse Finch. – Ele tem razão. Não está tudo bem.

– Concordo – acrescentou a Sra. Browning. – Até porque Finch não foi criado dessa maneira.

– De que maneira? – perguntou papai, mais por curiosidade do que para criar um conflito.

– Para ser um ignorante. Ou uma pessoa má e insensível – explicou, a voz vacilando como se fosse chorar.

Mas por algum motivo ela não me parecia do tipo que chora à toa. Fazia mais o tipo *coração de pedra*, como dizia o papai.

Finch e eu nos entreolhamos por um segundo, depois ele se virou para o papai e disse:

– Sr. Volpe, será que posso falar com a Lyla em particular por um instante?

Num primeiro momento papai ficou sem fala, mas depois perguntou se eu estava de acordo, e eu disse que sim, olhando para baixo.

– Tudo bem – falou ele. – Nina e eu vamos ficar esperando lá fora...

Sua voz sumiu quando se levantaram. Ela o seguiu até a cozinha, e de lá saíram para o quintal.

Assim que ouvi a porta bater, ergui a cabeça e olhei para Finch. Ele me encarou de volta com aqueles olhos absurdamente azuis. Quando piscou, pude ver a curva de seus cílios loiros. Senti um aperto no coração, antes mesmo de ouvi-lo dizer meu nome como se estivesse sussurrando uma pergunta.

– Lyla...

– Oi – falei baixinho, o rosto em chamas.

Finch respirou fundo, depois disse:

– Tenho pensado muito e... acho que preciso lhe dizer o que realmente aconteceu naquela noite...

– Tudo bem – falei, olhando rapidamente para a porta dos fundos com um frio na barriga.

Não conseguia ver papai e a Sra. Browning, mas podia imaginá-los juntos na mesa de piquenique.

– Então... Você sabe que a gente estava jogando Uno, não sabe?

– Sei.

– Bem, eu e a Polly começamos a discutir. Você notou?

Dei de ombros, mas tinha notado, sim.

– Pois é, rolou essa discussão. E foi por sua causa.

– *Minha causa?* – falei, chocada.

– Sim. *Você.*

– Por quê?

– Ela estava com ciúme. Você estava tão gata naquele vestido preto... Ela viu que eu estava olhando pra você... Falou que eu estava te dando mole... E ficou brava comigo.

– Ah – foi só o que consegui dizer, tomada por um monte de emoções diferentes.

Fiquei surpresa que a Polly pudesse ter ciúmes de *mim*, incomodada por ter sido a causa de uma discussão entre eles. Mas acima de tudo senti uma coisa estranha, um calor repentino quando ele me chamou de *gata*. Outros garotos já tinham dito a mesma coisa, mas nos comentários do Instagram. Até aquele momento, ninguém tinha dito pessoalmente.

– Bem, então... Uma coisa levou à outra e... – Sua voz foi diminuindo. – Sacou?

Fiz que nao com a cabeça, confusa com aquele *uma coisa levou à outra*. Ele estava falando da briga com Polly? Ou de mim? Por um segundo fiquei me perguntando se algo havia rolado entre nós. Alguma coisa física. Sem chance. *Disso* eu me lembraria. Do mesmo modo que me lembrava de cada olhar que ele já tinha me lançado.

Finch se inclinou na minha direção e, quase sem fôlego, disse:

– Olha, Lyla... Não fui eu que tirei aquela foto. Não fui eu que escrevi aquela legenda. E não fui eu que encaminhei a foto para os meus amigos. – Ele mordeu o lábio e passou a mão pelos cabelos loiros ondulados. – Entendeu agora?

– O quê? Não. Não entendi – falei. Meus pensamentos estavam tão desgovernados quanto meu coração, mas de repente entendi. – Peraí... Foi a Polly? Ela que pegou seu telefone e...?

Ele assentiu, lentamente.

– Foi. Pegou porque achou que a gente estivesse se falando, trocando mensagens.

– E por que ela acharia isso?

– Por causa do jeito que a gente estava se olhando.

– Mas não chegamos a trocar mensagens, chegamos?

Lembrei que papai havia examinado meu telefone. Talvez ele tivesse apagado a conversa. Seria isso?

– Não – respondeu Finch. – Eu até *queria*, mas... Se eu tivesse o seu número, é bem possível que eu tivesse... Mas não, foram só olhares. Só que a Polly percebeu. Intuição feminina, sei lá.

Assenti. Porque, claro, eu também tinha notado.

– Então chapei e acabei perdendo meu telefone de vista.

– E ela pegou para tirar a foto, foi isso? – perguntei, querendo ter certeza de que estava ouvindo direito.

– Sim. Foi *exatamente* isso.

– Uau... – falei, mais para mim mesma do que para ele. – Que... *vaca*...

– Eu sei. Quer dizer... geralmente ela não é esse tipo de pessoa. Não é *mesmo*... Mas está passando por uns problemas.

Olhei para ele, cética. Que problemas Polly poderia ter? Ela era linda, rica... uma versão feminina do próprio Finch. Além disso, era a *namorada* dele. Ele era *dela*. Que importância tinha que ele olhasse para mim? Isso não era nada se comparado ao relacionamento de muitos anos que tinham. Ou *era*?

– De qualquer modo, a gente terminou por causa disso.

– Terminaram? – falei, a voz nas alturas. – Por minha causa?

– Não. Por causa do que ela *fez* com você.

Meio tonta, falei:

– Sua mãe sabe disso? Que foi a Polly quem tirou a foto?

Ele fez que não com a cabeça.

– *Ninguém* sabe?

– Ninguém.

– Por que não? Por que você não quis contar a verdade?

Finch suspirou e balançou a cabeça.

– Sei lá. É difícil de explicar, e tem muita coisa que não dá pra falar. Mas digamos que a Polly tem muitos... problemas.

– Tipo o *quê*?

Ele suspirou e disse:

– Não posso contar.

Eu fiquei olhando para ele. De repente me lembrei dos boatos que haviam circulado na escola no início do ano sobre distúrbios alimentares e automutilação. Uma parte de mim, pequenininha mas feia, havia desejado que fossem verdadeiros, pelo menos para provar que ninguém tinha uma vida perfeita. Mas outra parte, bem maior que a primeira, havia deduzido que era tudo mentira, produto da mesma inveja que eu sentia quando via as fotos maravilhosas e glamorosas que ela postava no Instagram. No entanto, pelo que Finch estava dizendo, era tudo verdade. Não pude deixar de sentir pena dela. Mais pelo fato de que havia perdido Finch do que qualquer outra coisa. Mas disse a mim mesma que não era o caso de sentir pena. Ela havia cavado a própria cova. Não merecia minha consideração.

– Você tem que contar a verdade – falei. – Na audiência. Você tem que dizer que não tem culpa de nada. Que a culpa é *dela*.

Finch balançou a cabeça, inflexível.

– Não, Lyla. Simplesmente não posso fazer isso com ela. Além desses problemas que eu falei... Ela já aprontou uma vez. Essa seria a sua segunda infração. Expulsão na certa. Não quero isso na minha consciência.

Novamente olhei na direção do quintal, me perguntando quanto tempo ainda tínhamos até que papai voltasse com Nina para a sala.

– Você não pode assumir a culpa por ela – falei.

– Posso, sim – disse ele. – Por favor, respeite a minha decisão.

– Mas você pode ser suspenso ou expulso. Pode perder a vaga em *Princeton*.

– Eu sei. Mas acho que nada disso vai acontecer.

– Vai acontecer *o que* então?

Ele suspirou, deu de ombros e disse:

– Bem, se tudo der certo, vou enfrentar esse processo disciplinar e assumir a culpa de tudo... Mas de alguma forma não vou perder a vaga em Princeton... E a Polly vai buscar a ajuda e você não vai me odiar.

Sua voz era doce e delicada, de um jeito que garotos nunca falam, a não ser no cinema, com uma musiquinha romântica tocando ao fundo.

– Não odeio você – falei, o coração dando cambalhotas.

– Sério?

– Sério.

– Então... Já que você não me odeia... – Ele hesitou, baixou os olhos. – Será que rola, sei lá, de a gente sair qualquer dia desses?

Atordoada, tentei assimilar a pergunta.

– Você e eu?

– Sim. Você e eu.

– Quando?

– Não sei... Logo? Você está livre hoje à noite?

– Acho que papai não vai gostar muito da ideia – falei, usando um grande, enorme eufemismo. – Além disso... você não está de castigo? – perguntei, porque já tinha ouvido falar que ele teve uma punição severa e que estava proibido de sair pelo resto da primavera e até o fim do verão.

– Sim, mas diante das circunstâncias, acho que meus pais podem abrir uma exceção – respondeu ele, e nesse instante papai e Nina abriram a porta e voltaram para a sala.

A Sra. Browning foi logo perguntando:

– Tiveram tempo suficiente?

– Sim – respondemos juntos, Finch e eu.

Ela hesitou um segundo, depois sentou novamente no sofá. Ainda de pé, papai voltou a oferecer café, e dessa vez ela aceitou.

– Eu adoraria, obrigada – disse.

– Açúcar? Leite?

– Não, obrigada, puro mesmo.

Papai foi à cozinha e ficamos ali, os três, meio sem saber o que dizer. De repente percebi que a Sra. Browning estava me olhando de cima a baixo com um sorriso no rosto.

– Adorei sua blusa – disse ela.

– Obrigada – respondi, agradecida. – Comprei num brechó.

– Ah, é? Qual deles?

– Star Struck. Fica na Gallatin. A senhora conhece?

– Claro.

– É meio caro. Mas de vez em quando dá pra encontrar promoções.

A Sra. Browning sorriu e disse:

– Pois é. Hoje em dia a gente precisa de estratégia até pra fazer compras. Às vezes acho que gosto mais da pesquisa que da compra em si.

– Sei como é – falei. – Também adorei esse seu sapato.

Ela agradeceu e bateu os calcanhares no estilo Dorothy de *O mágico de Oz*, e papai voltou e lhe entregou o café.

De repente me dei conta de que a Sra. Browning estava sendo simpática *demais*. A ponto de me deixar desconfiada. E se ela e o filho tivessem armado aquela visita apenas para me comover? Tipo aquela tática psicológica usada pelos policiais nos interrogatórios para fazerem a pessoa falar. Tentei me convencer de que estava ficando louca, quando então a Sra. Browning olhou para Finch e disse:

– Então? Vocês... conversaram?

– Conversamos.

– E aí?

– E aí que foi bom, mãe – disse Finch, alto o bastante para que todos ouvissem.

A Sra. Browning olhou para mim.

– Sim, foi bom – confirmei.

Papai franziu a testa.

– Bom *como*?

– Bom porque... porque... ele está arrependido do que fez – gaguejei.

– Estou. E adoraria ter a oportunidade de conversar um pouquinho mais com a Lyla, Sr. Volpe. Se o senhor não se importar.

Ele ergueu a sobrancelha, elevando a voz.

– Agora? – perguntou papai.

– Não, agora não. Numa outra oportunidade. Será que a Lyla e eu podíamos nos encontrar e conversar?

Mal consegui respirar quando vi papai assimilando a pergunta.

– Você está pedindo permissão para... *sair* com a minha filha?

– É... na verdade, estou, sim, senhor – disse Finch.

– Um *encontro*?

Papai só faltava gritar, cada vez mais vermelho.

– Pai! – falei, querendo morrer por ele estar tentando rotular a situação. – Ele não disse um *encontro*.

Mas Finch não se deixou intimidar.

– Sim, senhor. Um encontro. Eu gostaria de conhecer melhor sua filha. E que ela me conhecesse também. Quero apenas uma oportunidade para provar que eu realmente não sou má pessoa. Mesmo sabendo que não fiz nada pra merecer essa oportunidade.

Limpei a garganta e procurei afirmar:

– Fez, sim – falei, o coração acelerado. – Veio aqui hoje, e isso significa muito, tanto pra mim quanto pro papai. *Não é*, pai?

E me perguntei se ele seria hipócrita a ponto de negar tudo que dissera antes, sobre dar uma chance a Finch. Precisou de alguns segundos para pensar, mas depois disse, meio que resmungando:

– Tudo bem – e desviou o olhar para Nina, depois voltou para Finch. – Mas você sabe que nada muda com relação à audiência da semana que vem, não sabe?

– Claro, sim, senhor. Aliás, mesmo que eu quisesse me livrar dela, mamãe jamais deixaria – disse ele, sorrindo.

Papai não sorriu de volta.

– Mas não quero me livrar de nada – acrescentou Finch. – Sei que tenho de arcar com as consequências.

– Ok – disse papai, um pouco mais relaxado.

– Então? O senhor permite que a gente saia algum dia? Eu e a Lyla?

Papai revirou os olhos, respirou fundo.

– Não posso impedir que você a convide – disse. – Mas ficaria *muito* surpreso se ela aceitasse.

## CAPÍTULO 14

# NINA

Ainda no carro, voltando da casa dos Volpes, perguntei a Finch:
– Como está se sentindo?
Estávamos no meu carro, mas era ele quem estava dirigindo.
– Ótimo – disse. – *De verdade*. Gostei de ter ido lá.
Com uma onda de alívio, falei:
– É bom quando a gente faz a coisa certa, não é?
A pergunta era meio impositiva, mas paciência.
– É, sim – respondeu ele. – Muito bom. E a Lyla... é uma garota *muito* legal.
Ele mordeu o lábio, sorriu e lentamente balançou a cabeça, como fazia sempre que via alguma jogada sensacional nos jogos de basquete ou futebol. Bem diferente do pai, que pulava, aplaudia e berrava diante da televisão.
– Também acho – falei, pensando que via em Lyla algo que não via em nenhuma das outras meninas que conhecia por meio de Finch, em especial a Polly.
Uma certa autenticidade. Polly era sempre muito bem-educada e articulada, sempre dizia as coisas certas quando estava comigo, olhava diretamente nos meus olhos. Mas às vezes eu tinha a impressão de que ela era educada *demais*, como se seguisse um roteiro.
– O Sr. Volpe também é legal – observou Finch.

Assenti, lembrando-me da nossa conversa na varanda dos fundos da casa. Tínhamos falado sobre nossos filhos, tentando imaginar o que estava acontecendo na sala. Mas também tínhamos falado da juventude de hoje de modo geral. Como se escondiam atrás de telefones, dizendo coisas que jamais diriam pessoalmente a alguém – coisas agressivas, de natureza sexual ou qualquer outro tipo de ousadia. Lamentávamos por eles e por nós mesmos como pais. Tom ainda não perdoava Finch pelo que ele havia feito com Lyla, mas certamente havia amolecido desde o nosso encontro no café.

Finch desacelerou diante de um sinal amarelo, depois freou. Virando-se para mim com um olhar interrogativo, falou:

– Mãe, acho que vou chamar a Lyla para sair. Você ouviu que o Sr. Volpe deu permissão, não ouviu?

– Ouvi – falei, ainda surpresa que Tom tivesse aberto uma porta para essa possibilidade. – Mas você o ouviu dizer que Lyla dificilmente vai querer...

Ele assentiu, agora olhando para o semáforo, esperando pelo verde.

– É verdade – falou. – Bem, talvez eu apenas ligue pra ela. Quero muito conversar com ela mais um pouco.

O sinal abriu.

Eu entendia perfeitamente, porque também queria conversar mais com Tom. Conversar é uma cura, e todos nós precisávamos disso.

– De qualquer modo, acho que você deveria deixar isso pra depois da audiência.

Parte de mim estava preocupada sobre o que isso iria parecer – que Finch estava tentando manipular a situação. Por um lado, estava cansada de me preocupar com as aparências ou tomar decisões com base no que os outros poderiam achar. Por outro, simplesmente não era uma boa ideia.

– Tudo bem – disse Finch. – Eu entendo.

– Aliás, só pra você saber, vou contar a seu pai sobre essa nossa visita e seu pedido de desculpas. Assim que ele chegar em casa.

– Ok.

– Seu pai e eu temos discordado em muitas coisas ultimamente, mas precisamos nos manter unidos. Sobretudo no que diz respeito a você.

Finch me encarou com intensidade, depois assentiu como se já tivesse notado a mudança de clima em casa e no casamento, o que pareceu ter começado após a venda da empresa.

Pensando nessa época, me lembrei de como tínhamos ficado empolgados no início, até mesmo *inebriados*. Mas as coisas rapidamente ficaram tensas, e até bem complicadas, durante o período de concretização do negócio, que incluía dispensar Chuck Wilder, um alto executivo. Chuck não tinha nenhuma participação societária na empresa, já que todo o capital havia saído do bolso de Kirk, mas ao longo dos anos ele contribuíra muito com o suor do seu trabalho e até abrira mão de empregos mais vantajosos só porque acreditava no projeto de Kirk. Acho que ele havia esperado receber algum tipo de compensação, o que na minha opinião era mais do que merecido.

Mas Kirk se recusou terminantemente, mesmo depois que Donna, a mulher de Chuck, bateu à nossa porta para confidenciar que andava muito preocupada com o "estado mental" do marido.

– Não é nada pessoal – dissera Kirk. – São apenas negócios.

– É pessoal, sim – retrucara Donna. – Vocês são *amigos*.

Com toda a calma e frieza, Kirk respondeu:

– Sei que somos amigos, Donna, mas tenho de separar amizades das minhas decisões de negócio.

Eu me lembro de ficar chocada, mas de não ter sido *aquele* susto. Kirk também se comportava assim com relação às gorjetas. Era perfeitamente capaz de deixar uma quantia insignificante ou, em casos extremos, se ficasse insatisfeito com o serviço, não deixar nada. Ele não dava valor a esforço, incompetência era incompetência. De todo modo, Donna, assim como mais de uma garçonete ao longo do caminho, se acabou em lágrimas, mas Kirk foi irredutível.

Nas horas e dias seguintes eu havia procurado por sinais de remorso, mas a única reação de Kirk foi a indignação. Como Chuck ousava ter incumbido Donna de uma tentativa tão vergonhosa de manipulação? Chuck havia recebido um polpudo salário durante anos, não tinha nada do que reclamar.

– Mas a gente ganhou tanto dinheiro... – eu me lembro de ter dito. – Por que não damos alguma coisa para ele? Nem que sejam uns cem mil?

– De jeito *nenhum*! Por que eu faria isso? Não é assim que a coisa funciona. O capital era *meu*.

O uso da palavra *meu* no lugar de *nosso* me deixou preocupada. Aliás, notava que quanto mais dinheiro Kirk ganhava, mais ele o considerava *seu*. Mas também me lembro de ter dito a mim mesma que nada disso tinha importância, porque Kirk sempre iria querer o meu bem e o de Finch.

À primeira vista, comparando tudo isso à nossa situação atual, achei as duas coisas bem parecidas. Nossa família *ainda* estava em primeiro lugar.

No entanto, quando Finch parou diante de outro sinal vermelho, achei uma diferença bastante significativa. No caso de Chuck, Kirk havia agido de acordo com uma série de regras totalmente racionais. Era o justo. Regras eram regras. Mas esses mesmos princípios desceram pelo ralo assim que passaram a contrariar os interesses *de Kirk*. De repente as coisas não eram assim tão bem definidas. Na cabeça de Kirk, Finch era um "bom menino" que havia conquistado pontos suficientes para merecer algumas concessões. Em outras palavras, havia ganhado um passe livre. Ou, mais precisamente, um passe de *quinze mil dólares*.

– Mas, então, a que horas papai vai chegar em casa? – perguntou Finch, claramente pensando nele também.

– À tarde – falei, pegando o celular para conferir as informações do voo de Kirk e vendo uma mensagem dele que dizia: Oi, temos alguma coisa marcada pra hoje?

Não, por quê?, escrevi de volta.

Pensei em dormir aqui. Estou com muita enxaqueca, preciso me deitar. Pego um voo bem cedo amanhã.

Tudo bem. Melhoras, respondi, aliviada por nossa conversa sobre Tom e o dinheiro poder esperar um pouco mais. Dei a notícia a Finch, e ele apenas assentiu.

– Seu pai sabe que você e a Polly terminaram? – perguntei.

– Sei lá. Não me lembro de ter falado nada.

– Você tem conversado com ela?

– Não muito... Ela é *doida*, mãe.

Não gostei do que ouvi. Há muito tempo vinha notando que isso era algo que os homens (e os garotos, claro) faziam depois de um término. Taxar as ex de "doidas". Eles as desmerecem, dão a entender que tiveram uma grande sorte de ter saído daquela relação. Aliás, Julie já tinha dito que essa era a narrativa mais comum na sequência de um divórcio, a justificativa que os homens davam para as próprias péssimas atitudes. Uma forma de misoginia.

– Não diga isso, Finch.

– Foi mal – disse ele. – Mas tem muita coisa que você não sabe... Às vezes ela consegue ser uma vaca...

– Finch! – berrei. – *Nunca mais* repita essa palavra quando estiver falando de uma mulher! É inacreditavelmente degradante!

Minha vontade era acrescentar: Você não aprendeu nada com essa história toda? Mas fiquei quieta. Fazia muito tempo que não conversávamos assim, e eu não queria que ele voltasse a se fechar comigo.

– Desculpa, mãe – pediu ele, já entrando na nossa rua. – É que nesses últimos tempos eu perdi muito do respeito que tinha por ela, entende?

– Entendo – falei. – Sei como são essas coisas.

~

Pouco tempo depois que chegamos em casa, Finch foi ao meu escritório.

– Oi, mãe? Será que eu posso sair hoje à noite? – perguntou. – Tem um showzinho que eu queria ver no Twelfth and Porter. Luke Bryan vai tocar. Sei que estou de castigo, mas depois daquela conversa com a Lyla, e de todo o drama com a Polly... eu podia ter uma noite livre. Por favor...

Hesitei. A intuição mandava que eu dissesse não, mas o coração queria dizer sim. Realmente tínhamos feito um bom progresso naquele dia.

– Sei não, Finch – falei, ainda na dúvida.

– Será que posso pelo menos mandar um e-mail pro Bob Tate? – insistiu, referindo-se ao agente que providenciava ingressos para Kirk, e que não apenas conseguia ingressos de última hora para qualquer show ou evento esportivo, como também crachás de acesso aos camarotes VIP ou qualquer outra regalia que Kirk pedia. – Para ver se ele consegue os ingressos?

– Quanto você acha que eles custam? – perguntei, disposta a torná-lo mais consciente do valor das coisas.

– Não sei. – Ele baixou os olhos para o celular, digitou alguma coisa. – Uns duzentos cada, já que o lugar é pequeno.

– Duzentos *cada*? – falei, assustada, nem tanto com o preço, mas com a indiferença de Finch, decidindo então por um meio-termo. – Tudo bem, você pode sair, mas procure alguma coisa mais barata.

– Tudo bem – disse ele, desapontado.

Por um segundo me senti mal. Era muito melhor ver meu filho feliz, e minha filosofia era: se você pode dizer sim, por que dizer não? Naturalmente essa também era a filosofia do Kirk, e o resultado disso era que aprovávamos quase todos os pedidos do nosso filho, não importava o custo. Afinal, como Kirk argumentava, não seria arbitrário definir um valor aleatório como limite? Se podíamos tranquilamente dar a ele um carro de oitenta mil dólares, por que dar um de quarenta mil, do qual ele gostaria bem menos?

Minha vontade agora era voltar àquela conversa sobre o carro de Finch. E a diversas outras. Queria listar todas as razões pelas quais a resposta seria não. *Finch tinha que aprender a dar valor às coisas... Precisa conquistá-las... Além disso, como impor limites agora, quando praticamente não havia limites?* E o mais importante de tudo: *há uma diferença entre privilégio e direito adquirido.* Algo que Kirk e Finch aparentemente não conseguiam entender. O que fazia Finch, um garoto de 18 anos, achar que podia falar diretamente com o agente de ingressos do pai? Que dinheiro não era problema, embora nunca tivesse trabalhado por um centavo na vida?

Ele terminou de digitar no telefone.

– Preciso cortar o cabelo – disse, e com visível ironia: – Se você não se importar.

– Baixe o tom – rebati, mesmo sabendo que era tarde demais para esse tipo de bronca.

– Claro, mãe – disse ele, e foi embora, guardando o celular no bolso de trás da calça.

～

Mais de três horas depois, Finch voltou para casa com o mesmo cabelo desgrenhado com que havia saído.

– Você não disse que ia cortar o cabelo? – perguntei, irritada.

Primeiro com o estado do cabelo, depois porque ele não havia feito o que disse que iria fazer.

– Estava muito cheio – explicou, referindo-se à barbearia Belle Meade, onde sempre cortava o cabelo. – Fiquei esperando um tempão, acabei desistindo.

– Esperou por três horas? – perguntei, pensando que, por mais cheio que estivesse o lugar, nada explicava *tanta* espera.

– Eu tinha outras coisas pra fazer... Depois bati uma bolinha no clube. Com o Beau.

– Ok.

– E adivinha só? Ele tinha ingressos pro show do Luke Bryan hoje à noite. Falou que me dava um.

– É mesmo? – soltei, me perguntando se Melanie tinha alguma coisa a ver com isso, ou se Beau e Finch tinham tramado tudo sozinhos.

De repente me ocorreu, não pela primeira vez, que Beau não havia sido punido pela festinha que deu. *Nunca* era punido.

– Sim. E aí? Posso ir?

Algo me dizia para *manter* o não. Aquela história estava muito mal contada. Mas já tinha dito que o problema era o preço dos ingressos, e agora não tinha como argumentar.

– Por favor, mãe – insistiu Finch, passando o braço sobre meu ombro. – Só hoje...

Suspirei, e acabei cedendo.

– Tudo bem. Mas o castigo recomeça amanhã.

– Entendido – disse Finch, sorrindo e já digitando alguma coisa.

Pigarreei o mais alto que pude, uma indireta para que olhasse para mim.

– Você não está se esquecendo de nada? – falei, de forma irônica, mas firme no propósito de ressaltar a importância da gratidão.

– Ah, é. Obrigado, mãe. É sério. Estou muito, *muito* agradecido.

Eu assenti, dei um passo adiante e o puxei para um abraço. Que me pareceu estranho, desajeitado. Fazia muito tempo que não tínhamos esse tipo de proximidade física.

– De nada, querido – falei. – Eu te amo muito.

– Eu também te amo, mãe.

Antes que ele fosse embora, prolonguei o abraço por mais alguns segundos, sussurrando:

– Por favor, vê se não apronta hoje. Chega de problemas.

– Fica tranquila, mãe. Prometo.

CAPÍTULO 15

# TOM

Nunca fiz terapia. Não porque não acredite no processo, mas porque não posso me dar ao luxo – embora eu ache mais correto dizer que prefiro fazer *outras* coisas com minha limitada renda.

Alguns anos atrás, no entanto, convivi um tempo com uma psicóloga aposentada. O nome dela é Bonnie, uma viúva mais velha e com uma boa dose de excentricidade. Ela havia me contratado para construir uma casa na árvore para os netos. Após duas semanas de trabalho, quando descobri que o projeto que ela tinha em mente excedia seu orçamento, ela sugeriu que fizéssemos uma permuta. De início concordei apenas para ser gentil (não queria deixar um serviço semiacabado em seu quintal), mas não demorou para que eu começasse a gostar das nossas conversas.

Gostava das perguntas que ela fazia, sobretudo porque podia respondê-las enquanto trabalhava (o que me parecia bem menos intenso do que fazer o mesmo num divã). Começamos com Beatriz e Lyla, logo passando por todo o meu calvário como pai separado. E isso acabou levando-a ao tema das mulheres e aos motivos pelos quais eu não estava namorando, e depois a minha vida amorosa e meus casos do passado. Ela quis saber como havia sido a minha primeira vez – como, onde e com quem eu havia perdido a virgindade.

Não escondi nada, e contei tudo sobre o verão em que completei 15 anos, quando meu amigo John nos conseguiu um trabalho no *country club* de

Belle Meade. John morava na minha rua e tivera a mesma criação que eu, ou seja, longe dos campos de golfe. Mas de algum modo havia desenvolvido um interesse pelo esporte. Eu não estava nem aí para golfe, mas aquele bico era fácil e pagava bem. Tudo que tínhamos de fazer era recolher as bolinhas no campo, limpar os carrinhos e tacos no fim do dia e ajudar os *caddies* a arrumar as bolsas com o equipamento dos jogadores. Aliás, todos os *caddies* do clube eram negros. Soubemos que era porque os membros não queriam que suas filhas se apaixonassem por eles. Em vez de reagirmos ao teor obviamente racista da afirmação, John e eu encaramos aquilo como uma ofensa pessoal. Quer dizer, por que não temiam que suas filhas se apaixonassem por dois ajudantes brancos?

Bem, vamos a Delaney.

Mesmo aos 16 anos, Delaney podia ser considerada uma mulher mais velha. Uma mulher mais velha e rica que dirigia um BMW conversível vermelho-cereja, presente de aniversário de seu pai. Como se isso não bastasse, tinha a reputação de ser um tanto avançada para a idade, embora não fosse essa a palavra que usávamos na época. Observávamos a forma como circulava pela piscina com biquínis sumários e, quando tomava sol, desamarrava a parte de cima para se deitar de bruços, deixando à mostra a lateral dos seios, que, segundo os boatos, também eram presentes do papai. Ela adorava flertar e não discriminava ninguém, jogando charme para todos – homens casados, *caddies* negros e humildes ajudantes brancos.

John e eu éramos loucos pela garota, vendo-a muito mais como uma potencial conquista sexual do que como uma possível namorada. A certa altura fizemos uma aposta absurda – 25 dólares para cada estágio a que conseguíssemos chegar com ela. Com o passar do tempo, e com o apoio de outro ajudante que conhecia alguns membros do clube, conseguimos nos aproximar de seu círculo social, e de repente nossa aposta já não era tão absurda. Semanas depois, numa noite no início de agosto, além de ter conseguido um boquete de Delaney no banco de trás do conversível dela, acabei embolsando 75 dólares de John, 25 para cada base conquistada. Um presente dos deuses. Infelizmente minha façanha se tornou pública, e acabei demitido. Delaney até tentou interceder junto ao pai, mas ele rapidamente reprimiu sua campanha por justiça. Também disse a ela que estava proibida de me ver, o que só fez aumentar nosso interesse um pelo outro, como geralmente acontece.

Não levamos mais do que alguns dias para chegar ao *home run* da penetração, o que em tese me renderia mais 25 dólares de John, mas não cheguei a cobrar dele, porque não parecia correto receber dinheiro pela minha primeira vez, sobretudo com uma garota tão gostosa quanto Delaney.

Ouvindo tudo enquanto tomava seu chá, Bonnie perguntou:

– Passou pela sua cabeça que essa aposta era sexista e aviltante?

– Acho que sim – respondi, lixando as tábuas. – Até certo ponto. Mas não era a primeira vez dela. Acho até que ela estava me usando também.

– Então você *estava* usando a garota.

– No começo. Quando fiz a aposta, sim.

– E depois?

– Depois comecei a gostar dela. Um pouquinho.

– E de que maneira ela estava usando *você*? – pressionou Bonnie. – Sexualmente também?

– Gosto de pensar que sim – respondi com um sorrisinho.

Ela balançou a cabeça, rindo também.

– Brincadeira – falei. – Delaney podia ficar com quem quisesse. Acho que só a ajudei a se sentir mais rebelde.

– Como assim?

– Ah, você sabe, transando com o empregado. Alguém com status inferior ao dela. Ela gostava de desafiar o sistema, tanto na escolha das roupas de banho quanto na de homens.

– Ela te disse isso?

– Não com todas as letras. Mas vivia falando dessas bobagens, tipo dinheiro, classe social. Adorava usar a palavra "elegância".

Revirei os olhos, novamente acometido de um complexo de inferioridade.

– Então você não se sentia num... relacionamento proibido?

– Não. Me sentia um joguete. Então, uma noite, ela *realmente* pisou na bola.

– Como assim? Que foi que ela fez?

– Usou a expressão *humilde* pra descrever minha mãe.

Bonnie, sempre sagaz, imediatamente entendeu e fez uma careta de reprovação.

– Pois é. Perdi as estribeiras. Falei que era uma expressão condescendente.

De repente me veio à cabeça a imagem de Delaney, sentada no chão de cimento do meu porão, bebendo de uma lata de Budweiser enquanto tentava explicar, calmamente, que o termo era um elogio, algo como *doce e simples*.

Como ela poderia saber que minha mãe era assim ou assado se ela não tinha dito mais do que *Oi, muito prazer. Quer beber alguma coisa? Tem Pepsi diet e suco de laranja.*

Contei a Bonnie que havia perguntado justamente isso a Delaney. Ela deu uma boa gargalhada, então quis saber:

– E ela, disse o quê?

– Ficou na defensiva. Não gostava de ser repreendida. Gostava de *repreender*... Mas eu insisti. Perguntei se ela usaria a mesma expressão para descrever um advogado ou um médico. Ou qualquer um dos membros do clube. Ela disse que não, porque naquele clube só tinha "gente metida e besta". Eu me lembro de ter pensado que nem *todos* deviam ser metidos, assim como nem *todas* as mães solteiras eram "humildes". Mas fiquei na minha. Achei que não valia a pena discutir.

– Por que não?

– Porque *ela* não valia a pena – respondi, dando de ombros. – Eu não quis mais nada com ela. A partir dali mesmo.

– Terminou com ela naquela noite?

– Terminei – falei, não admitindo que ainda transamos algumas vezes antes de eu decidir, de uma vez por todas, que não queria mais ser o pobretão que ela usava para se divertir.

Não demorou muito para que Bonnie desse sua impressão geral. Ela não usou o termo ressentimento, mas foi mais ou menos o que disse. Basicamente, concluiu que eu havia me sentido usado por Delaney e que essa minha experiência com ela, e com o clube em geral, havia prejudicado a minha autoestima. Acreditava que em algum lugar da consciência *eu* pensava não estar à altura daquela gente e que depois disso havia buscado pessoas e situações que me deixassem menos vulnerável à rejeição. A ironia, claro, foi ter me envolvido com Beatriz, que era da mesma classe social que eu e acabou me abandonando, assim reforçando meus medos e a sensação de isolamento. Palavras da Bonnie, não minhas.

Sua teoria fazia sentido, exceto pelo fato de que eu não perdia muito tempo pensando no passado, tampouco pensava na escassez de amizades no presente. Na realidade, as únicas vezes em que eu realmente pensava na minha vida social era quando Lyla falava dela, ora num tom de preocupação ("Pai, você devia sair mais"), ora como uma acusação, sobretudo quando eu não a deixava sair ("Você quer que eu termine como você, sem amigo nenhum?").

Mas depois de toda a história com Finch, realmente passei a me *sentir* um pouco solitário, meio perdido. Era patético que eu não tivesse ninguém para conversar sobre a situação.

E foi assim que lembrei que realmente *tinha* alguém com quem conversar. E fui até a casa de Bonnie.

– Você acha estranho que eu tenha tão poucos amigos? – perguntei logo de cara, de pé em sua cozinha enquanto ela acendia o fogão para fazer um chá.

O chá era o ponto de partida de todas as nossas conversas.

– Estranho? Não. Eu não usaria essa palavra. Você é introvertido. Nem todo mundo precisa ter uma *galera* – disse ela, enfatizando a palavra *galera*.

Bonnie adorava salpicar sua fala com gírias que considerava modernas, embora quase sempre estivesse cerca de uma década atrasada.

– Mas eu tinha uma galera quando garoto – falei. – Antes da Beatriz.

– Sim. Eu me lembro de você ter comentado. O emprego no clube foi um amigo seu que te arranjou, não foi?

– Sim. O John. Também tinha o Steve e o Gerard.

Em seguida fiz um rápido resumo do nosso quarteto. Tínhamos crescido juntos, perambulando pelos bosques da vizinhança, e depois veio uma adolescência de muita cerveja, maconha e heavy metal. Quando penso no ensino médio, lembro desses caras, além de Karen, namorada de longa data de John, tão legal quanto qualquer um dos caras, que conversava conosco de igual para igual, falava de tudo e ao mesmo tempo de nada. Nosso assunto favorito era o ódio que tínhamos de Nashville (ou pelo menos da nossa parte da cidade) e a vontade de ir embora dali para buscar uma vida bem diferente daquela que levavam os adultos à nossa volta, que se matavam em empregos mal remunerados. Só John, o mais estudioso e motivado entre nós, realmente conseguiu isso. Fez seu bacharelado na Miami University de Ohio, depois entrou na escola de negócios na Northwestern, e acabou em Wall Street, negociando ações, fumando charutos caros e usando muito gel no cabelo, como Michael Douglas no papel de Gordon Gekko. Quanto a mim, fiz apenas três semestres na faculdade antes de ficar sem dinheiro e ingressar na marcenaria. Steve e Gerard foram trabalhar nos negócios de suas respectivas famílias, um tornando-se corretor de seguros e o outro, eletricista. A única surpresa nessa história foi que, após terminar o namoro com John, Karen ficou um tempo com Steve para depois se casar com Gerard. Era um espanto que nossa amizade tivesse sobrevivido a tantas infrações ao código de honra masculino.

A chaleira começou a apitar, e Bonnie botou a luva térmica para tirá-la do fogo, silenciando-a.

– Mas, hoje – disse ela –, quem seria seu melhor amigo?

Rindo, falei:

– Tirando aquela senhora que me passou a perna em relação à casa da árvore?

– Isso – disse ela, rindo também. – Tirando aquela chata.

Dei de ombros e expliquei que nós quatro ainda tentávamos nos encontrar, sem a Karen, quando John aparecia na cidade para ver os pais no Dia de Ação de Graças, mas que a dinâmica entre nós era um pouco forçada.

– E você se sente solitário? Ou será que essa visita tem outro motivo?

Olhei para Bonnie, admirando sua sagacidade.

– Outro motivo – falei. – E é bem possível que eu precise de algo mais forte do que chá.

Bonnie sorriu, desligou o fogo e serviu dois copos com uma bebida transparente.

– O que é isso? – perguntei, girando o copo.

– Gim. É tudo que tenho.

Assenti e peguei o meu, depois fomos juntos para as cadeiras de vime da varanda dos fundos, de onde se via a árvore na qual eu havia feito meu trabalho. Entre um gole e outro, contei a ela toda a história. Tudo. Terminando com a visita de Nina e Finch, e falando do pedido que Finch havia feito para sair com Lyla.

Bonnie assobiou, balançou a cabeça, depois perguntou:

– E o que foi que você respondeu? Espera aí, deixa eu adivinhar. "Só por cima do meu cadáver?"

– Não exatamente.

– *Sério?*

– Sim, sério. Por que a surpresa? Pensei que você fosse a favor do perdão – falei. – De não cultivar mágoas, essas coisas.

– E *sou*. Mas *você* não é.

– Bem lembrado. Mas estou tentando dar um bom exemplo. Prefiro que Lyla seja mais como *você* do que como *eu*.

Bonnie sorriu.

– Pois bem. Minha esperança é que ela diga não por conta própria. Que aceite o pedido de desculpas, mas que não queira nada com ele. Espero que tenha aprendido alguma coisa sobre amor-próprio com esse episódio.

Bonnie assentiu, depois estreitou os olhos contra o sol, realçando ainda mais as rugas do rosto e aparentando ser ainda mais velha do que eu supunha. Devia ter 70 e poucos anos, o que por algum motivo parecia bem mais do que 60 e muitos. Aos 47, pensei na rapidez com que também chegaria lá. Caramba. Eu tinha quase *50*. Como isso havia acontecido?

– E se Lyla disser sim? – aventou ela, estendendo o braço para fazer carinho em um de seus dois gatos pretos. – E se acabar *gostando* dele?

– Aí vou ter que engolir – respondi. – Com a sua ajuda.

– Você acha que ele gosta dela? Ou está...

Vi que lutava para encontrar a expressão certa.

– Brincando com os sentimentos dela? – sugeri.

– Isso.

– Não sei. De repente as duas coisas. Sei que sou suspeito para falar, mas Lyla é realmente uma menina especial.

Bonnie ficou em silêncio por um instante, perdida nos próprios pensamentos.

– Bem... e se os dois saírem? – disse ela finalmente. – Que mal pode haver nisso?

– A possibilidade de um coração partido.

– Deus me livre que ela corra esse risco! – ironizou Bonnie, claramente aludindo às minhas próprias questões.

– Não é a mesma coisa. Não tenho *tempo* pra esse tipo de... – soltei, sabendo que estava prestes a dar um sermão sobre minha vida pessoal.

– Bobagem – interrompeu ela. – Todo mundo arruma tempo para as coisas importantes.

– Não, obrigado. Sei o que vem depois. Não estou interessado.

– Ah, se a Nina fosse solteira... – disse Bonnie, como quem não quer nada, quase para si mesma.

– O que você quer dizer com isso? – perguntei, mas sabia *exatamente* o que queria dizer.

– Acho que *você* gosta *dela*.

– Gosto, sim – falei, me fazendo de bobo.

– Acho que você *gosta* dela.

Revirei os olhos, tentando lembrar exatamente o que já tinha dito sobre Nina. Que ela era atraente? Que era muito mais simpática que o marido? Que tinha sido gentil com Lyla? Nada disso indicava que eu estivesse *interessado* nela.

– Não viaja – falei, meio constrangido por usar esse tipo de linguagem com uma mulher mais velha.

Mas sabia que ela podia lidar com isso, talvez até gostasse.

– Você está negando? – retrucou.

– Droga, *sim*, estou negando. Pra início de conversa, ela é casada.

– E daí? Desde quando isso foi impedimento pra alguém?

– Você está sendo cínica – afirmei, me dando conta de que eu nunca havia me aproximado de uma mulher casada.

– Mas e aí? – insistiu ela.

– E aí... e aí que, além de casada, ela é a mãe do idiota.

– O mesmo idiota a quem você deu permissão pra sair com a sua filha?

– Já expliquei. Quero que Lyla tire as próprias conclusões. E talvez, se ela e Finch se tornarem amigos... aí ela vai poder conviver com a Nina, e isso pode ser bom pra ela. Você não acha?

Bonnie assentiu, mas com um sorrisinho nos lábios.

– Que foi? – perguntei.

– Nada.

– Vai, fala.

– Você realmente não sente nada por essa mulher? Nem mesmo uma quedinha?

– Não tem "quedinha" nenhuma.

– Tem o que então? O que significa esse olhar no seu rosto toda vez que você fala dela? Ela te deixa... intrigado?

– Isso é muito forte também... Talvez, um pouquinho curioso, só isso.
– Com o quê?
Dei de ombros.
– Sei lá. Só queria saber qual é a dela. Tipo... como ela foi acabar com aquele idiota de marido.
Bonnie arqueou as sobrancelhas e esfregou a ponta dos dedos num gesto universal para dinheiro.
– É, pode ser – falei. – Mas tenho a impressão de que não é tão simples. Ela não faz o tipo que dá golpe do baú. Tem mais alguma coisa ali. Sei lá. É quase um caso de...
– Acha que pode ser um caso de *abuso*?
– Não. Nada tão sinistro. Ou pelo menos acho. Mas algo não bate ali... Ela claramente não está em sintonia com o cara. Acho que nem contou a ele que esteve comigo. Parece... encurralada. Ou, senão, infeliz. Muito infeliz.
– Sei – disse Bonnie, assentindo. – Mas... e se ela acabar se interessando por você?
– Sem chance – falei, tão firme quanto rápido, e fiquei imaginando como seria um beijo de Nina.

~

Horas depois, já em casa, notei que Lyla havia trocado de roupa e estava usando um vestido de alcinha que eu não conhecia.
– Muito bonito – falei, apontando para a roupa. – Vai sair?
– Vou – disse ela. – Um show do Luke Bryan. Posso?
– Com quem?
– Com a Grace.
– E onde é esse show?
– No Twelfth and Porter.
Fiz que sim com a cabeça.
– Como vocês vão pra lá?
– Grace vem me pegar. Vamos nos arrumar na casa dela.
– Por que não se arrumam aqui?
– O banheiro dela é maior.

– Tudo bem. Mas não se esqueça: em casa às onze.

– Eu sei, pai – disse ela, bufando.

Cravei os olhos nela por alguns segundos. Depois disse:

– Tudo bem, Lyla. Divirta-se. Mas, por favor... não me decepcione.

~

Mais tarde naquela noite, depois de ver Lyla sair com Grace e arrumar algumas coisas em casa, saí de carro para me distrair um pouco e afastar os pensamentos ruins da cabeça. Acabei pegando quatro ou cinco passageiros de Uber, incluindo uma ida e volta para o aeroporto, todos sozinhos, sem conversas, do jeito que eu gosto.

Pouco antes das dez, recebi uma chamada para buscar alguém no 404 Kitchen, um ótimo restaurante no Gulch, uma parte bacana de Nashville, e levar para o nº 308, um bar na Gallatin Avenue. Por experiência, podia apostar que os passageiros seriam ou um casalzinho em início de namoro ou um grupo de amigas indo para a balada. Nesse caso, seriam solteiras ou divorciadas (as casadas geralmente se reúnem no meio da semana) e estariam bêbadas (ou em vias de), e era para isso que servia o Uber, certo?

Como previsto, quando encostei o carro, avistei duas mulheres de meia-idade que pareciam muito animadas. Desajeitadamente elas se jogaram para dentro do carro e seguiram falando alto, repetindo banalidades, sinais claros de que estavam embriagadas. Rapidamente descobri que a mais safada das duas, a bêbada-alfa, era casada; a outra, mais bonita e mais devagar que a primeira, era solteira ou divorciada. Que fique claro que percebi tudo isso não porque estivesse interessado no que tinham a dizer, mas apenas porque era impossível não ouvir. Dali a pouco elas começaram a falar de um sujeito que tinham acabado de ver à porta do restaurante.

– Você sabe quem era aquele, não sabe? – perguntou a Casada.

– Não. Quem?

– O CEO da Hedberg. *Podre* de rico. E a esposa acabou de falecer. Câncer – contou a Casada, como se anunciasse a previsão do tempo do dia seguinte.

A Solteira suspirou e disse:

– Isso é *muito* triste.

– Pois é. Isso significa que ele vai precisar de *muito* consolo – falou a Casada, rindo.

– Jackie! Isso foi horrível – comentou a Solteira, sem nenhuma convicção.

Depois voltaram a atenção para os celulares, quer dizer, para as selfies que tinham acabado de tirar no lado de fora do restaurante.

Lá vamos nós, pensei. O debate sobre o que postar e o que apagar.

Como era de esperar, um roteiro familiar e chato se seguiu.

*Apaga!*
*Não gostou por quê? Você está ótima!*
*Não, meus braços estão gordos!*
*Posso editar isso.*
*Só se editar meu rosto pálido também.*
*Tenho o aplicativo perfeito para isso!*

E assim por diante até que a Casada concluiu, e a Solteira, aparentemente mais fotogênica, concordou, que nenhuma das fotos era "digna de ser postada". Em seguida, não sem antes retocar a maquiagem e o cabelo, ambas deram início a mais uma sessão de selfies acompanhada de muita discussão para saber qual era o "melhor ângulo" de cada uma. Segundos depois, tive a visão ofuscada por um flash.

– Opa – falei, automaticamente.

– Ah, *desculpa...* – disse a Solteira, dando um tapinha no meu ombro. – Estamos atrapalhando seu trabalho?

– Tudo bem – respondi, ciente de que aquele tipo de mulher era o mais propenso a avaliar motoristas com uma estrela só.

– Ele provavelmente está se divertindo com o showzinho – disse a Casada, como se eu não pudesse ouvir.

Sem pensar, olhei pelo espelho retrovisor a tempo de vê-la arrumando os peitões sob o decote, tão exagerado quanto o perfume que ambas estavam usando.

– Ei – disse a Solteira, fazendo caras e bocas –, acontece muito de o senhor pegar duas passageiras assim tão gatas, tirando fotos no banco de trás?

Pronto, pensei novamente. O circo estava armado. Porque geralmente era tudo ou nada. Ou me ignoravam completamente ou começavam a puxar uma conversa profunda, perguntando sobre a minha vida apenas como pretexto para falar das suas.

– Menos do que eu gostaria – respondi, no automático.

Ambas riram. Pousando a mão no meu braço, a Casada disse:

– Como é mesmo seu nome?

– Tom.

– Uau, *To-om* – cantarolou. – Você é *muito* forte. Você consegue esses músculos dirigindo Uber?

– Jackie – disse a Solteira, baixinho. – Claro que ele se exercita... não é, Tom?

– Na verdade, não – falei, enquanto a Casada começava a massagear meu ombro e meu pescoço.

– Jackie – disse a Solteira. – Deixe-o *dirigir*.

– Mas ele é tão fofo. Você deveria conversar com ele... Tom? Você é solteiro?

Falei que sim, já me vendo como um peão prestes a ser comido no tabuleiro da Uber.

– Divorciado ou nunca se casou? Qual é a sua história? Você tem uma história? – insistiu a Casada.

– Todo mundo tem uma história – disse a Solteira. – Não é, Tom?

– Não – falei. – Aqui não tem história nenhuma.

– Ai, meu *Deus*! – exclamou a Solteira.

Por um segundo achei que tivesse me reconhecido de algum lugar. De repente eu já tinha trabalhado na casa dela ou feito algum móvel por encomenda. Mas depois, olhando pelo retrovisor, vi que ela encarava o celular.

– Falando de homens casados, adivinha quem acabou de me mandar uma mensagem?

– Quem?

– Kirk Browning. Meu coração só falta sair pela boca.

Apertei os dedos no volante, tenso. Não era a primeira vez que eu ouvia uma conversa comprometedora no banco de trás do meu carro. Havia até quem confessasse as coisas diretamente para mim. Mas, até aquele momento, ninguém compartilhara nada que me dissesse respeito. Tentei me convencer de que estava enganado, de que aquilo, na verdade, não era problema meu.

– Aff. Ainda está rolando? – perguntou a Casada.

– Não está rolando nada. Somos *amigos* – disse a Solteira. – Ele só quer conversar.

– *Sei.*

– Ele está passando por uma fase difícil. Aquela história do Finch com a mexicana... Você soube?

Mordi meu lábio com tanta força que cheguei a sentir gosto de sangue. Aquilo *realmente* me dizia respeito.

– Claro que soube. Vi a foto e tudo. Lamento tanto pelo Kirk.

– Por quê? – perguntou a Solteira, e por um instante cheguei a pensar que ela fosse se redimir com uma vigorosa defesa de Lyla, mas em vez disso ela disse: – Porque o filho se deu mal? Ou porque ele está casado com aquela *vaca*?

Uma onda de ódio atravessou o meu corpo quando a Casada deu uma gargalhada e disse:

– Ela realmente é. E tão cheia de si. Dá vontade de dizer: "Meu amor, o dinheiro não é *seu*!"

– Não mesmo! Ouvi dizer que ela foi criada num *trailer*.

– Tem certeza? – perguntou a Casada.

– Absoluta.

– Mas ela não é judia?

– *Judia?* – disse a Solteira, engasgando. – Bem, essa é uma combinação que a gente não vê todo dia, judeus morando em trailer.

Elas caíram na gargalhada, depois a Solteira disse:

– Mas e aí? O que você acha que vai acontecer?

– Com a Nina ou com o Finch? Porque os dois vão se dar mal. Ouvi dizer que o diretor da escola é um desses liberais.

Enquanto os nós dos meus dedos ficavam brancos de tanto apertar o volante, senti outro tapinha no ombro.

– Você tem sorte por não ter de lidar com todo esse drama de Belle Meade – ironizou a Solteira.

Fiz um esforço para relaxar a mandíbula e disse:

– Ah, você ficaria surpresa...

– Estava ouvindo nossa conversa? – disse ela, cheia de si.

Quis me fazer de bobo, mas não consegui.

– Estava – falei, depois disse em alto e bom som: – E quer saber minha opinião? Também acho que Finch não vai conseguir se safar depois do que aprontou com aquela menina. Que, aliás, não é mexicana. Embora isso não venha ao caso.

Silêncio total no banco de trás.

– Então você *conhece* a garota? – perguntou a Casada afinal, subitamente sóbria.

– Conheço – falei, rindo por dentro quando cheguei ao destino delas, encostei o carro, então virei para trás e disse: – Aliás, conheço muito bem. É minha *filha*.

―

Assim que desceram, liguei para Nina, pronto para lhe fazer um relato enfurecido. Mas durante os poucos segundos que ela demorou para atender, me acalmei o suficiente para mudar de ideia. Por mais exaltado que eu estivesse diante do que tinha acabado de ouvir (tanto por Lyla quanto por Nina), me intrometer no casamento dos outros nunca era uma boa ideia. As coisas já estavam difíceis o bastante.

– Oi – disse ela. – Tom?

– Sim, oi – falei, me perguntando como era possível ficar simultaneamente desconcertado e aliviado ao ouvir a voz de alguém.

– Está tudo bem? – perguntou ela.

– Sim, tudo bem. Eu só queria agradecer por hoje. Pela visita... sua e do Finch.

Eu precisava dar alguma desculpa. Mas nem por isso estava mentindo.

– Que nada, Tom. *Eu* é que tenho que agradecer. Por você dar a ele essa incrível oportunidade.

– Tudo bem. Mas olha... eu não tinha percebido que era tão tarde. Me desculpe. Espero não ter acordado você. Nem seu marido – falei, me contraindo só de pensar naquele cara e desejando encontrá-lo numa rua deserta.

– Não se preocupe. Não acordou. Aliás, Kirk está viajando. Quase não para em casa. E eu estava aqui, lendo...

– Isso parece bom – falei e, embora ficar lendo em casa numa noite de sábado fosse em tese uma ótima ideia, Nina soava mais solitária do qualquer outra coisa.

– E você? – disse ela. – Fez o que hoje à noite?

– Trabalhei um pouco, só isso.

– Na casa de alguém? Ou na oficina, fazendo algum móvel?

– Nem uma coisa nem outra. Faço bico como motorista de Uber. Dinheiro fácil. Os horários são flexíveis e... sempre gostei de dirigir. Fico mais relaxado.

Embora fosse tudo verdade, fiquei incomodado com a insegurança que senti ao dizer essas coisas.

– Sei como é – disse Nina. – Também gosto de dirigir. Às vezes.

De repente me vi procurando as palavras certas para o que pretendia dizer, o coração disparando no peito.

– Pois é... Mas hoje foi engraçado. Peguei duas passageiras que talvez você conheça.

– É mesmo? Quem?

– Uma delas se chamava Jackie.

– Jackie Allen?

– Acho que sim – falei, tentando me lembrar do sobrenome que tinha visto na solicitação da corrida. – Uma loura alta. Cabelão. Seios... grandes.

– Então só pode ser ela – disse Nina, rindo.

– Mas a outra... Não lembro o nome. Um tipo mais genérico. Um forte sotaque sulista. Talvez seja divorciada...?

Nina suspirou.

– Infelizmente isso não diz muita coisa nos dias de hoje.

– É, verdade.

– Mas espera aí. Como foi que você deduziu que eu conheço a Jackie?

Meio atrapalhado, falei:

– Bem, é uma história engraçada. Quer dizer, não de fazer rir... Pelo contrário, aliás.

Nina não disse nada, ficou esperando.

– É que... Finch e Lyla surgiram no papo... o incidente...

– Ah, *não*...

– Pois é.

– Que foi que elas disseram?

– Acho que você não vai gostar de ouvir – falei, me perguntando se ela me pressionaria, mais ou menos querendo que sim.

– As pessoas adoram uma fofoca – disse ela, e suspirou.

– Adoram, sim – concordei, tentando encontrar uma maneira de mudar

183

de assunto ou uma desculpa para desligar, mas então ela disse meu nome baixinho, quase em tom de interrogação, e incentivei: – Pode falar, Nina.

Ela hesitou, depois disse:

– Não é nada. Estou feliz que você tenha ligado, só isso.

– Está mesmo?

– Sim. Muito obrigada.

– De nada – falei.

Então, com um nó na garganta, busquei forças para me despedir.

CAPÍTULO 16

# LYLA

— Uau. Foi ma-ra-vi-lho-so!
A música ainda zumbia nos meus ouvidos enquanto nós quatro voltávamos para o carro de Finch depois do show. Não era a primeira vez que eu ia a um show, já tinha ido a outros, mas sempre num assento lá atrás, e acabava assistindo tudo pelo telão. E mesmo assim eu havia gostado. Mas a experiência daquela noite tinha sido totalmente diferente. Primeiro porque só havia cerca de trezentas pessoas no lugar. Segundo porque estávamos tão perto do Luke que eu podia ver fiapos de sua barba, a costura de sua calça e os pingos de suor em seu rosto. Essa foi, sem dúvida, a melhor noite da minha vida, e Finch era tão responsável por isso quanto o próprio Luke Bryan. Nenhum cantor seria capaz de me deixar tão derretida quanto Finch, ao colocar o braço sobre meus ombros durante "To the Moon and Back". Não foi uma coisa tipo casal de namorados; foi mais um abraço de amigo, não muito diferente dos que eu dava em Grace. Mesmo assim o contato e a proximidade me deixaram de pernas bambas.

– Totalmente *sensacional* – falei, quase sem acreditar.
– Sim, uma vibe ótima – disse Finch, todo descontraído.
– Boa demais – disse Grace, o rabo de cavalo balançando de um lado para o outro enquanto ela e Beau caminhavam à nossa frente. – E ele é *tão* gato.
– Pô, valeu – disse Beau.

Rindo, Grace deu uma cotovelada nele e disse:

– Não é de você que estou falando, seu bobo. É do *Luke*.

– Opa, espera aí – disse Beau, colocando as mãos sobre o coração. – Bobo? Não estamos num encontro aqui?

– Não, não estamos num *encontro* – respondeu Grace, continuando a jogar charme, o que começou a fazer a partir da metade final do show. – Não foi você quem me convidou. Foi a Lyla.

Tecnicamente ela estava certa. Quando ligou naquela tarde, Finch dissera que tinha quatro ingressos e que eu podia chamar uma amiga. Eu tinha cometido o erro de contar essa parte da conversa à Grace, e ela havia falado que estava achando tudo muito estranho.

– Tipo, por que o Beau não iria ele mesmo escolher quem levar?

– Sei lá. Talvez esteja a fim de você.

– Acho difícil – disse ela, mas não conseguia esconder que gostava da ideia. – E por que o Finch não vai levar a Polly?

– Eles terminaram.

– Quando? – perguntou, desconfiada. – Por que não fiquei sabendo de nada?

– Tipo ontem, sei lá – falei, e numa fração de segundo decidi não contar a ela toda a história.

Não queria mentir para Grace, mas também queria manter minha promessa ao Finch. Pelo menos por enquanto. Disse a mim mesma que poderia contar talvez *depois* do show, dependendo do que rolasse.

– Acho que ele está apenas *tentando* ser legal. Uma espécie de... compensação – falei, meio atrapalhada.

– Tudo bem. Então acho que vou com vocês – falou, provavelmente intrigada com a ideia de sair com os dois garotos mais populares do último ano. – Mas não crie nenhuma expectativa, ok?

– Ah, Deus, não. Não é nada disso – falei, mesmo esperando, lá no fundo do coração, que fosse *exatamente* isso.

De volta ao presente:

– Então... o que você está querendo dizer? – perguntou Beau para Grace. – Que eu não vou me dar bem hoje?

Esse não era o primeiro absurdo que ele dizia durante a noite, mas certamente o *maior*. Grace grunhiu alguma coisa, depois riu e o afastou com uma trombada de quadris, o que era uma façanha, já que ele era muito mais alto.

– *Comigo* você não vai – disse.

– Opa! – disse Beau, fingindo tropeçar na calçada. – Você é forte demais pra um diabrete!

– *Diabrete*? Que porra é essa? – disse Finch, caminhando ao meu lado enquanto lia alguma coisa no celular.

– É, tipo, uma criaturinha da floresta. Como um gnomo, essas merdas. – Beau riu, depois cutucou Grace e perguntou: – Mas, então, quanto você pesa? Dois quilos e meio, no máximo?

– Não faço ideia. Não tenho o hábito de me pesar nem depois do banho, quando estou *peladinha* – disse ela com uma vozinha de tímida, como se *quisesse* que ele a imaginasse sem roupa.

Chegando ao carro que havia deixado a algumas quadras num estacionamento na Grundy Street, perto de uma academia, Finch disse:

– Lyla vai comigo na frente.

– Ótimo – disse Beau, abrindo a porta para Grace, enquanto Finch fazia o mesmo para mim. – Assim posso sentar com minha gatinha.

– Não sou sua gatinha – disse ela, rindo e entrando no carro.

– Isso é o que vamos ver.

Beau entrou também e deslizou no banco até grudar em Grace.

– Chega pra *lá*! – disse ela às gargalhadas, empurrando-o.

– Estou bem aqui, obrigado – falou ele, passando o braço sobre os ombros dela.

Grace tentou afastá-lo outra vez, mas não conseguiu. Enquanto os dois continuavam de palhaçada, Finch deu a volta para entrar no carro, depois se acomodou, afivelou o cinto de segurança e deu partida. Antes de engatar a ré para sair, olhou de relance para mim, depois para o espelho retrovisor, e perguntou:

– E aí, o que vai ser? Querem comer alguma coisa? Flipside ou Double Dogs?

– Ah, meu Deus, siiim. Flipside! – disse Grace, e eu vi de rabo de olho que ela e Beau já estavam cheios de mãos para cima um do outro.

– E você, Lyla?

Hesitei, checando meu telefone. Eram 22h10.

– Sim, acho que pode ser – falei finalmente, tentando fazer o cálculo de tempo e distância, que raramente dava certo. – Mas preciso chegar em casa às onze – declarei, e, embora já tivesse reclamado algumas vezes que tinha um "horário de chegada horrível", foi a primeira vez que avisei exatamente qual era.

– *Onze?!* – gritou Beau, tateando atrás do banco em que eu estava para pegar uma mochila preta que eu já havia notado na ida.

– Pois é, eu sei. Um saco – resmunguei, pensando que também não ajudava muito o fato de que eu morava do outro lado da cidade, longe de todo mundo. – Vou perguntar ao meu pai se posso chegar às onze *na casa da Grace*.

– Ou se pode dormir lá? – sugeriu ela.

Fiz que não com a cabeça, sabendo que ele não me deixaria dormir na casa dela, especialmente depois do que aconteceu da última vez. Então mandei um pedido mais simples por mensagem: Acabei de sair do show. Morrendo de fome. Será que a gente pode comer alguma coisa na rua rapidinho? Pode ser na casa da Grace às 11h e em casa um pouco depois?? Acrescentei um monte de emojis de mãozinhas rezando, depois fiquei esperando a resposta que não chegava nunca. Papai sempre foi *leeeeento* demais para digitar, mesmo nos textos mais curtos. Um horror.

Depois de uma eternidade, como era de esperar, sua resposta foi breve e direta: Não. Em CASA às 11. Papai.

– Aff...

Imitando a voz dele (um misto de nerd com sargento), li a mensagem para que todos ouvissem. Finch riu e disse:

– É assim que ele assina as mensagens? "Papai"?

– É – falei, rindo também.

– Hilário. Tudo bem, então. Vou te deixar na casa da Grace – disse ele, colocando sua playlist de Luke Bryan para tocar.

Quando saímos do estacionamento e entramos na Grundy Street, senti que comecei a relaxar, voltando à boa vibe do show. Podia ver que Finch não estava se importando com o meu "toque de recolher", assim como não estava preocupado com o cigarro eletrônico que Beau tinha acabado de acender, o mesmo que eu tinha visto no dia da festa. Segundos depois, uma nuvem de vapor tomou conta do carro e Finch baixou as janelas traseiras pela metade. Grace deu um trago no cigarro e falou que estava uma delícia.

– Se você acha isso uma delícia... – disse Beau. – Tenho coisa *muito* melhor pra te oferecer.

– Eca, que nojo! – disse ela às gargalhadas, e devolveu o cigarro.
– Quer? – ofereceu Beau, estendendo-o para o banco da frente.
Olhei para ele, tentada, mas preferi não arriscar.
– Hoje não, obrigada.
– *Bro?* – disse ele a Finch.
– Estou bem – respondeu Finch, meio distraído enquanto lia algo no celular. – Não está vendo a carga preciosa que estou levando? – falou, e lançou um sorrisinho rápido na minha direção, depois voltou ao celular e digitou alguma coisa com apenas uma das mãos.
Eu olhava pela janela quando de repente Grace disse:
– Bem, se essa *carga* é preciosa, não seria uma boa você parar de digitar enquanto dirige?
Sua voz era ríspida e me fez olhar para Finch, que, meio sem jeito, baixou o telefone imediatamente e o colocou sob a perna. Incomodada com o clima estranho que se instalou no carro, falei:
– Ela só estava brincando.
– Não estava, não – corrigiu Grace.
Olhei para trás com uma cara de desespero, mas ela continuou, toda séria e nervosinha:
– Digitar ao volante mata mais pessoas do que dirigir depois de beber.
– Ai, Grace, *dá um tempo* – falei, e olhei para Finch para avaliar sua reação.
– Bem, ela está certa – disse ele, piscando para mim e abrindo um de seus sorrisos irresistíveis. – É um vício. Me desculpem *de verdade*, meninas.

---

– *Carga preciosa?* – perguntou Grace cerca de quinze minutos depois, quando já tínhamos sido deixadas à porta de sua casa e estávamos sozinhas.
E abriu a boca como se quisesse vomitar.
Eu sabia que ela estava zombando de Finch, mas não fazia ideia do que queria dizer, nem por que passou de uma animada festeira para uma estraga-prazeres em pouco mais de 5 quilômetros, em dez minutos azedando completamente a noite com seu mau humor.
– Que foi que deu em você? – perguntei.

Enquanto caminhávamos para o carro dela, mandei uma mensagem para Finch, novamente agradecendo pelos ingressos.

– Bem, digamos que eu seja boa em ler as mensagens dos outros pelas costas.

– Do que você está falando? – perguntei, parando onde estava e erguendo o telefone para mostrar a ela o que tinha escrito. – Não estou tentando esconder nada. Só agradeci pelos ingressos. O que *você* também devia ter feito.

– Não é do *seu* telefone que estou falando, mas do *Finch*. Vi a mensagem que ele mandou pra Polly. Ele virou o celular pra que você não pudesse ler, mas eu vi tudo.

Com um frio na barriga, perguntei o que exatamente ela tinha visto.

– Bem, vi o nome da Polly. Vi um "eu te amo". Vi um emoji de beijinho. E vi a palavra *chata*.

– *Chata*?

– Sim. *Chata*.

Não me contendo, perguntei:

– Do que ela estava falando?

E de repente me dei conta de que podia ser um *quem*, não um *quê*.

– Não sei. Que diferença faz? Você que preencha a lacuna! Tipo... saída *chata*... noite *chata*... companhia *chata*... conversa *chata* para fingir que terminou com alguém e que gosta de outra pessoa só pra livrar a cara na semana seguinte...

– Ok. Em primeiro lugar, você não sabe se esse "chata" tem alguma coisa a ver com a gente... E depois, eles *realmente* terminaram.

– Duvido – disse Grace, ajustando a alça transversal da bolsa de grife. – Duvido *muito*.

– Meu Deus, Grace. Só porque ele mandou uma mensagem pra ela? O que você quer que ele faça? Que a *bloqueie*?

Embora nunca tivesse tido um relacionamento sério, sabia como eram os términos de namoro. Na maioria das vezes a relação nunca acabava assim, de uma hora para outra. As pessoas continuavam se falando por um tempo, ou brigando ou implorando ou tendo recaídas até terminarem mesmo.

– Não falei que ele tinha que *bloquear* a Polly. Mas geralmente, depois que se termina, não se diz para a pessoa que a ama. Nem se fala mal da garota que convidou para sair. Se liga, Lyla. O cara usou a palavra *ridícula*.

– Pode ser que tenha ficado com pena dela... Ou preocupado com ela... Talvez ainda sinta alguma coisa por ela.

– Ou talvez ele e o Beau tenham armado pra cima de você. Usando Luke Bryan como isca.

– Meu Deus, Grace. Foi uma noite *divertida*. Muito divertida.

– Foi, sim. E aposto que o Finch *ainda* está se divertindo. Aposto que está a caminho da casa dela agora. E aposto que nem falou pra ela que ia sair com você hoje. Ou de repente até falou. Talvez ela esteja por dentro da armação toda.

– Olha só – falei, conferindo as horas no celular. – São dez e quarenta. Preciso ir pra casa. Você está bem pra dirigir?

– Estou, claro. Dei só um tapinha. Estou ótima.

– Não foi *isso* que perguntei. Estava falando desse seu... *mau humor*. Por que você está com tanta raiva de mim?

– Não estou com raiva de *você*. Estou com raiva *deles*.

Estávamos as duas ali, paradas atrás do jipe branco que Grace havia ganhado de presente dos pais sem motivo nenhum.

– *Deles*? – falei. – Do Beau também? Porque você pareceu dar mole pra ele a noite inteira.

– Não dei *mole* pra ele – respondeu ela, sem dar qualquer sinal de que entraria no carro. – De qualquer forma, isso foi *antes* de ver a mensagem chamando a gente de "chata".

– Ele chamou *a gente* de "chata"? – perguntei. – Ou você apenas viu a *palavra*?

Ela não respondeu, só ficou me encarando.

– Olha. Esse negócio de chegar em casa às onze não é brincadeira. É *exatamente* assim. Se você preferir, posso pedir pra meu pai vir me buscar. Ainda deve estar na rua a essa hora.

Geralmente eu evitava falar desse bico que papai fazia, mesmo com a Grace. Mas naquele momento eu estava pouco me lixando para as aparências.

– Não. Vou te levar – disse ela, finalmente entrando no carro.

Ao entrar também e sentir o cheirinho de carro novo, notei uma inesperada revolta. Embora nunca tivesse deixado que o dinheiro de Grace interferisse na nossa amizade, agora me irritava com ele. E com sua reação cínica e depreciativa. Talvez ela, com o pai trabalhando no mercado fonográfico, pudesse ver o show que quisesse. E havia muitos lugares na primeira fila esperando por ela. Mas que direito ela tinha de azedar meu showzinho do Luke Bryan? Eu queria que aquela noite fosse pelo menos uma boa lembrança.

Seguimos em silêncio por alguns minutos, até que ela pigarreou e disse:
– Desculpa, Lyla. Eu só não quero que você se machuque. *Mais* do que já se machucou.
– Eu sei. Mas as coisas são mais complicadas do que você imagina.
– Como assim? – perguntou, encolhendo os ombros mas mantendo as mãos no volante.
– Complicadas, só isso.
– Mas *como*? – insistiu.

Engoli em seco, sentindo que começava a ceder ao poder da sua personalidade mais forte e da minha necessidade de aprovação. Sem Grace eu não seria ninguém na Windsor, e nós duas sabíamos disso.

– Se eu te contar uma coisa, você promete manter em segredo? – perguntei, sabendo que não adiantava muito, e talvez desejando que não adiantasse e ela contasse a todo mundo.

Ou pudesse dizer ao Sr. Q, ou a algum orientador da escola, ou a outra amiga mais íntima. Para que a verdade viesse à tona.

– *Claro* – disse ela.
– Então tá. Presta atenção – falei, e respirei fundo para me acalmar e soltar: – Não foi o *Finch* quem tirou aquela foto, nem foi ele quem escreveu a legenda e mandou pra todo mundo.

Ela olhou para mim com as sobrancelhas erguidas, depois voltou a atenção para o trânsito.

– Quem foi?
– A Polly. Com o telefone *dele*.

Fiquei esperando uma transformação completa, ou pelo menos que ela amolecesse um pouco. Mas em vez disso ela caiu na gargalhada e bateu as mãos no volante do carro.

– Ah, meu Deus! Foi isso que ele disse pra você?
– Foi.
– E você *acreditou* nele?
– Acreditei, de verdade.

Em seguida dei o resto dos detalhes, dizendo que ele não estava tentando se livrar da encrenca, que só queria que eu soubesse a verdade, que se preocupava com a saúde mental da Polly e por isso se dispunha a assumir a culpa no lugar dela.

– *Uau*, Lyla... – disse Grace, balançando a cabeça. – Eu achava que você, dentre todas as pessoas, fosse a mais safa.

– Mais safa por quê? – perguntei, as bochechas ardendo em chamas. – Só porque fui criada no lado errado do rio por um pai marceneiro que faz bico como motorista de Uber?

– Ficou *maluca*, garota? – rebateu Grace, furiosa.

– Deixa pra lá – falei, porque era bem possível que eu tivesse feito uma leitura errada do termo e exagerado na reação.

Talvez Grace apenas quisesse dizer que geralmente eu tinha uma intuição mais apurada com relação às pessoas e que tudo aquilo que eu dissera não passava de paranoia minha, fruto da insegurança.

– Será que podemos falar de outra coisa?

– Claro, como você quiser – disse Grace, dando uma de passiva-agressiva enquanto dirigia seu lindo jipe branco. – Sem problema.

Mas Grace *não* deixou pra lá. Uns vinte minutos depois que me deixou em casa, quando eu já estava duvidando de mim mesma e também do Finch, me sentindo uma merda completa, ela me mandou três fotos do carro de Finch estacionado diante de um casarão de tijolinhos, junto com a seguinte mensagem: Olha quem veio direto pra casa da Polly.

Meu coração parou. Uma coisa era mandar mensagens para a ex, *outra* era ir para a casa dela logo depois de nos deixar em casa. Eu ainda não estava convencida de que Polly não havia tirado a foto, mas decidi que isso não fazia muita diferença. De um modo ou de outro, era óbvio que os dois estavam de conluio e que Grace tinha razão. Os ingressos para o show de Luke Bryan eram uma espécie de suborno, um último recurso para me dobrar.

Então reli minhas conversas com Finch, começando pela pergunta que ele havia feito por volta de uma hora da tarde sobre que tipo de música eu gostava.

Um pouco de tudo, eu havia respondido, morrendo de medo de não ser descolada o suficiente.

Segui lendo, horrorizada comigo mesma, arrependida de não ter feito pelo menos um jogo mais duro.

**Finch**: Quais são os seus top 5?
**Eu**: Aí fica muito difícil!!! São tantos!
**Finch**: OK. Então os 5 q vc tem ouvido ultimamente.
**Eu**: Walker Hayes, Bruno Mars, Jana Kramer, Jason Aldean e Kirby Rose (uma artista nova, mas q eu amo).
**Finch**: Maneiro. Então... principalmente country.
**Eu**: Sim.
**Finch**: E o Luke Bryan? Curte?
**Eu**: Amo.
**Finch**: Vai ter show dele hoje. Posso tentar descolar ingressos. Topa?
**Eu**: Sério?
**Finch**: Sério.
**Eu**: OMG. Seria incrível! ☺

**Finch**: Consegui 4 ingressos. Topa ir com o Beau e uma das suas amigas?
**Eu**: Sim! Vou falar com a Grace.

**Eu**: A Grace topou!
**Finch**: Maneiro. Vc falou da Polly com ela?
**Eu**: Falei q vcs terminaram.
**Finch**: Mas e o resto?
**Eu**: Não.
**Finch**: Vlw. Não quero drama. Já tenho suficiente!

O resto da conversa se limitava à logística do programa, terminando com a mensagem de agradecimento que eu havia acabado de mandar da casa da Grace. Ele ainda não havia respondido, claro. Ao imaginá-lo com a Polly, beijando a garota ou talvez apenas rindo de mim, decidi que precisava fazer *alguma coisa*. Pelo menos, precisava mostrar a ele que não era tão burra quanto ele imaginava. Então botei a cabeça para funcionar e fui pensando em todas as coisas que poderia dizer para colocá-lo contra a parede, e acabei optando por algo mais simples, mas carregado de sarcasmo: Está se divertindo?

Fiquei olhando para o celular, esperando a resposta. Segundos se transformaram em minutos. Eu já estava quase desistindo e indo tomar meu banho, quando recebi uma ligação. Era ele. Com as mãos trêmulas, peguei o telefone e atendi.

– Alô – falei, seca.

– Oi – disse ele, sem dar a menor bola.

Sentei no chão e perguntei:

– Onde você está?

– No carro. Indo pra casa.

– Vindo de onde? – quis saber, abraçando os joelhos com o braço esquerdo, os cabelos formando uma cortina protetora à minha volta.

– Acabei de deixar o Beau em casa. Acabamos dando uma passada no Flipside – disse ele, mentindo com uma facilidade que me deu calafrios. – Por que você está perguntando?

– *Por quê?* É *você* quem tem que me dizer. Por que está mentindo pra mim?

– Por que você acha que estou mentindo?

– Porque você *está* – falei, tentando me fazer de Grace, ou de *qualquer* outra garota mais forte que eu, ou de alguém que não tivesse medo de se machucar.

Pensei na minha mãe. Não havia nada nem ninguém que a intimidasse, pelo menos que eu soubesse.

– Não faço nem ideia do que você está falando! – disse Finch.

– Eu *sei* onde você estava agora há pouco. Pra onde você foi depois que deixou a gente na casa da Grace. Não sou *burra*.

Eu até já estava preparada para mais mentiras, porque é o que os mentirosos fazem, mas em vez disso ele confessou.

– Ok, Lyla. Você tem razão. Desculpa. Eu não estava com o Beau. Nem fui pro Flipside. Eu estava com a Polly.

– Você é um idiota – falei, quase chorando. – Um *completo* idiota.

Ele não disse nada, mas também não desligou. Depois de alguns segundos, suspirou e disse:

– Tudo bem. Será que eu posso explicar?

– Não, não pode – respondi, dizendo a mim mesma para desligar na cara dele, mas sabendo que não conseguiria e ficando ali, esperando, ouvindo, e com uma pontinha estúpida de esperança.

– A Polly sabe de você.

– Sabe o que de mim?

– Sabe que fomos juntos pro show. Sabe que gosto de você. *E...* – Pausou de forma dramática, e a tal pontinha de esperança cresceu de tal forma que meu coração só faltou explodir. – Polly sabe que vou contar a verdade sobre o que ela fez com você.

CAPÍTULO 17

# NINA

Assim que Finch saiu para o show, me servi de uma taça de vinho. De repente me ocorreu que eu vinha fazendo isso com muita frequência e que beber sozinha era um sintoma de um "problema", não muito diferente daquele que eu acusava Kirk de ter. Mas tentei me convencer de que o vinho era apenas uma versão noturna do café, mais um ritual do que qualquer outra coisa, sobretudo quando se limitava a uma ou duas taças.

A certa altura liguei para Kirk, em parte porque estava me sentindo sozinha, mas também porque me sentia culpada por esconder coisas do meu marido. Queria ser honesta, não importava que erros ele tivesse cometido. Mas ele não atendeu. Então deixei uma mensagem, desejando melhoras.

Minutos depois ele ligou de volta. Quer dizer, não ligou. Pelo menos não *deliberadamente*. Foi uma daquelas chamadas acidentais quando alguém esbarra no telefone. Chamei o nome dele algumas vezes, mas, claro, isso nunca adianta. Então segui ouvindo, não por curiosidade ou preocupação, mas porque não tinha nada melhor para fazer. Mesmo depois de ouvir uma voz feminina, disse a mim mesma para não tirar conclusões precipitadas. Tudo bem, ele dissera que estava com enxaqueca e precisava dormir. Mas isso também não significava muita coisa. Ora, podia ser uma *concierge* providenciando os remédios de que ele precisava. Essa confiança na eficácia do setor hoteleiro me tranquilizou por uns segundos, mas logo os dois seguiram conversando de um jeito informal, sugerindo certa familiaridade, Kirk falando mais do que a mulher, e ela rindo. Lembrei então que meu marido conseguia ser realmente engraçado e charmoso, e senti uma pontada ao pensar naquela nossa dinâmica que parecia estar sumindo aos poucos da mesma forma que havia sumido o hábito de Finch de deixar a porta do quarto aberta. Sequer me lembrava da última vez que ele havia *me* feito rir tanto assim ou que tivesse tanto a me dizer. Tentei entender o que estavam falando, mas o som estava abafado demais. E intermitente, como se estivessem em movimento, em um carro ou caminhando em algum lugar.

De repente as vozes ficaram mais nítidas e sonoras, e pude ouvir a mulher dizer "Querido…", seguido de um inconfundível "Merda!" por parte de Kirk. Então ele desligou *na minha cara*. Fiquei ali, pasma, ainda pensando se devia dar a ele o benefício da dúvida. Talvez eu tivesse me enganado com aquele *querido*. Talvez o *merda* de Kirk tivesse a ver com outra coisa. Ele podia ter entrado na rua errada. Ou pisado num chiclete na calçada. Ou esquecido o cartão de crédito na loja em que havia comprado um simpático presentinho para mim. Na verdade, podia ser qualquer coisa. As pessoas diziam *merda* por qualquer motivo o tempo todo. E outras diziam palavras carinhosas como *querido* para qualquer um. Eu não tinha exatamente ouvido meu marido se declarando para uma mulher ou transando com ela. Nem havia irrefutáveis provas visuais. Talvez ele nem houvesse desligado na minha cara. Talvez tivesse apenas perdido o sinal naquele momento.

Esse era um exercício que eu já havia feito mais de uma vez no passado, sobretudo nos últimos anos, e do qual tinha até orgulho, vendo nele uma demonstração de confiança tanto no meu marido quanto em mim mesma. Mas o que eu sentia naquele momento agonizante, enquanto bebia meu vinho e esperava por uma ligação de Kirk, não tinha nada a ver com orgulho ou confiança.

Depois de um tempo, vendo que ele não iria ligar, decidi tomar as rédeas da situação e fazer uma nova tentativa. Caiu na caixa postal, então deixei um recado. Depois digitei outro. E um terceiro.

Comecei a surtar. Ou melhor, a *minha* versão de surto, que significava ficar paralisada, olhando para o nada enquanto imaginava Kirk aos beijos com uma mulher mais nova e mais bonita. Disse a mim mesma que idade e aparência eram irrelevantes. Trair era trair. Talvez até fosse *pior* que ele tivesse escolhido alguém da minha idade ou mais velha, uma mulher com conteúdo, realizações e experiência de vida.

Por fim Kirk ligou. Respirei fundo e atendi.

– Oi? – perguntou ele, tão inocentemente que me pareceu ainda *mais* culpado. – Está fazendo o quê?

– Nada. Onde você está?

– Como assim? – disse ele enquanto fabricava, ou exagerava, um bocejo.

– Isso mesmo que você ouviu. *Onde* você está?

– Estou em Dallas.

– *Onde* em Dallas?

– No meu quarto.

– De que hotel?

– O de sempre. O Mansion, na Turtle Creek.

– Quem está com você?

– Ninguém.

– Com quem você estava uma hora atrás? Quando ligou acidentalmente pra mim?

– Liguei acidentalmente pra você?

– Sim, Kirk, ligou.

– Bem... vejamos... uma hora atrás... eu estava com o Gerald Lee...

– Ouvi a voz de uma *mulher*, Kirk.

– Você não me deixou terminar.

– Então termina.

– Eu estava com o Gerald *e* a noiva dele. Eu te disse que ele ficou noivo?

– Não – respondi. Fazia anos que ele sequer *mencionava* Gerald, um ex-colega de faculdade, o que fazia dele um álibi perfeito. – Tenho certeza que não.

– Pois é. Saímos pra beliscar alguma coisa e...

– Você não disse que estava com enxaqueca?

– Disse. E ainda estou. Mas precisava comer. E agora já estou indo pra cama – disse ele, meio que apressadamente.

– Lamento que não esteja bem – falei o mais falsamente possível.

– Não se preocupe, já vai passar. E por aí, tudo bem?

– Tudo.

Fiz uma pausa, tentando captar algum ruído ao fundo. Imaginei-o encolhido em um banheiro de mármore de hotel, com alguém esperando por ele no quarto. Ou talvez ela estivesse na cama com ele, esticando-se para ouvir cada palavra minha de modo que pudessem analisar depois.

– Ótimo. Então nos vemos amanhã, ok? – disse ele.

– Sim – falei, e me obriguei a dizer as duas palavrinhas de sempre: – *Te amo*.

Não porque fosse o que sentia naquele momento, mas como um teste. Para ver o que ele responderia.

– Eu também – foi só o que ele respondeu.

Reprovado com louvor.

---

Segundos depois recebi outra ligação. Fiquei achando que era Kirk, querendo se desculpar pela aspereza, conversar comigo, acertar as coisas. Mas era Tom. Surpresa, atendi. Ele disse oi, depois, parecendo hesitante, agradeceu a visita pela manhã. Falei que era eu quem tinha que agradecer por ele ter *permitido* a visita. Depois de uma estranha pausa, ele contou uma história preocupante sobre ter ouvido uma conversa entre duas mulheres que eu provavelmente conhecia. Algo sobre o incidente de Lyla e Finch. Mas foi reconfortante ouvi-lo, uma interrupção bem-vinda naquele momento de pânico e solidão.

Fortalecida pela breve conversa, deixei a tristeza de lado, fui ao escritório de Kirk e sentei na cadeira giratória, virando de um lado para outro e observando a papelada em pilhas meticulosas. No porta-lápis de estanho havia apenas canetas esferográficas Pilot pretas. À direita, três gavetas; à esquerda, outras três; no centro, apenas uma, mais rasa que as demais. Fui abrindo uma a uma, sem saber ao certo o que procurava. Vasculhei o que pude, mas não encontrei nada suspeito. Prova da espertaza de Kirk, não necessariamente da inocência. Liguei o laptop. Também não esperava encontrar nada ali, pois Kirk sabia que eu sabia a senha. Mesmo assim abri a caixa de entrada de e-mails e fui lendo a interminável sucessão de nomes e assuntos.

Já estava quase desistindo quando localizei um e-mail enviado naquele mesmo dia por Bob Tate, o agente que fornecia os ingressos de Kirk. Cliquei nele e fui lendo todas as mensagens da conversa, um complicado bate-papo entre Bob, Kirk e Finch. Juntando as peças do quebra-cabeça, deparei-me com uma história bem diferente daquela que Finch havia contado mais cedo. Em resumo, Finch queria quatro ingressos (não dois) para o show de Luke Bryan, com o único objetivo de fazer as pazes com Lyla Volpe (ele achava que a menina não iria se outras pessoas não fossem também). Kirk repassou o pedido a Bob, que respondeu prontamente, explicando que o preço era alto porque se tratava de ingressos de última hora para um evento exclusivo. Kirk não se opôs; falou que pagaria em dinheiro assim que voltasse à cidade.

– *Canalhas...* – falei em voz alta ao me dar conta da magnitude da traição dos dois.

Meu marido e meu filho, em última análise, haviam conspirado contra mim. Mas então me dei conta de que havia feito a mesma coisa naquela manhã. Tinha levado Finch para conversar com os Volpes à revelia de Kirk. Mais que isso, tinha induzido meu filho a mentir para o pai, ou pelo menos omitir. Mas havia uma diferença importante. Minha intenção havia sido fazer a coisa certa e mostrar a Finch a importância disso. A de Kirk havia sido, como sempre, tentar manipular as pessoas para alcançar seu objetivo.

Não havia como justificar aquilo. Meu marido, que um dia havia me seduzido com seu charme e sua iniciativa, não passava de um mentiroso e manipulador. E o pior de tudo era que ele vinha ensinando essas mesmas coisas ao nosso filho.

Sempre imaginei separações como dramáticas, com uma briga explosiva ou uma prova irrefutável, bem mais concreta do que uma ligação acidental, de infidelidade. Mas naquele momento de silêncio no escritório de Kirk, enquanto esperava nosso filho voltar de um show com a garota que ele havia ofendido e talvez até manipulado, senti bem lá no fundo que meu casamento havia chegado ao fim.

Eu queria o divórcio. Não dava mais. Não dava mais *mesmo*.

―

Na manhã seguinte, acordei com um sonho desconexo com Tom, e me lembrei imediatamente de sua ligação na véspera. Que também tinha um tanto de sonho, já que havia acontecido no meio de tanta confusão. Peguei o celular no criado-mudo e comecei a digitar uma mensagem para Tom, confessando que tivera uma noite difícil e me desculpando por não ter dado a ele a devida atenção. Reli o texto, depois apaguei, achando que aquilo era meio inadequado.

*Inadequado.*

Mentalmente fui repetindo a palavra até perceber o quanto a desprezava. Esse era o termo predileto de Kathie e do seu bando de amigas carolas, uma palavra abrangente para tudo aquilo que não passava pelo crivo delas. *Seu vestido era inadequado para um casamento. Aquele livro é inadequado para adolescentes. É inadequado falar dessas coisas na frente das crianças. Posts de natureza política são inadequados. Mandar uma mensagem para um pai separado e atraente, desculpando-se por ter tomado vinho demais enquanto falava com ele? Nossa. Muito inadequado.*

Dane-se a adequação, pensei, já digitando o número de Tom, esperando que atendesse. E ele atendeu, quase imediatamente.

– Oi, é a Nina – falei, as mãos ficando úmidas.

– Oi – disse ele.

– Acordei você?

– Não. Acordei já faz um tempinho.

– Ah.

– Você está bem? – perguntou ele.

– Sim, estou. É que... fiquei pensando naquela nossa conversa ontem à noite... e na sua corrida de Uber.

– Eu devia ter ficado quieto em relação àquelas mulheres, mas...

– Mas não ficou – completei, com uma onda de respeito por ele.

– É – disse ele, quase rindo.

– O que foi exatamente que você disse a elas?

– A verdade. Falei que era o pai. Que Lyla não era mexicana.

Ele ameaçou dizer mais uma coisa, mas desistiu.

– Que foi?

– Nada.

– Você ia dizer algo.

– Sim, ia.

– O quê? Vai, pode falar.

– É sobre o seu marido.

– O que tem o meu marido? – perguntei, apavorada com a resposta, mas ávida por mais evidências, rezando para que dissesse algo ruim sobre o homem do qual pretendia me separar.

– Nem sei se devia tocar nesse assunto, porque realmente não é da minha conta – disse Tom. – E isso poderia complicar nossa... situação.

Fiquei sem saber se ele estava falando dos nossos filhos e da audiência de terça-feira ou... da improvável conexão que vínhamos criando.

– Nossa situação? – repeti.

– Sabe... tudo que está acontecendo – disse ele, vagamente.

– Ah.

Minha cabeça chegou a latejar com as possibilidades nas entrelinhas. Ficamos em silêncio por alguns segundos, até que Tom limpou a garganta e disse:

– Olha, aquelas mulheres estavam bêbadas. *Muito* bêbadas. Não sei se dá pra acreditar no que elas falaram. E também é possível que eu tenha ouvido errado. Estava dirigindo.

Fechei os olhos e disse:

– Me deixa adivinhar. Estavam falando sobre Kirk estar me traindo?

– Sim, estavam – disse Tom rapidamente, quase sussurrando. – Sinto muito.

– Não se preocupe. Você não está contando nada que eu já não soubesse. Era um exagero. Eu não sabia de nada *com certeza*. Mas não queria que Tom se sentisse culpado. Ouvi quando ele encheu os pulmões e disse meu nome ao exalar, mais ou menos como uma súplica.

– Oi? – perguntei.

– Não conheço você muito bem – falou ele com cuidado, escolhendo as palavras. – Mas acho que você merece coisa melhor.

– Eu sei – foi o que consegui dizer. – Obrigada, Tom.

Logo depois de desligar, vi que tinha me esquecido de contar a ele sobre Lyla, Finch e a suspeita de que os dois haviam saído juntos na noite anterior. Achei que seria o caso de ligar de volta, mas não consegui. Estava triste demais com meu filho. E com a vida.

Então liguei para minha melhor amiga e disse a ela que estava em crise e precisava vê-la. Ela não fez perguntas. Simplesmente disse que ficaria em casa o dia todo, esperando por mim.

Em seguida fui dar uma espiada em Finch. Tinha ouvido quando ele chegou em casa por volta da meia-noite. Subi até o quarto dele e bati de leve à porta. Na ausência de uma resposta, abri. Ele estava dormindo pesado, roncando baixinho com as cobertas presas sob o queixo. Fui para seu lado e pus a mão em seu ombro, sacudindo-o com delicadeza, depois com mais força, até que ele abriu os olhos e fechou a boca.

– Mãe... – disse, apertando as pálpebras, ainda meio grogue.

– Oi. Eu só queria avisar que estou indo pra minha cidade. Pra Bristol. Volto amanhã, ainda não sei a que horas. Seu pai deve chegar daqui a pouco.

– Está tudo bem? Com a vovó e o vovô?

– Sim – falei, aliviada ao ver que meu filho ainda era capaz de se preocupar com alguém. – Só senti que preciso vê-los.

– Tá bem – disse ele, piscando.

– Quer ir comigo? – perguntei.

Sabia que a resposta seria "não". O desinteresse de Finch pelos avós nos últimos tempos me deixava triste, mas naquele momento eu tinha coisas mais urgentes com as quais me entristecer.

– Tenho um monte de dever de casa... – disse ele, piscando os olhos antes de fechá-los outra vez.

Encarei-o por alguns segundos, depois o sacudi pelo braço.

– Oi, mãe – resmungou ele, sem abrir os olhos.

– Como foi o show?

– Muito legal. Divertido.

– Ótimo. Que bom que o Beau conseguiu aqueles ingressos...

– Humm.

– Foram só vocês dois? Ou tinha mais alguém?

– Só nós dois.

– Ok... Bem, não esquece que seu pai volta hoje – falei, com o estômago embrulhado.

– Eu sei. Você já disse, mãe.

– Ele sabe que você foi ao show? – perguntei, dando a ele uma última chance.

– Não – respondeu ele, finalmente abrindo os olhos de modo que pudesse me encarar ao mentir. – Não tenho falado com ele.

Caso encerrado, pensei, e fui embora.

Cheguei ao centro de Bristol por volta das duas da tarde. Primeiro passei na casa de Julie, um chalezinho onde ela e Adam moravam desde sempre. Assim que desci do carro, avistei-a numa das duas cadeiras de balanço da varanda da frente, recentemente pintada. Eu é que havia escolhido a cor nova: azul-claro.

– Olá! – falei, acenando. – *Adorei* a varanda. Ficou tão linda!

– Graças a você! – disse ela, balançando na cadeira e acenando de volta.

Ela esperou que eu subisse os degraus e levantou da cadeira para me dar um abraço longo e apertado. Foi reconfortante, assim como o perfume familiar, que ela usava desde o ensino médio, Chanel nº 5. Ela brincava dizendo que era o único Chanel que tinha condições de comprar.

Recuei um passo para vê-la melhor.

– Você emagreceu? Estou te achando pequenininha... – falei. – Quer dizer, *menorzinha* que de costume – continuei, sabendo que Julie às vezes fazia caminhadas ou nadava na ACM, mas nunca malhava, e tinha o porte delicado de um passarinho, o oposto de sua personalidade.

– Acho que não – disse ela, puxando o cós da bermuda cáqui para verificar o espaço entre o tecido e o abdômen. – Não tenho balança, então não sei.

– Você *não tem* uma balança? – perguntei, lembrando que me pesava *no mínimo* duas vezes por dia, mais por hábito, mas também por uma questão de vigilância.

Minha magreza era tão importante para Kirk que aos poucos foi se tornando para mim também.

– Não, não tenho – disse Julie ao nos acomodarmos nas cadeiras de balanço. – Desde o dia em que peguei as meninas se pesando. De início não dei muita importância, mas depois ouvi a Reece se declarar vitoriosa porque era 2 quilos mais magra que a Paige. Aí resolvi cortar o mal pela raiz – confessou, balançando a cabeça e estalando os dedos.

– Puxa, você é tão boa nessas coisas – falei, me perguntando se realmente não era difícil para Paige, que havia puxado a constituição rechonchuda de Adam, enquanto Reece era uma réplica da mãe.

Cheguei a ficar envergonhada com aquele pensamento e vi que era mais um sinal de que eu me importava com as coisas erradas. Tinha certeza de que era algo com que Julie não se preocupava. Ela não era uma pessoa fútil, e seus sentimentos de autoaceitação contagiavam todos à sua volta, sobretudo as filhas.

– Ainda bem que tive um menino. Se tivesse uma menina, teria fracassado ainda mais como mãe.

– Não, acho que não – disse Julie, mas tacitamente concordando que eu havia fracassado com Finch.

Não era o caso de protestar. Eu teria de engolir aquele sapo. Afinal de contas, se quisesse alguém para passar a mão na minha cabeça, teria procurado Melanie.

– Enfim – falei.

– É, enfim... E aí, quer comer alguma coisa? Fiz uma salada de frango.

– Não, obrigada. Não estou com muita fome.

– E café, aceita? Um chazinho? Uma taça de rosé?

Por mais que estivesse precisando de uma dose de cafeína, não queria interromper nosso momento. Queria que ficássemos exatamente ali o maior tempo possível.

– Não, obrigada. E o Adam e as meninas, onde estão?

– Na cidade fazendo coisas pra mim. Dei uma *longa* lista pra eles.

Ri e agradeci a ela, ciente de que havia feito isso por mim, provavelmente alterando os próprios planos para me receber.

– Bobagem, não precisa agradecer – disse Julie. – Mas, então, o que houve? Imagino que seja com relação ao Finch.

– Sim e não – falei, e contei a ela toda a história.

Nossa visita a Tom e Lyla. O pedido de desculpas de Finch. O episódio dos ingressos para o show. As mentiras de Finch. As mentiras de Kirk. Todas elas.

– Desgraçado – disse ela entredentes. – Eu sabia.

Antes que Julie se exaltasse mais, ergui a mão e a interrompi:

– Pois é, mas o pior nem é isso. O pior é o tipo de marido e pai que ele é. A pessoa em que se transformou. É tudo... Uma coisa não está separada da outra. Acho que a traição é apenas um sintoma de todo o resto. E não consigo mais suportar.

– Como assim? – disse ela, preocupada.

– É que... Acho que quero o divórcio.

Julie sequer piscou. Foi quase como se já viesse esperando por isso.

– Ok. Vamos devagar. Você encontrou alguma coisa? Alguma mensagem, recibos?

– Não. Só aquela ligação acidental. E a conversa que Tom ouviu no carro. Sei que é circunstancial, mas é uma intuição minha. Uma intuição *muito* forte.

– O que não é pouco – disse Julie. – Mas ainda acho que você precisa de um detetive particular. Conheço um cara em Nashville. Ele é ótimo.

– Não preciso de prova – falei, balançando a cabeça. – Sei o que está fazendo.

– Mesmo assim temos de fazer isso. No estado do Tennessee, a lei do divórcio é calcada na imputabilidade.

– O que significa isso?

– Significa que adultério é um fato relevante no estabelecimento da pensão. E também uma arma a seu favor. Kirk se preocupa muito com as aparências e com a opinião dos outros.

– Não é bem assim – falei.

– Bem, pelo menos com a opinião de *certas* pessoas. É por isso que ele se envolve nesse circo da filantropia.

– Pode ser. Mas essas pessoas o perdoam por qualquer coisa. Por causa do dinheiro. Elas o amam *por causa* do dinheiro.

– Eu sei. Um *nojo*.

Por um tempo ficamos nos balançando em silêncio, admirando o jardim à nossa frente, que se resumia a um pequeno gramado, uma magnólia linda e canteiros de hidrângea ao longo da parte da frente da varanda. Uma paisagem tão simples que mais parecia o desenho de uma criança, sobretudo por conta da borboleta amarela voando rente às flores. Eu podia ver que Julie também acompanhava o voo que ela perfazia entre os raios de sol.

A certa altura, perguntei:

– Então, você vai ser minha advogada?

Julie suspirou e disse:

– Não sei, Nina...

– Como assim, *não sabe*? Você é a minha melhor amiga *e* especialista em divórcio no Tennessee.

Soltei uma risada seca.

– Eu sei. Teria o maior prazer em pegar seu caso – disse ela, e percebi o uso da palavra *prazer* nesse contexto –, e certamente faria um bom trabalho. Mas acho que você poderia querer considerar profissionais mais linha-dura.

– Mais linha-dura que *você*? – falei, meio rindo. – Ah, Jules, essa pessoa não existe.

– É verdade – concordou, rindo também. – Mas você sabe o que eu quis dizer. Há profissionais especializados em clientes com grandes patrimônios e celebridades.

Balancei a cabeça, dizendo:

– Não. É *você* quem eu quero.

– Então está bem. Pode contar comigo. *Sempre*.

– E qual é o primeiro passo?

– Contratamos o detetive... e você reúne a maior quantidade possível de dados. Informações financeiras, investimentos, extratos bancários, patrimônio... Cedo ou tarde vamos pedir tudo com uma ordem judicial. Mas consiga tudo que puder logo. Assim que estivermos com tudo engatilhado, registramos uma queixa. Depois disso a lei exige um período de reflexão de sessenta dias. Aí vem a produção antecipada de provas e...

Senti um frio na barriga.

– Você acha mesmo que gente vai ter de entrar em litígio?

– É bem provável.

– Mas... e esses casais que fazem acordo? Ou que optam pela mediação?

– Pois é – disse Julie. – Mas sinceramente... não sei se mediação funcionaria com o Kirk. Ele não conhece a palavra *concessão*. Ou estou enganada?

– Tem razão. Ele vai ficar *chocado*.

– Ah, será que o coitadinho vai se sentir traído? – ironizou ela.

– Você odeia o Kirk, não odeia?

Ela me encarou por um instante, como se tentasse se conter – não apenas pelo bem da nova cliente, mas por sua velha amiga também. No entanto, não se conteve.

– Sim, Nina. Eu o *odeio*.

– Desde quando? – perguntei, pensando em quando Kirk vendeu a empresa e tendo certeza de que ela citaria isso como o ponto crítico.

– Hum... Desde a noite em que o conheci. E que ele trapaceou no minigolfe.

Olhando para o céu, ou para a parte dele que conseguia ver da varanda, retrocedi na memória até o dia em que havia trazido Kirk da Vanderbilt para minha cidade natal. Tinha até uma fotografia daquela noite, uma raridade, porque era uma época em que ainda não existiam as câmeras de celular. Nela, Kirk, Julie, Adam e eu posávamos no precário estacionamento de uma das muitas franquias do Putt-Putt Fun Center, nós três de Bristol vestindo tênis, jeans e camiseta, e Kirk com uma camisa polo, calças cáqui e mocassins (que na época eu via apenas como sapatos com uma coisa engraçada de borracha na sola).

– O que exatamente ele fez? – perguntei.

Talvez tivesse apenas empurrado a bolinha com o pé ou dado uma tacadinha às escondidas, brincadeiras que os impacientes sempre usavam para trapacear no minigolfe.

– Era ele quem estava marcando a pontuação, *claro*, e mais de uma vez o Adam o pegou diminuindo a contagem das próprias tacadas. A coisa foi *descarada*.

– Uau. Que mais?

– Como assim, "que mais"? *Trapaça* não basta? – disse Julie, as sobrancelhas erguidas. – É como essas pessoas que dizem "Fulano é ótimo, tirando a falta de caráter".

– Quero dizer de que mais você lembra – falei, ficando meio irritada. Não por causa do Kirk, mas da ideia de que os acontecimentos daquela noite pudessem traduzi-lo como alguém com falhas irremediáveis de caráter. – Fora os detalhes do minigolfe.

Com a maior seriedade, ela disse:

– O minigolfe é uma metáfora da vida.

– É mesmo? – falei, rindo.

– Sim. Quer dizer, pensa bem. Você leva o jogo a sério? A sério demais? Você gosta? É meticuloso na marcação dos pontos? Fica com raiva quando perde? Costuma trapacear? Se trapaceia, como reage quando é pego? Fica envergonhado? Se arrepende? Continua trapaceando depois?

Ergui as mãos, dizendo:

– Já entendi, já entendi... Mas o que eu quero dizer é que acho que enganar a esposa é um pouco mais grave do que trapacear numa partida de minigolfe. E não acho que Kirk fosse *tão* ruim assim naquela época. Afinal, eu me apaixonei por ele, certo?

– E se *apaixonou*? – perguntou Julie, parecendo cética.

– Ué, claro. Eu me *casei* com ele, Julie – falei, percebendo o quanto minha resposta era ridícula diante de tudo que eu estava passando naquele momento, e a julgar pela expressão em seu rosto, Julie estava pensando a mesma coisa. – Nem *tudo* foi ruim no nosso casamento. Me arrepender de tudo seria como me arrepender de ter tido o Finch. Eu só lamento... os últimos anos. Depois que Kirk vendeu a empresa. Foi aí que ele começou a mudar – afirmei, calando-me antes de começar a falar diretamente de dinheiro.

– Sim, bem, ele ficou definitivamente pior depois disso. Mais arrogante, mais cheio de si. Como é mesmo que dizem? "O dinheiro torna a pessoa mais parecida com o que ela já é."

– Sim. Mais ou menos isso.

Julie pareceu pensativa por um instante.

– Sabe... – disse ela finalmente. – Nesses últimos dez anos, não me lembro de uma única vez em que tenha ficado mais de trinta minutos ao lado do Kirk sem que ele pedisse licença pra "fazer uma ligação" – falou, imitando a voz grave dele. – Babaca convencido.

Estremeci ao ouvir isso, especialmente porque era verdade. Kirk não conseguia ficar longe do telefone. Na realidade, as únicas vezes em que o via sem ele eram nas finais da Masters Cup, quando os celulares eram expressamente proibidos na quadra, por mais dinheiro ou poder que as pessoas tivessem. Era uma das poucas regras que ele realmente respeitava. O que não era de espantar, dado seu contexto elitista.

– Sabe, ninguém é *tão* importante assim. Herman Frankel não faz isso, e é um baita neurocirurgião – prosseguiu Julie, referindo-se ao orador da nossa turma, de quem ainda era amiga. – Ele nunca fala do próprio trabalho, a menos que alguém toque no assunto. Se está de plantão, nem sai de casa, porque não quer ter de abandonar uma mesa e ser grosseiro com as pessoas.

Ela agora estava com a corda toda. Eu me sentia parcialmente constrangida por Kirk (e por mim mesma, por ter feito vista grossa por tanto tempo), mas, estranhamente, também me sentia reconfortada por esse discurso inflamado. Era quase uma terapia, ou validação.

– Ele é um esnobe *tão* insuportável – continuou ela. – Quer dizer, Nina, esqueça que ele pode *se dar ao luxo*. Porque entendo isso. Se a pessoa pode pagar por bons hotéis e passagens de primeira classe, tudo bem, que fique em bons hotéis e viaje de primeira classe. Eu faria a mesma coisa se pudesse. Não recrimino Kirk por esses privilégios que vêm com o sucesso e o dinheiro. O problema é que ele vê a si mesmo como um ser numa classe *superior*. Como se ele e os amigos endinheirados e brancos fossem *realmente* melhores do que o resto dos mortais.

– Eu sei – murmurei, pensando em todos os comentários aviltantes que ele costumava fazer sobre as pessoas, geralmente trabalhadores, as pessoas com quem ele tinha algum tipo de contato em eventos esportivos, em parques de diversões ou no zoológico.

O *povão*, como os chamava, e esse era o melhor dos termos. Também o ouvia dizer *plebe, gentalha, ralé* e *escória*. Normalmente ele fingia estar brincando, mas era assim mesmo que pensava. Se alguma coisa era acessível ou frequentada por "essa gente", ele não queria participar.

Até mesmo a Disney, pensei, lembrando a Julie o quanto eu queria levar Finch quando ele era pequeno, e como Kirk se recusara a ir até saber dos pacotes VIPs que as estrelas de cinema usavam e da possibilidade de entrar nos brinquedos pelos fundos, evitando filas e contato com os plebeus. Mas nem por isso deixou de fazer seus comentários sobre "esse povo gordo, com coxas de peru na mão, que fica circulando de scooter só porque tem preguiça de andar...". E o pior de tudo era que muitas vezes falava esses disparates perto de Finch. Eu tentava silenciá-lo, claro, ou dizia que aquilo não estava certo, mas ainda assim ficava preocupada, achando que nosso filho pudesse ter absorvido alguma coisa.

Julie ouviu, os lábios torcidos, depois prosseguiu:

– E ele só dá atenção às pessoas que têm muito dinheiro. Caso contrário, enxerga através de você, como se você nem existisse. Kirk nunca me perguntou sobre o meu trabalho, nem uma única vez, sabia? E olha que sou *advogada*. Imagina o Adam, que é bombeiro! Como se combater incêndios fosse... fosse... nem sei – disse ela, erguendo as mãos, como se lhe faltassem palavras para descrever, o que era raro.

– Como se fosse um presidiário? – sugeri.

– Exatamente. Mas também depende do *tipo* de presidiário. Porque se fosse um daqueles de colarinho branco, que ficam em confortáveis presídios federais, provavelmente teria mais prestígio que um bombeiro.

Assenti e me lembrei de como Kirk *ainda* defendia Bob Heller, um vizinho nosso que havia sido preso por encabeçar um esquema de pirâmide no mercado financeiro. E não era porque acreditava em perdão, redenção e misericórdia, pois *isso* seria ótimo, e sim porque insistia que o amigo era um "bom sujeito" que tinha sido "injustiçado" e que "nem havia embolsado tanto assim".

– Então o Adam também odeia o Kirk? – perguntei, imaginando até que ponto eles falavam de nós.

Julie deu de ombros.

– Eu não diria *odeia*. Adam não se importa o bastante para odiá-lo. E, pra falar a verdade, eu também não me importaria se ele não fosse casado com a minha melhor amiga. Odeio Kirk por *você*. E pelo Finch.

Muito bem. Não havia como voltar atrás. Entendi que, se não me separasse de Kirk por mim, teria de fazer por Finch. Permanecer naquele casamento seria o mesmo que endossar tudo que Kirk havia feito. Finch precisava saber que havia consequências para o comportamento egoísta e arrogante de seu pai. Eu tinha de fazê-lo ver que havia outra forma de se comportar.

Meus olhos ardiam com as lágrimas, e tentei piscar para represá-las, dizendo a mim mesma que precisava ser forte. Mas não consegui. Ao contrário do que fazem muitas pessoas, não importa o quanto são próximas, Julie não virou o rosto quando comecei a chorar. Em vez disso, ela me encarou com intensidade e segurou firme na minha mão, dizendo que já não era sem tempo e que Kirk não iria mais ignorá-la.

CAPÍTULO 18

# LYLA

Achei que beijar Finch não estava fora de questão quando ele me convidou para sua casa, especialmente depois de deixar bem claro que os pais estavam fora. Mas não achei que passaríamos disso.

Devo dizer que não sou virgem, mas também não saio por aí transando com qualquer um. Só transei com um garoto. O nome dele era (ainda é) Caleb King. A gente se conhecia vagamente do colégio, e ele estava um ano à minha frente, mas depois acabou se transferindo para a Stratford, uma escola pública de ensino médio do nosso bairro, e eu fui para a Windsor no ano seguinte. Eu nem lembrava mais que ele existia quando trombei com ele um tempo depois no Gulch, numa loja da Urban Outfitters. De início não o vi (sou muito focada quando faço compras), mas ele me cutucou no ombro e disse:

– Oi. Você não estudou na Dalewood?

Larguei a camiseta que estava examinando e disse:

– Oi. Sim. Você é o Caleb, não é?

– Sou – disse ele, sorrindo. – E você é a... Leila?

– Quase isso – falei, sorrindo de volta. – Lyla.

Ele quis saber onde eu estava estudando, fez aquelas perguntinhas básicas, respondeu as minhas, depois disse que meus olhos eram lindos. Após alguns minutos de flerte, perguntou se eu topava sair com ele um dia. Fiquei mais lisonjeada do que entusiasmada com a ideia, mas acabei dizendo que sim e lhe dei meu número antes de nos despedirmos.

Tudo ia bem até Grace, que esperava impacientemente por perto, começar a criticar Caleb, dizendo que ele era chato e que botava muita pressão. Tudo bem, talvez ele tenha sido um pouco insistente demais, no entanto, por algum motivo, fiquei achando que o problema de Grace era Caleb ser negro. Fiquei surpresa. Até onde eu sabia, Grace não era nem um pouco racista, e certamente nunca tinha dito nada sobre o namoro de Hattie (que é branca) e Logan (que é negro). Aliás, certa vez chegou a comentar alguma coisa sobre como seriam lindos os filhinhos dos dois. Então dei a ela o benefício da dúvida. Quer dizer, até que ela soltou a palavra *gueto*.

– Gueto? – falei. – Caleb mora no mesmo bairro que eu.

– Não estou falando do *lugar* onde mora – rebateu, ignorando o real significado da palavra. – Estou falando... do visual.

– Qual o problema com o visual dele? – perguntei, lembrando a ela que estávamos todos fazendo compras na mesma loja.

– Ele estava usando uma *corrente de ouro*.

– Sei lá, acho até que fica bem em alguns caras – falei, embora também não fosse lá muito chegada a joias em homens.

– Pode até ser. Se você for um Brad Pitt ou... um Robert Pattinson.

– Se for *branco*? – questionei, que foi o mais perto que cheguei de chamar sua atenção.

Achei que ela fosse ficar na defensiva, mas ou minha indireta não foi entendida, ou ela simplesmente não havia se importado, porque apenas deu de ombros e disse:

– Ok, até dá pra perdoar a corrente. Mas *ninguém* usa aquela calça baixa no meio da bunda – falou, seguindo para o caixa carregando uns sete itens, nada que estivesse em liquidação.

– A calça dele não estava no meio da bunda – falei, muito irritada e de mãos vazias. – Era só... mais folgada.

– Que diferença faz?

– A diferença é que... a calça não estava caindo – respondi, lembrando que vi *claramente* quando Caleb se afastou de nós. – A cueca dele não estava à mostra.

Ela deu de ombros.

– Continuo achando que você merece coisa melhor. *Muito* melhor – disse Grace, depois emendou num sermão, dizendo que eu precisava mirar mais alto, e que não era por isso que eu estudava na Windsor?

Eu sabia que ela queria o meu bem e que talvez tivesse algum motivo legítimo para implicar com Caleb, mas não soubesse direito o que era. Mesmo assim eu achava que ela tinha sido muito injusta com ele e condescendente comigo, e não havia como eu não ficar ofendida. Não era a primeira vez que ela me fazia sentir como se eu fosse uma espécie de pequeno projeto de caridade, a menina pobre que ela havia botado debaixo das asas, não porque gostasse de mim, mas porque achava que eu precisava de *ajuda*. Da *sua* ajuda, uma menina rica e branca que pertencia ao núcleo de Belle Meade. Quase disse a ela que papai não havia me matriculado na Windsor para eu arrumar um marido. Eu estava lá para estudar, e ponto final. Mas achei que não valia a pena entrar nesse mérito. Gostava de tê-la como amiga e não queria azedar nossa amizade com uma acusação de racismo nem comprar uma briga por causa de algo tão bobo. Afinal, ninguém era perfeito.

Mesmo assim, quando comecei a sair com Caleb naquele verão, achei melhor não dar muitos detalhes a Grace. Falei apenas que estava rolando uma amizade. (Talvez fosse o caso de não falar absolutamente nada, mas não queria me privar da satisfação de contar a ela que o pingente que Caleb usava na corrente de ouro era uma herança da avó.) Aliás, também não contei nada a papai, porque sabia que ele surtaria com *qualquer* cara, sobretudo um mais velho, e não queria preocupá-lo à toa. Então eu o esperava sair para trabalhar ou falava que tinha algum trabalho como babá, depois percorria de bicicleta os quase 4 quilômetros até a casa do Caleb. (A mãe dele também trabalhava, mas, ao contrário do meu pai, nunca havia a possibilidade de ela voltar para casa no meio do dia, porque era recepcionista e só saía às cinco.)

De qualquer modo, Caleb e eu nos divertíamos juntos, e ele fazia muito mais o gênero nerd (de um jeito original e legal) do que o cara do gueto (de forma *alguma*). Na maior parte do tempo a gente ficava assistindo a vídeos engraçados no YouTube ou nos divertindo com jogos de tabuleiro. Mas também dávamos os nossos amassos, e o sexo cada vez mais era só uma questão de tempo. A certa altura falei a ele que topava.

Certamente não foi uma coisa tão romântica quanto imaginei, já que nunca houve menção a amor ou mesmo *namoro*. Ainda assim eu achava que era bom o *bastante*, porque todos os requisitos importantes estavam sendo atendidos. Em primeiro lugar, eu confiava em Caleb com essas coisas de DST e tudo mais (ele já havia ficado com duas garotas antes de mim, mas ambas eram virgens). Em segundo lugar, sabia que ele não daria com a língua nos dentes (até porque não tínhamos amigos em comum). E, em terceiro lugar, eu havia acabado de completar 16 anos, que me parecia a idade certa para perder a virgindade (15 eu achava cedo demais). Minha quarta preocupação era a maior de todas, que era engravidar. Caleb disse que podia usar camisinha, mesmo não gostando muito, porque achava que diminuía o prazer. Não era exatamente com o prazer dele que eu estava preocupada, mas com as histórias que tinha ouvido sobre camisinhas que estouravam, e foi assim que decidi tomar pílula. Então liguei para a única pessoa que achei que seria capaz de me ajudar sem me julgar: minha mãe.

Dias depois ela me surpreendeu com uma visita rápida, em uma missão de controle de natalidade, levando-me a uma consulta que ela havia marcado na clínica de planejamento familiar. Fiquei muito agradecida, pois sabia quanto custava uma passagem aérea de Los Angeles para Nashville (até porque ela havia mencionado umas três vezes). Por outro lado, não deixava de ser esquisito que ela tivesse escolhido justamente aquele momento, entre tantos outros possíveis, para ser uma mãe proativa. Parecia obcecada com aquele meu "rito de passagem", embora estranhamente nunca tivesse perguntado nada sobre Caleb. Era como se meu parceiro não fizesse a *menor* diferença. Talvez ela fosse apenas mais sexualmente liberal. Ou talvez estivesse simplesmente tentando compensar a ausência de muitos anos, sobretudo nas ocasiões que são os principais marcos. Ou quem sabe quisesse apenas ter essa vantagem em relação a papai (esse pensamento me fez me sentir culpada).

Em todo caso, disse a mim mesma que isso não tinha a ver com minha mãe ou meu pai. A decisão de transar era *minha*, e o que importava era que eu estava lidando com essa decisão de forma responsável. Portanto, após tomar a pílula por sete dias, transei com Caleb em sua cama de solteiro no meio do dia. Doeu, e *muito*. E a quantidade de sangue foi nojenta e embaraçosa. Mas Caleb foi supercarinhoso e legal comigo. Ele foi muito paciente, não quis apressar nada, e falou que não havia nada de nojento em relação ao sangue, acrescentando que sua mãe não veria os lençóis porque ele lavava as próprias coisas. Então, mesmo achando que aquele alarde todo em torno de sexo era muito exagerado, ainda considerei minha primeira vez um sucesso, na medida em que não me arrependia de nada e estava feliz por ter escolhido Caleb.

Ao longo do mês seguinte acabamos transando outras onze vezes, e realmente comecei a achar que poderia estar me apaixonando por ele. Mas depois começaram as aulas, e fomos ficando muito ocupados, nos falando cada vez menos, até que Caleb começou a me dar perdidos. Fiquei meio magoada, mais por uma questão de orgulho do que qualquer outra coisa. Principalmente ao descobrir, depois de uma pesquisa básica nas redes sociais, que ele estava namorando sério uma menina. Mas eu superei bem rápido, porque meu crush por Finch cresceu a passos largos.

E então, ao entrar no carro de Finch na manhã seguinte ao show de Luke Bryan, meus sentimentos se tornaram *muito* intensos. Muito mais do que tinham sido por Caleb, mesmo tendo transado com ele mais de dez vezes. Acho até que a briga da véspera me fez gostar *ainda mais* dele.

– Oi – falei, quase sem fôlego, depois de tanta correria para me arrumar e sair antes que papai chegasse em casa, voltando sei lá de onde. – Cá estamos nós outra vez.

Foi uma frase ridícula, mas Finch sorriu e disse:

– Pois é. Cá estamos nós outra vez.

Olhei para os dois lados da rua.

– Você está bem? – perguntou Finch.

– Estou. Mas vamos. – Dei uma risada nervosa, sinalizando para que arrancasse logo. – Falei pra papai que ia estudar na casa da Grace.

– Entendi – falou, afastando o carro do meio-fio.

Aproveitei para dar uma rápida olhada nas roupas dele – um conjunto de moletom cinza da Windsor, uma camiseta com o logotipo de um barco a vela e um par de chinelos Adidas. Por mais gato que estivesse na véspera, na minha opinião ficava mais sexy assim, despojado.

Ele me flagrou enquanto eu o observava e me lançou o mais fofo dos sorrisos.

– Está pensando no quê? – perguntou.

— Em nada – falei, sorrindo também.

Porque realmente *não estava* pensando em nada, estava muito ocupada *sentindo*. Só coisas boas.

Enquanto seguíamos para seu bairro, ele ligou o som e vasculhou sua playlist, perguntando o que eu queria ouvir.

— Luke – respondi, porque agora era a nossa trilha sonora.

Nossas músicas.

Ele colocou "Drunk on You" para tocar, às vezes cantarolando junto. Sua voz não era boa, mas, por algum motivo, fiquei ainda mais atraída.

Em Nashville não há muito tráfego aos domingos, sobretudo na hora da missa, e algumas canções depois já estávamos entrando com o carro na casa de Finch. Que era um espetáculo. Muito maior e mais bonita do que a de Grace ou a de Beau, que também eram lindas. Não cheguei a ficar surpresa. Sabia que os pais dele eram endinheirados. Mas confesso que fiquei admirada, e um pouco intimidada também.

Descemos do carro e andamos até a varanda da frente, onde Finch destrancou a porta e sinalizou para que eu entrasse primeiro. O alarme disparou, e ele rapidamente digitou uma senha para silenciá-lo.

— E aí? – disse, fechando a porta. – O que você quer fazer?

Dei de ombros, dando uma olhada no hall elegante.

— O que você quiser... Onde mesmo estão seus pais? – perguntei, embora ele não tivesse me dito nada.

— Mamãe está em Bristol. A cidade natal dela.

— Ela é de *Bristol*? – perguntei, porque tinha imaginado que fosse de algum lugar mais chique, como Nova York ou Califórnia.

— Sim. Era pobre na juventude – disse Finch com a maior naturalidade do mundo.

— Ah – suspirei, me perguntando o que significava "pobre" na cabeça dele e se eu me enquadrava na categoria.

Mas depois disse a mim mesma que isso não importava e que não devia ficar pensando demais nas coisas.

— E o seu pai? Cadê ele?

— Está voltando do Texas hoje. Mas seu voo só deve chegar mais tarde.

— Ah. Legal – falei, enquanto Finch se virou e me conduziu por um corredor até uma maravilhosa cozinha branca.

– Quer beber alguma coisa? – ofereceu, e logo achei que estava falando de bebida alcoólica, mas ele esclareceu: – Chá? Suco? Acho que tem de laranja, grapefruit... Água?

– Água está bom.

– Normal ou com gás? – perguntou, e só uma vez alguém havia me perguntado isso, num restaurante bacana aonde eu tinha ido com Nonna.

– Hum... tanto faz. Pode ser normal – falei, observando o enorme tampo de mármore sobre a ilha da cozinha, com veios que lembravam as estradas de um mapa rodoviário que papai tinha.

Finch abriu a porta de uma grande geladeira de inox e tirou duas garrafas de SmartWater. Ele me deu uma, abriu a outra e tomou um gole. Fiz o mesmo, e bebemos juntos. Depois sorrimos um para o outro.

– Vamos para o porão – disse ele.

Falei que tudo bem, lembrando-me de repente do porão inacabado de Caleb, com piso de cimento, paredes com blocos de concreto aparentes e um fedor de cocô de gato, mofo e desinfetante. Sabia que o de Finch seria bem diferente, mas quando descemos a escada e ele acendeu a luz, quase soltei uma sonora gargalhada com o contraste. Parecia um cassino de hotel, com bar totalmente abastecido, mesa de bilhar, vários videogames e máquinas de pinball antigas, um enorme sofá modulado de couro e um monte de poltronas reclináveis espalhadas em torno de uma televisão quase tão grande quanto uma tela de cinema.

– Bem-vinda ao espaço dos homens da casa.

– Uau – falei, impressionada demais para fingir normalidade. – É *incrível*.

Ele agradeceu, dando um modesto sorriso, depois foi até o sofá, se sentou e deu um tapinha na almofada a seu lado. Eu o segui e me acomodei, deixando apenas alguns centímetros entre nossas pernas.

– Você tem algum filme favorito? – perguntou, e pegou um dos três controles remotos sobre a mesa de centro, ligou a TV e abriu um menu de filmes.

De repente me deu um branco, porque não era em filmes que eu estava pensando.

– Acho que não.

– Então escolhe algum. Qualquer um – disse Finch, e foi passando os títulos, tão rápido que eu mal conseguia ler.

Falei a primeira coisa que surgiu na minha cabeça:

– *Meninas malvadas*.

E numa questão de segundos já estavam rolando na tela os créditos de abertura de um filme que eu já tinha visto um milhão de vezes e praticamente sabia de cor.

Finch pôs os pés sobre a mesa, pegou outro controle remoto e apertou um botão que apagou todas as luzes do porão, transformando o lugar numa sala de cinema privê. Segundos depois, deslizou alguns centímetros, acabando com o espaço entre nossas pernas. Então pegou minha mão num gesto espontâneo, seu antebraço inteiro repousando em meu colo. Era tão reconfortante e natural, e ainda assim meu coração disparou, e só faltou explodir quando ele acariciou meu polegar com o dele.

Por um bom tempo ficamos assim, de mãos dadas, assistindo e rindo. Parecia íntimo e *incrível*, mas sem conotação *sexual*, e eu já começava a achar que ele talvez *não* fosse me beijar. Mas na metade do filme, na cena em que as quatro garotas conversam pelo telefone (uma das minhas favoritas), ele deu pausa e disse:

– Essas cobrinhas me lembram a Polly e as amigas dela.

Eu comecei a rir, mas olhei de relance para o rosto dele e vi que estava sério, talvez até meio chateado.

– É – falei. – Também me lembram.

Aguardei que ele recomeçasse o filme, mas fiquei contente por não fazê-lo. Em vez disso, ele soltou minha mão, pegou a garrafinha de água e deu um gole. Eu sabia o que estava por vir. Então peguei minha garrafa e também dei um gole, preparando-me para seu próximo movimento. Que veio delicadamente, com ele virando o corpo na minha direção, o braço estendido às minhas costas, sobre o encosto do sofá.

– Oi – sussurrou ele, enquanto eu também me inclinava em sua direção.

– Oi – repeti, sentindo-me completamente zonza.

Ele me encarou por alguns segundos, depois fechou os olhos, nossos rostos se aproximaram até que finalmente estava acontecendo. Finch estava me beijando. E eu o beijava também. É muito brega falar que era um sonho se tornando realidade, mas era isso que estava acontecendo, algo que eu havia imaginado tantas vezes na minha cama, antes de dormir.

Só que melhor. Porque ele continuou me beijando, cada vez mais intensamente, até que estávamos deitados no sofá, iluminados apenas pela luz que vinha da imagem congelada na tela. Olhei de relance para o telão, e Finch, tomando isso como uma sugestão, alcançou o controle e desligou a TV.

Então, na mais completa escuridão, ele voltou a me beijar, depois rolou de costas e me puxou para cima dele, correndo as mãos sob minha blusa dos meus ombros até minhas costas. Suas mãos eram grandes, fortes, macias e quentes. De início fiquei atônita demais para reagir, mas depois comecei a mover os quadris contra os dele, deslizando a mão sob sua calça de moletom e tocando a parte superior de sua bunda até onde pude alcançar. Ele tinha um corpo lindo.

Por um tempo ficamos só no amasso, mas aos poucos as coisas foram esquentando, e ele deslizou a mão por baixo do meu sutiã, conseguindo, após algumas tentativas, abrir o fecho frontal. Ele segurou meus seios com as palmas das mãos e me disse que eles eram perfeitos.

O elogio me deixou mais corajosa, e eu me sentei e tirei a blusa, depois rolei de volta para ele enquanto ele tentava abrir o botão da minha calça. Estava demorando muito, então terminei o trabalho ao passo que ele tirava o próprio moletom e a camiseta. Entre nós agora só havia sua cueca e minha calcinha vermelha da Victoria's Secret. Estava feliz por tê-la escolhido, por precaução.

Agora por cima, ele me tocou sobre a seda vermelha, sussurrando que eu era uma delícia e como eu estava molhadinha. Depois deslizou o dedo médio sob o cós da minha calcinha e me penetrou com ele, mas só um pouquinho.

Arqueei as costas, erguendo os quadris na direção da mão dele, não apenas porque estava gostoso, mas porque parecia a coisa mais sexy que eu podia fazer, e eu queria desesperadamente ser sexy para Finch. De repente me lembrei de Polly, do quanto ela era mais sensual do que eu, mas depois pensei que não era o nome dela que Finch estava sussurrando nem era por ela que ele estava com tanto tesão.

– Quero você, Lyla. Quero *muito* você.

– Também quero você, Finch.

– Você já... antes? – sussurrou, beijando minha orelha e me deixando toda arrepiada com sua respiração.

Sem saber como responder, preferi levar a mão a sua cueca e acariciá-lo. Por um instante minha estratégia pareceu funcionar, a julgar pelos gemidos que ouvi. Mas logo depois, Finch voltou à questão.

– Então você *não é* virgem? – insistiu.

– Não – respondi finalmente, porque não queria mentir, e temia que ele se afastasse caso pensasse que eu fosse virgem.

E eu não queria que ele parasse.

CAPÍTULO 19

# NINA

Saí da casa de Julie e dirigi os 5 quilômetros até a casa dos meus pais em torno da hora da janta. (Eu só chamava de "janta" quando estava em Bristol; caso contrário, era "jantar"). Quando entrei na nossa rua sem saída e estacionei atrás do Cadillac branco do meu pai na garagem, prometi manter o clima leve, tanto porque eu estava cansada demais para uma conversa mais profunda quanto porque não queria preocupá-los antes da hora. Mas assim que pus o pé em casa ao sair da garagem, minha mãe disparou uma avalanche de perguntas.

– Está tudo bem? – quis saber, antes mesmo que a porta estivesse fechada.

– Tudo.

– Então por que essa visita repentina?

Respirei fundo e disse:

– Porque eu queria ver vocês. E a Julie. Passei uma tarde ótima com ela.

Essa talvez não fosse a descrição mais correta do nosso dia, mas também não chegava a ser uma mentira. Mesmo assim mamãe não se deu por convencida, porque literalmente começou a contorcer as mãos – algo que eu nunca tinha visto ninguém fazer. Franzindo a testa, ela perguntou:

– O que Kirk e Finch estão fazendo hoje?

– Kirk estava em Dallas, numa viagem de negócios, está voltando hoje – falei, de repente voltando a ouvir aquela mulher dizer *querido*.

– E Finch?

– Ficou estudando... As provas estão chegando.

Deixei minha bolsa no pequeno banco-baú que desde sempre ficava no corredor que unia a lavanderia ao lavabo e à cozinha. Era nele que meu irmão e eu costumávamos guardar nossas mochilas, galochas e equipamentos esportivos. Senti uma pontada de nostalgia, um sentimento que eu associava à minha mãe, um de seus traços característicos. De modo geral ela era uma pessoa feliz, mas gostava de cultuar o passado e vivia dizendo coisas como "quando vocês eram pequenos".

Sem sair desse tema, falei:

– Será que uma filha não pode visitar os pais sem um interrogatório?

– Uma filha *pode* – disse mamãe, enquanto eu a contornava para passar. – Só que *esta* raramente faz isso.

Ela tinha razão. Nos últimos anos minhas visitas a Bristol tinham ficado bem menos frequentes, geralmente se limitando aos aniversários e aos feriados mais prolongados. Às vezes nem isso. Os fins de semana eram repletos de compromissos sociais, mas, vez ou outra, movida pela culpa, eu dava uma escapada para vê-los no meio da semana.

– Bem, os tempos estão mudando – falei, pensando em voz alta.

– Estão, é? – disse mamãe, erguendo as sobrancelhas, agora com as antenas *totalmente* ligadas. – Posso saber por quê?

– É que... agora que o Finch está indo pra universidade – respondi, imaginando se ainda seria para Princeton –, vou ter mais tempo livre.

Era o que eu sempre dizia aos meus pais. O que sempre disse a *mim mesma* conforme os meses e anos passavam. Assim que sairmos dessa ou daquela fase. Quando Finch chegasse ao ensino médio, já que poderia dirigir, quando fosse para a universidade... No entanto, por algum motivo a vida só ia ficando mais corrida e mais *complicada*.

– Como for melhor para você – disse mamãe. – Para nós é sempre uma alegria ter você aqui.

– Sim. Ficamos felizes em te ver, querida – acrescentou papai, chegando à cozinha pelo outro corredor e me dando um grande abraço.

Estava usando uma das suas camisas de pescaria, apesar de não pescar e usar os diversos bolsos e argolas para guardar os óculos de leitura ou instrumentos de escrita. Naquela noite ele exibia não apenas *uma*, mas *duas* lapiseiras.

– Eu também, pai.

Do fogão vinha o cheirinho gostoso do recheio que ele cozinhava para seus famosos sanduíches de carne moída. Ao lado de um pacote de pão de hambúrguer Wonder (o mesmo da minha infância, com as mesmas bolinhas em cores primárias), vi batatas para fritar descongelando em um tabuleiro forrado com papel alumínio. Notei que eram *batatas-doces*, uma versão gourmet na cabeça da minha mãe.

Papai abriu uma garrafa de Merlot que estava entre pilhas de correspondências fechadas e outros entulhos. O vinho era novidade (eles não bebiam durante minha juventude), mas a bagunça era a mesma de sempre.

– Aceita uma taça? – ofereceu papai.

– Não, obrigada – respondi, caminhando sem pensar até a porta, espiando a sala de estar, reconfortada pela visão de tantas bugigangas familiares junto com pilhas de revistas, jornais e livros.

Embora tivessem gostos diferentes, meus pais eram leitores vorazes, e a presença de livros em todos os cômodos da casa (para serem *lidos*, e não apenas para decorar) era uma das memórias de juventude que eu mais prezava.

– Mas, então, o que vocês contam de novo? – perguntei, caprichando na empolgação e incentivando mamãe a me dar uma interminável e detalhada atualização sobre a vida dos vizinhos e amigos. *Os Jones acabaram de chegar de um cruzeiro na Europa, seis países em dez dias! Mary Ellen fez um implante de quadril na mesma semana em que John teve uma crise devido a uma pedra nos rins, imagina, que azar... A filha do meio dos Clays ficou noiva do namorado de longa data. Os Floyds foram obrigados a sacrificar o cachorro Sassafrás.*

– Ah, e adivinha quem encontrei no mercado hoje mais cedo e talvez apareça pro jantar?

Mentalmente assimilei sua pergunta final enquanto dava uma olhada na sala de jantar e via que a mesa estava posta para quatro pessoas.

– Ah, não, mãe. Quem você convidou para o jantar? – perguntei, minha mente percorrendo todas as possibilidades de pessoas que eu *não* queria ver.

– Ah, ele não deu *certeza* que vinha, mas...

– *Quem*, mãe?

– O Teddy – disse ela, dando de ombros.

– Teddy? Meu *ex-namorado*? – perguntei, sabendo que não havia outro em nossas relações.

– Sim! Ele *mesmo*.

Olhei para ela, fazendo o possível para não deixar transparecer minha irritação. Não queria estragar a alegria que minha visita intempestiva havia gerado.

– Mas por que exatamente você convidou o Teddy?

– Já disse. Trombei com ele no Food City.

– E? Naturalmente seguiu-se um convite pra jantar?

– Mais ou menos – disse ela, nem um pouco intimidada, o que era ainda mais ridículo, porque no mínimo poderia ter *fingido* que estava.

– Pode me explicar por quê? – perguntei, olhando discretamente para o meu pai.

– Claro. Então, eu o vi na seção de legumes congelados e comentei que você estava vindo nos visitar. Daí ele falou que não te via há anos. Falei que ele podia passar e dizer um oi se estivesse livre. E ele disse que estava, que talvez aceitasse o convite.

Apontando para a mesa posta, falei:

– Isso não me parece um *talvez*. Parece um *com certeza*.

– Bem, espero que sim, Nina. Pelo bem dele. Ele é tão sozinho.

– Ele lhe disse isso?

Claro que *não*, pensei comigo mesma. Nenhum homem adulto confessaria esse tipo de coisa para a mãe de uma ex-namorada no corredor de um mercado, a menos que fosse um sujeito patético, o que Teddy nunca tinha sido.

– Bem... não *exatamente*. Mas a gente percebe essas coisas – disse mamãe, depois foi dando os detalhes, dizendo que tinha ouvido falar que Kara, a ex-mulher dele, havia casado outra vez e mudado para Charlotte com o novo marido. – Parece que ele tem um emprego muito bom. Teddy está com o coração partido. Morre de saudade dos filhos.

Eu realmente tinha ouvido falar disso através de Julie, que havia representado Teddy num minucioso acordo de divórcio que incluía um flexível acordo de guarda compartilhada e uma divisão dos bens (ou, conforme o caso, das dívidas). Também já tinha ouvido falar que Kara era tão cristã quanto Teddy, e talvez por isso tivesse ficado surpresa com a separação deles, mesmo sabendo, claro, que casais religiosos também se divorciavam. Eu não havia pressionado Julie para saber de mais detalhes, ciente do respeito que ela tinha pela confidencialidade dos clientes. Ou pelo menos foi essa a desculpa que dei a mim mesma para não ser obrigada a pensar em outras razões que podiam fazer com que o assunto Teddy me deixasse desconfortável.

– Com que frequência ele vê os filhos? – perguntei, aliviada por Finch ter a idade que tinha.

Pensando bem, talvez as coisas tivessem sido diferentes para ele se eu tivesse resolvido me separar de Kirk mais cedo.

– Raramente. A viagem é muito longa. Isso é muito triste.

Resmunguei uma bobagem qualquer e segui ouvindo enquanto mamãe acrescentava outros detalhes sobre o atual marido da ex-mulher de Teddy. Depois de um demorado suspiro, ela disse:

– Seja como for, não tem nada mais triste que o carrinho de supermercado de um homem solteiro.

Mais uma vez troquei olhares com papai, ambos rindo por dentro.

– Nada mesmo, Judy? Sério? Nem a guerra? Nem o câncer? Nem a morte?

– Você entendeu o que eu quis dizer – rebateu mamãe. – Aquelas tristes refeições congeladas e aquele *pack* de seis Coronas... Eu *tinha* de convidá-lo.

Ouvindo isso, resolvi deixá-la em paz, pois realmente admirava a compaixão que mamãe tinha pelos desvalidos, que tanto podiam ser os cachorros acorrentados em comerciais da Sociedade Protetora dos Animais quanto os solteirões que encontrava nos supermercados. Ela era proativa em sua compaixão. Era dedicada, embora uma dedicada *intrometida*. Sabia que aquele era só mais um exemplo dessa qualidade, e que não estava tentando me colocar numa situação constrangedora. Eu me convenci de que não era tão estranho assim. Teddy e eu não havíamos *acabado* de terminar nem tínhamos algum tipo de sentimento um pelo outro. Pelo menos eu não tinha. E supus que Teddy também não, caso contrário provavelmente teria *recusado* o convite.

– Ele vai ficar bem – falei. – Os homens nunca demoram a se casar de novo.

– Eu sei. Logo, logo, alguém vai conquistá-lo – continuou ela. – Ele é muito bonito.

– Talvez ele até já tenha sido conquistado – sugeri, achando que um jantar em nossa casa não queria dizer que não estivesse em um relacionamento.

Afinal, eu era *casada*, e isso não impediu mamãe.

– Não – assegurou mamãe. – Tenho certeza que está solteiro. *Ei!* Tive uma ideia! Quem sabe você não apresenta o Teddy a uma de suas amigas divorciadas e ricas lá de Nashville?

Havia várias coisas inadequadas naquela sugestão (mesmo assim, era uma surpresa que ela tivesse demorado mais de dez minutos para falar de *dinheiro*).

– Hum, pai. O senhor pode me ajudar aqui?

– Judy – disse ele, rindo e balançando a cabeça. – É meio estranho, você não acha? Fazer Nina de cupido pro *Teddy*?

– O que há de estranho nisso? – retrucou mamãe.

Às vezes eu não sabia se ela estava se fazendo de boba ou se *realmente* era. Agora era uma dessas vezes.

– Bem... *porque*... é como se eu tentasse arrumar um namorado pra Patty – disse ele, referindo-se a sua namoradinha de faculdade, cujo nome volta e meia era mencionado.

Não por papai, mas por mamãe, que mesmo depois de tantos anos ainda sentia ciúmes. Não importava que tivesse sido *ela* quem roubou papai de Patty. Como também não importava que papai não tivesse nenhum contato com Patty (ao contrário de *mamãe*, que virou amiga dela no Facebook). Não fazia sentido, e papai se divertia muito com a história. Assim como eu.

– Não é a mesma coisa de forma *alguma* – protestou ela.

– Ah, não? – disse papai. – Por que não?

– Isso, mãe. Por que não? – acrescentei.

– Porque – disse mamãe, tentando disfarçar um sorriso maldoso – Patty é uma bruxa.

Papai balançou a cabeça ao passo que eu caí na gargalhada.

– Ah, não, mãe... Uma *bruxa*? A senhora é *terrível*!

– É verdade. Ela *é* uma bruxa, e vocês dois sabem disso.

Com o entusiasmo de uma apresentadora de televisão, falei:

– Então pode colocar mais um lugar naquela mesa! Sabe por quê? Eu *convidei* aquela *bruxa* pra *jantar*!

– Mas por que você faria uma coisa dessas? – disse mamãe, ajudando-me a prolongar a piada.

– Porque fiquei com pena de tanta bruxice. O carrinho dela estava tão triste. Só tinha bolo pronto e suco de pêssego!

Papai começou a rir e mamãe fingiu ficar brava, tudo parte de seu teatrinho anti-Patty.

– Mas, então... – falei, olhando para o relógio do micro-ondas. – A que horas Teddy "talvez" chegue?

– Às seis – respondeu mamãe, orgulhosamente. – Portanto, a qualquer minuto!

– Argh... – resmunguei. – Volto já.

Busquei a bolsa que tinha deixado no corredor dos fundos, depois entrei no lavabo para pentear os cabelos e retocar a maquiagem. Não que quisesse ficar apresentável para *Teddy* especificamente. Faria a mesma coisa para *qualquer* convidado, sobretudo alguém que não via há muitos anos. Uma questão de vaidade, só isso.

A campainha tocou assim que voltei à cozinha.

– Você devia atender – sugeriu mamãe.

– Por que *eu* devia atender? Foi você que o convidou.

– Nina – disse ela, num tom de advertência. – Por favor.

Suspirei, depois fui para a porta, tentando me lembrar da última vez que tinha visto Teddy e já pensando no tópico da nossa primeira conversa. Algo para quebrar o gelo, por assim dizer. Forcei um sorriso e abri a porta de tela.

– Oi, Teddy.

À minha frente estava um homem de meia-idade, quase um desconhecido, que, exceto pelos olhos muito azuis, pouca semelhança tinha com o rapaz que eu havia namorado um dia. Não me entenda mal, não tinha uma aparência *ruim*. Ainda estava em boa forma, ou pelo menos não havia engordado muito. Talvez porque fosse muito alto e tivesse a vida ativa como policial. Já tinha mais entradas nos cabelos do que eu esperava, mas, com os traços fortes do rosto, isso não chegava a ser um problema. Talvez até estivesse um pouco melhor *agora*, tendo finalmente abandonado o jeitão tímido de garoto.

– Oi, Nina – disse, visivelmente apreensivo. – Sinto muito por isso. Sua mãe não aceitaria um não como resposta.

Dei uma risada e, revirando os olhos, falei:

– Acredite, eu *sei*. – Então, receando ter sido indelicada na minha observação, dei um passo adiante e o cumprimentei com um abraço rápido. – É muito bom ver você.

– Igualmente – disse Teddy com um sorriso largo que o deixou bem mais parecido com o adolescente do passado.

Um sorriso doce demais para o meu gosto, pensei. Mais um entre os tantos outros clichês que por muito pouco não faziam dele um escoteiro. Hábitos que ele *realmente* tinha. Como, por exemplo, sempre que encontrava uma aranha em casa, ele a recolhia num recipiente para depois soltá-la no quintal. Ou limpava a neve em torno da casa de uma vizinha idosa sem cobrar por isso, e nem mesmo levar o crédito pelo trabalho. E jamais falava palavrões, substituindo-os por expressões ridículas como *carambolas* e *catar coquinho*. Orava antes de todas as refeições, inclusive o café da manhã, mas sussurrava as palavras discreta e rapidamente para não constranger ninguém. Pensando bem, ele era o oposto de Kathie. Puro de coração sem qualquer exibicionismo.

– Puxa, quanto tempo... – falei, conduzindo-o para a cozinha.

– É verdade – respondeu, trocando entusiasmados cumprimentos com papai, os dois apertando as mãos e se dando tapinhas nas costas.

– Que bom te ver, cara! – exclamou papai, ao passo que mamãe se adiantou e o puxou para um abraço mais adequado a um parente recém-chegado do Afeganistão do que a um ex-namorado da filha.

Estendendo o assunto, falei:

– Acho que a última vez foi naquela reunião de dez anos de formatura, não foi?

Eu lembrei que havia perdido a de vinte por causa da a viagem de aniversário de 40 anos de Melanie a St. Barths, o que gerou certo atrito com Julie, que havia insistido para que eu tentasse convencer Mel a trocar a data. Essa foi uma das poucas vezes em que discordei de Julie, insistindo com ela que aniversários importantes de amigos próximos eram mais importantes que reuniões de escola.

Teddy balançou a cabeça, dizendo:

– Não. Acho que a gente se viu depois disso num restaurante. No Cootie Brown's, alguns anos atrás. Lembra?

– Tem razão – falei, lembrando o breve encontro que tivemos em uma das churrascarias mais populares de Bristol.

Acho que eu estava na cidade para ver uma apresentação de balé das filhas de Julie. Teddy estava lá com a mulher e os filhos, todos aparentemente felizes. Lembro-me de ter ficado vagamente constrangida por ele. Talvez tivesse algo a ver com o fato de ele ainda morar em Bristol e ainda frequentar o Cootie Brown's. Por alguma razão, abri uma exceção para Julie, porque sabia que sua visão de mundo estava em constante evolução e que nenhuma parte de sua mentalidade passava perto de ser provinciana.

– Isso deve ter sido... o quê? – perguntei, tentando distrair Teddy de mamãe, que não tirava os olhos dele, parecendo fascinada. – Uns quatro ou cinco anos atrás?

– Na verdade, seis – respondeu ele rapidamente, então hesitou e acrescentou: – Foi logo depois do nascimento do primeiro filho do meu irmão.

– E ele, como está?

– Bem. Ótimo. Teve mais uma menina.

– Que bom – falei, enquanto mamãe calçava as luvas térmicas e ia conferir as batatas no forno.

– Vi as fotos dela no Facebook – disse ela, entrando na conversa. – O cabelo bem ruivo! Afinal de contas, de quem foi que ela puxou essa ruivice toda?

– Do papai – respondeu Teddy. – A mãe dele, minha avó, tinha cabelos ruivos.

Mamãe fechou o forno, mas não tirou as luvas. Apontando uma delas para Teddy, disse:

– Quer saber? Aposto que você dois teriam tido filhos ruivos – falou, depois olhou de relance para mim. – Tem do meu lado da família também.

– *Uau*, mãe – respondi entredentes, enquanto as orelhas e as bochechas de Teddy ficavam completamente vermelhas.

Havia me esquecido da facilidade com que ele corava.

– Ué, ele *quase* foi meu genro, não foi? – insistiu ela, tornando as coisas ainda piores.

Papai riu e disse:

– Desculpa, Teddy. Tenho certeza de que você lembra que minha esposa veio sem filtro.

– Lembro, sim. Realmente me lembro disso sobre minha *quase* sogra – respondeu Teddy com uma piscadela.

Uma piadinha inesperada, pelo menos para mim. Mais relaxada, dei uma gargalhada. Teddy também pareceu mais descontraído, e perguntou sobre meu irmão.

– E o Max, o que tem feito?

– Ainda mora em Nova York – respondeu mamãe. – Ainda solteiro.

Teddy assentiu e sorriu.

– Quer beber alguma coisa, Teddy? – ofereci, abrindo a porta da geladeira e encontrando um *pack* de Corona, que mamãe certamente havia comprado depois de espionar o conteúdo do carrinho dele.

Quanta consideração.

– Claro. Se você me acompanhar.

Eu não havia planejado beber, mas ainda assim tirei duas garrafas e deixei sobre a bancada para lavar as mãos na pia e pegar um limão no cesto de frutas, sempre muito bem abastecido. (Mamãe tentava compensar sua falta de jeito na cozinha com uma abundância de produtos frescos.)

Parti o limão em gomos, escolhi os dois melhores e os enfiei pelo gargalo das cervejas. Nessa altura mamãe estava interrogando Teddy sobre os crimes mais recentes da cidade. Entreguei a garrafa de Teddy e ergui a minha, dizendo:

– Saúde.

Ele sorriu, brindou e disse:

– Aos reencontros.

– Aos jantares de domingo! – emendei, então empurramos o limão para dentro da garrafa e demos longos goles.

Mamãe, por sua vez, exalou um suspiro de tristeza e, como se não pudéssemos ouvir, disse a papai:

– Ah, esses *dois*... Sempre foram tão bonitinhos juntos.

～

O jantar seguiu livre de estresse, até mesmo agradável, os assuntos fluindo tranquilamente dos acontecimentos em Bristol para eventos atuais de maior escala, inclusive política, um dos temas prediletos de papai. Todos estávamos calmos e estranhamente neutros, e de repente me dei conta de que não fazia ideia das inclinações políticas de Teddy. O mais provável era que fosse republicano, mas não conseguia me lembrar de uma única conversa que tivesse tido com ele sobre política.

Foi então que, bem no final do jantar, ficamos todos sem assunto, o que criou um silêncio constrangedor e um perigoso vácuo a ser preenchido por mamãe. Como esperado, ela disse:

– Então... como vai o Kirk? Você ainda não contou *nada* sobre ele.

Em princípio tratava-se de uma pergunta legítima, mas a expressão em seus olhos, talvez por conta do vinho, deixava transparecer suas reais intenções.

– Kirk está ótimo – falei. E inadvertidamente: – Acho.

Mamãe percebeu minha hesitação.

– Você *acha*?

– Ele estava no Texas.

– Fazendo o quê?

– Coisas de... trabalho – respondi vagamente, soando entre reservada e boba.

– Hummm... Ele tem viajado muito nos últimos tempos.

Papai fuzilou-a com o olhar, e acho que Teddy percebeu também, porque virou o rosto.

– Pois é. Bem... você tem um bom faro – falei, pegando-a de surpresa.

Meio perplexa, ou confusa, ela perguntou:

– Como assim?

Hesitei, cogitando diferentes maneiras de mudar de assunto, mas então de repente resolvi que estava farta de conversa fiada, de desvios e mentiras de qualquer espécie. Pelo menos naquelas circunstâncias, sentada à mesa de jantar dos meus pais, com um homem gentil que um dia havia me amado, que ainda agradecia a Deus antes de comer. Tirando forças não sei de onde, falei:

– *Quer dizer* que... decidi me separar do Kirk.

CAPÍTULO 20

# LYLA

Pois é, *realmente* aconteceu. Transei com Finch. Para o resto da vida ele seria o segundo da minha lista. O ato em si não havia durado mais que alguns minutos, mas por mim tudo bem. Acho até que preferia assim, uma coisa rápida, pelo menos na nossa primeira vez. Por um lado, não havia absolutamente nenhuma dúvida sobre quão excitado ele estava. Por outro, chegamos depressa a minha parte favorita, que era a gente ali, agarradinho no escuro, com o peito dele arfando contra o meu.

– *Nossa*, foi muito bom – disse Finch afinal, passando os dedos pelos meus cabelos.

– Foi mesmo – murmurei, cada vez mais extasiada.

– Desculpa se fui... rápido demais – falou, o que achei fofo da parte dele.

– Não. Foi *ótimo*. Foi *perfeito*.

– Seu corpo é que é perfeito – disse ele, dando um beijinho na minha testa.

O elogio me deixou toda derretida, mas antes que eu pudesse agradecer, a porta do porão se abriu e uma voz feminina disse:

– Finch?

As luzes se espalharam pelos degraus, iluminando nossos corpos, expondo a nudez da qual eu nem lembrava mais. Nós demos um pulo, depois ficamos paralisados. Finch pôs um dedo nos lábios, sinalizando para que eu não fizesse barulho. Respondi com uma piscadela, rezando para que a porta se fechasse. Após alguns segundos de agonia, as luzes se apagaram novamente.

– Depressa, se vista – sussurrou Finch.

Rapidamente levantamos do sofá e fomos catando nossas roupas. Ele me acertou uma cotovelada de lado, e eu podia sentir certa umidade entre as pernas, mas essa era a menor das minhas preocupações.

– Não estou enxergando! – falei, quando percebi que estava prestes a vestir a camiseta dele em vez da minha.

– Espera aí – disse ele, pegando o celular de algum lugar e usando a claridade da tela para iluminar ao redor do sofá enquanto pegávamos nossas coisas, e em vinte segundos estávamos vestidos outra vez.

– Você não disse que sua mãe estava em Bristol? – perguntei, grata por Finch ter sido rápido o bastante.

– E está, Lyla. Só que não era a minha mãe.

– *Não*?

– Não.

– Quem era, então? – perguntei, embora de repente eu soubesse, identificando aquela voz.

– A Polly – disse ele, percorrendo então suas mensagens no telefone.

– Ela ainda está aqui?

– Como é que eu vou saber? – disse ele, quase ríspido.

Fiquei sem saber se estava bravo com minha pergunta idiota ou apenas irritado com Polly e a situação, mas pedi desculpas, só por garantia.

– A culpa não é *sua*. É *dela*. Ela é uma psicopata vindo pra cá assim. E por que a gente está se escondendo? Esta é *minha* casa! – Então ele se levantou e disse: – Anda, vem comigo.

– Tudo bem – falei, mas só porque parecia a resposta que ele queria ouvir.

Então subimos e segui atrás dele, mas parei antes de virar no corredor, bem a tempo de ouvi-la gritar:

– Ai, meu Deus, Finch! Você quase me *matou* de susto! O que você está fazendo aqui?

– O que *eu* estou fazendo aqui? – gritou ele de volta. – Foi *você* quem invadiu a minha casa!

– Não invadi. A porta estava aberta...

– Mas isso não significa que você pode ir entrando assim.

– Vi o seu carro.

– E daí?

– Achei que pudesse ter acontecido alguma coisa. Você não retornou minhas ligações nem minhas mensagens – disse ela, a voz soando como um gemido de desespero. – Pensei que você pudesse ter sofrido uma intoxicação por monóxido de carbono ou algo assim.

Revirei os olhos, pensando *Aham.*

– Não seja ridícula – disse Finch.

– Por que você não atendeu o telefone nem respondeu minhas mensagens?

– Porque... estava ocupado.

– Ocupado com *o quê?*

– Vendo um filme.

– *Um filme?* – falou, e eu podia ouvir em sua voz a acusação que estava por vir. – Você está sozinho? Ou será que tem mais alguém aí nesse porão? A Lyla está aqui?

Fiquei horrorizada ao ouvir meu nome, mas não pude deixar de sentir uma satisfação, especialmente quando entendi que Polly estava com ciúmes. De *mim.*

Foi então que a situação toda ficou ainda mais surreal, porque Finch disse:

– Ah, sim, claro que está. Ei, Lyla! – chamou. – Sobe aqui um instante! A Polly quer dar um oi.

Essa foi a deixa para que eu evaporasse, mas Polly foi mais rápida, virando-se no corredor e olhando diretamente nos meus olhos. Mais tarde eu lembraria que o primeiro pensamento que tive foi que ela havia feito um péssimo trabalho com a maquiagem, que estava escura demais para o tom de pele, provavelmente uma tentativa de esconder as sardas que, segundo diziam, ela detestava. Mas o segundo pensamento, mais forte que o primeiro, foi *Merda, ela vai chorar.*

E não deu outra, ela irrompeu histericamente em lágrimas e voltou à cozinha, onde ela e Finch começaram a gritar um com o outro.

– Primeiro aquele show, e agora isto? – berrou ela. – Como você pôde fazer isso comigo?

– Não estamos mais juntos, Polly – disse ele, palavras que me encheram de alívio.

Não que eu duvidasse de Finch, mas foi muito bom ouvir aquela confirmação. Eles *realmente* haviam terminado. Eu não havia transado com o namorado de outra menina.

– Quero voltar com você.

– Não.

– Por favor, Finch. Conversa comigo.

– Não. Você precisa ir embora, Polly. Agora.

– Mas eu te amo – disse ela, soluçando. – E sei que você me ama também...

– Não – retrucou Finch, seco. – Não amo, Polly. Agora *saia*.

Nesse momento eu comecei a sentir um pouco de pena dela, o que era horrível, porque minha vontade era só odiá-la. Disse a mim mesma para não ser boba. Para lembrar o que ela tinha feito comigo. Então, como se para refrescar minha memória, ouvi sua voz passar de chorosa a cruel, quando ela berrou:

– *Você não pode estar gostando de verdade dessa putinha patética!*

Como se isso não bastasse, acrescentou diversas observações ao discurso, dizendo entre outras coisas que eu provavelmente lhe passaria alguma doença venérea e que estava tentando dar o golpe da barriga.

Eu me forcei a parar de ouvir e foquei apenas na minha respiração, procurando conter as lágrimas e me convencendo do absurdo daquelas acusações. Eu *nunca* havia tido nenhuma DST, e a última coisa que queria no mundo era engravidar. Eu não gostava de Finch pelo dinheiro que tinha, não queria seu dinheiro *de jeito nenhum*. Ela não podia estar mais equivocada. Ela não sabia *nada* a meu respeito. E eu não tinha nada do que me arrepender.

Então por que, eu me perguntava, eu ainda sentia tanta vergonha muito depois de Finch se livrar dela, pedir um milhão de desculpas e me levar para casa? Será que Polly tinha razão e eu *realmente era* uma putinha patética?

CAPÍTULO 21

# NINA

Após uma arrumação básica na cozinha (mamãe sempre insiste para que deixemos a louça para depois), peço licença e vou conferir meu telefone. Uma mensagem de Kirk, enviada enquanto comíamos, diz apenas: Estou em casa. Finch me disse que vc está em Bristol. Não respondo. Em seguida, abrindo o correio de voz, encontro uma mensagem de Melanie. Num tom frenético e dramático, atropelando as palavras, ela conta que ouviu de Kathie, que ouviu da filha, que ouviu de alguém, que havia acontecido uma espécie de "confronto entre Lyla e Polly" na nossa casa durante a tarde.

– Maravilha – digo em voz alta, pensando no que fazer.

Em vez de ligar de volta para Melanie ou tentar falar com Finch para esclarecer as coisas, percebo que minha única preocupação é com Lyla. Portanto, correndo o risco de passar por linguaruda, mando uma mensagem para Tom: Não sei se você sabe, mas tenho bons motivos para acreditar que nossos filhos têm se encontrado... Acho que foram a um show ontem à noite, e pelo que soube de Melanie (e da boataria geral), Lyla esteve lá em casa hoje. Estou na casa dos meus pais em Bristol, e acho que Kirk estava fora também. Não temos uma regra a respeito de visitas de meninas na nossa ausência (deveríamos ter!), mas também não dei permissão a Finch para convidar Lyla, e algo me diz que você também não deu a Lyla. Também fiquei sabendo que houve uma situação com a Polly, ex-namorada do Finch, que apareceu por lá e deu de cara com Lyla. Não sei dos detalhes, e acho que pode haver muito exagero, mas, diante das circunstâncias, achei que o correto seria colocar você a par de tudo. Volto amanhã para Nashville, mas sinta-se à vontade para me ligar a hora que quiser. Sinto muito. De novo.

Aguardo pela resposta, que por sorte não demora a chegar: Ela não teve minha permissão. Obrigado por me informar. Vou falar com ela e dou notícias.

Chateada, mas ciente de que não há nada mais que eu possa fazer (e que certamente não faz sentido pedir ajuda a Kirk), guardo o celular na bolsa e volto para junto de Teddy e meus pais, que agora estão na varanda dos fundos. Mamãe está servindo os clássicos biscoitos de menta da Pepperidge Farm com taças de *crème de menthe*. Teddy recusa a bebida doce e continua na Corona.

Enquanto me acomodo no único lugar disponível, a seu lado no sofá, tenho a nítida sensação de que estavam falando de mim.

– Perdi muita coisa? – pergunto.

– Nada de importante, filha – diz papai. – Tudo bem em casa?

Todo mundo diz que essa é uma pergunta ridícula, então sorrio e digo:

– O caos de sempre!

– Tem certeza de que não quer falar sobre isso? – pergunta mamãe.

Após soltar a bomba e receber suas condolências, eu dissera que ficaria bem e que o divórcio era a melhor solução. Até mesmo soltei a simplista mas verdadeira afirmação *As coisas são como são*.

– Sim, tenho. Hoje não – digo, louca para mudar de assunto. – Por que não conta uma das suas histórias?

Nunca é preciso pedir duas vezes a minha mãe.

Então ela embarca numa narrativa comprida e tortuosa sobre o dia em que eu e meu irmão tentamos "nos perder" na floresta durante uma viagem de férias de modo que ficássemos como Bobby e Cindy Brady, do seriado *A família Sol-Lá-Si-Dó*. E termina dizendo:

– Isso foi na época em que Nina gostava de acampar. Hoje em dia, a ideia que ela tem de rusticidade é uma noite no Comfort Inn ou no Hilton Garden. – Então cai na gargalhada, depois olha para mim e acrescenta: – Pensando bem, aposto que nem isso você encararia!

– Para com isso, mãe – falo, na defensiva. – Já fiquei um milhão de vezes nesse tipo de hotel.

– Nos últimos anos?

– Claro que *sim*! – respondo, tranquila por estar dizendo a verdade.

Apenas omitindo que só me hospedo em lugares assim quando Finch tem algum jogo de basquete no meio do nada e não há outra opção de hotel. E que costumo levar meus próprios lençóis e travesseiros.

– Tudo bem. Mas deve ter uns vinte anos que você não vai a um *camping* – insiste mamãe, e me dou conta de que não é apenas dos "velhos tempos" que ela tem saudade, mas da "velha filha". – Só gosta de *glamping*! – diz ainda, balançando a cabeça quase em êxtase.

– *Glamping*? – diz Teddy, divertindo-se também. – Tipo... um "camping glamoroso"?

– Bingo! – responde ela, e todos caem na gargalhada, inclusive papai.

– Isso existe mesmo? – pergunta Teddy.

Mamãe responde por mim:

– Sim! Em Montana. Não é, Nina?

– É – resmungo, grata por ela não ter se lembrado de viagens semelhantes que fizemos para Big Sur e Tanzânia.

– Ah, Teddy, você devia ver aquelas "barracas" – diz mamãe, desenhando as aspas com as mãos. – Água encanada, calefação... Até o chão é aquecido! As barracas mais chiques que você já viu na vida!

Não sei se ela está me criticando ou se gabando, mas a expressão em seu rosto é a mesma de quando me pergunta quanto paguei por alguma coisa. *Sei que não é da minha conta*, ela sempre começa. *Mas quanto você gastou nisso?*

– Mãe, vamos mudar de assunto, por favor? – digo, já meio ríspida.

Seu sorriso desaparece rapidamente quando ela se desculpa discretamente com o olhar, ciente de que passou dos limites.

– Não, *eu* é que peço desculpas – digo, arrependida por ter sido tão rígida e ter acabado com um momento descontraído. Realmente preciso relaxar. Afinal, não é segredo nenhum que minha vida mudou e que essa mudança tem muito a ver com dinheiro. – Só fico um pouco constrangida...

– Você não tem nada que ficar constrangida – diz mamãe. – Acho uma *maravilha* que você tenha tido tantas experiências agradáveis.

– Também acho – intervém Teddy.

– Comigo são três – diz papai.

– Pois é. Tive sorte. Pelo menos *até certo ponto* – falei, numa referência a Kirk, e sei que mamãe percebe.

– Ninguém tem a "vida perfeita" – diz.

– É verdade – emenda Teddy. – Tudo tem os seus prós e contras. Pra todo mundo.

Faço que sim com a cabeça.

– Quer dizer... – prossegue ele. – Detesto que meus filhos não estejam mais o tempo todo comigo depois do divórcio. Acho horrível que estejam morando em Charlotte. *Mas...* – Ele faz uma pausa, e me pergunto aonde quer chegar, quais seriam os *prós* numa situação dessas. – Eles agora estão numa escola particular elegante, recebendo uma boa educação. Uma oportunidade que não teriam por aqui. Não que eu esteja depreciando a Vance e a Tennessee – explica, referindo-se às escolas de ensino fundamental e ensino médio que tínhamos frequentado e onde as filhas de Julie estudam. – Mas a Charlotte Country Day é muito melhor. Eu jamais teria condições de bancar uma escola dessas. Mas o padrasto tem. E faz questão de pagar. Esse é o lado bom, acho. Sempre tem um lado bom se a gente se dá ao trabalho de procurar.

– Espero que sim – digo.

De repente mamãe anuncia que já passou da hora de ela e papai irem dormir.

– Mas vocês, crianças, podem botar o papo em dia... – acrescenta.

Teddy dá a impressão de que também vai se despedir, então logo intervenho:

– Mais uma cervejinha?

Não tenho certeza de que realmente quero que ele fique ou se só tenho vontade de evitar uma conversa sobre divórcio com mamãe, mas fico contente quando ele diz:

– Pode ser. Mais uma.

Enquanto ele e meus pais trocam abraços de despedida, vou à geladeira e pego uma Corona. Ainda estou cortando o limão quando meus pais surgem às minhas costas.

– Você está bem, meu amor? – diz mamãe, iniciando um abraço.

– Estou sim, juro. Amanhã de manhã a gente conversa melhor.

– Ok. Mas me chame se não conseguir dormir – sugere, do jeito que fazia na minha infância. – Aliás, você vai dormir aqui ou na casa da Julie?

– Aqui. Só tenho que pegar minhas coisas no carro.

241

– Deixa que eu pego – intervém papai.
– Obrigada – digo, sentindo uma onda de amor por papai. Pelos *dois*.
– Precisa de mais alguma coisa? – pergunta ela.
– Não, obrigada... Só estou muito feliz por estar aqui.
– Nós também, filha – diz papai.

Aceno com a cabeça, pegando a cerveja de Teddy e me dirigindo à varanda. Posso sentir mamãe me observando.

– Divirta-se – diz ela, talvez um pouco aflita demais – A gente *nunca* sabe o que pode...

– Nem precisa dizer, mãe – interrompo-a, olhando para trás.

Com um sorrisinho bobo, ainda assim ela completa:

– Mas até que *podia* acontecer... Você e o Teddy, depois desses anos todos.

~

– Eu nem me lembrava mais de como seus pais são incríveis – diz Teddy enquanto me senta à sua frente.

– É verdade. Mas mamãe é meio maluquinha.

Por maior que seja a antipatia de uma pessoa pelo genro, e desconfio que seja esse o caso da minha mãe, pessoas normais simplesmente não dizem coisas assim na mesma noite em que a filha conta que vai se separar. Por outro lado, mamãe claramente não é uma pessoa normal. Para o bem e para o mal.

– Ela me mata de rir – diz Teddy, rindo consigo mesmo. – Sempre me matou. Sem filtro. E eu adoro quando ela te manda a real.

– Adora, é? – digo, rindo também. – Posso saber por quê?

– Sei lá. Ela te coloca no lugar.

– Sim, mas também tem muito exagero nas coisas que ela fala.

– Será? – Ele ergueu as sobrancelhas e tomou um gole. – Então você nunca foi ao *glamping*? – pergunta, parecendo segurar o riso.

– Ah, para – peço, percebendo que ele provavelmente é mais inteligente do que eu imaginava.

– Estou brincando, você sabe – diz ele.

– Eu sei. Mas você acha que sou uma esnobe.

– *Acho?* – Teddy sorri. – Acho, não. Tenho *certeza*!

– Ah, *Teddyyyyy*... – digo, quase uivando, mais ou menos como nos tempos de escola.

– Vamos colocar desta forma – acrescenta ele, enquanto prendo a respiração. – Você definitivamente gosta das coisas boas da vida – fala com cuidado, escolhendo as palavras com diplomacia, mas mesmo assim percebo um eufemismo para "materialista", e devo parecer envergonhada, porque ele acrescenta: – Não me entenda mal. Eu teria um Aston Martin se pudesse.

Sorrio, aliviada com a confissão.

– Além do mais, Nina... sei que você é uma boa pessoa.

Não sei se essa afirmação é verdadeira, mas acredito que *Teddy* acha que é, e ouvir isso deixa meu coração um pouco mais leve. Mais importante ainda, me dá esperança em relação ao filho que criei.

– Obrigada, Teddy.

Ele assente e me encara por alguns segundos. Depois diz:

– Sinto muito pelo seu casamento... Divórcio é difícil... É uma espécie de morte... ou uma casa queimando até desabar.

Abro um sorriso triste, pensando nas analogias.

– É. Ainda não assimilei tudo direito, mas sei que vai ser difícil.

– Posso ser sincero? Provavelmente as coisas só vão piorar até começarem a melhorar... Pelo menos foi assim comigo. Mas ajuda saber que estamos fazendo a coisa certa.

– É isso mesmo. Quer dizer... é complicado, mas ao mesmo tempo *não* é.

– Eu sei. As pessoas tentam reduzir o divórcio a uma coisa só. A uma única explicação. "Ele traiu." "Ela é alcoólatra." "Ele é viciado em jogo." "Ela gasta demais." Geralmente não é tão simples. Mas ainda assim você sabe que está fazendo a coisa certa.

Não consigo perceber se ele está tentando saber o que aconteceu ou apenas pensando alto.

– É. Nossos problemas foram aparecendo aos poucos e se acumulando. Provavelmente não existe uma única explicação. Mas, se eu tivesse que inventar uma, diria que já não compartilhamos dos mesmos valores. Talvez nunca tenhamos...

– Entendi – diz Teddy, assentindo. – Mas você vai acabar entendendo as coisas. É a garota mais inteligente que já conheci.

– Ah, para com isso. Nós dois sabemos que ninguém é mais inteligente que a Julie – digo, ainda me sentindo lisonjeada.

E percebo o quanto anseio por elogios que não tenham a ver com aparência, que é tudo que recebo de Kirk.

– Julie está quase lá – rebate Teddy. – Mas se casou com um cara que veste um uniforme todo dia e ficou em Bristol. Então não pode ser *tão* inteligente assim.

Ele ri e dá um gole na cerveja. Não sei se está se autodepreciando ou revelando as próprias inseguranças.

– O que *exatamente* você quer dizer com isso? – pergunto.

– Estou brincando – diz ele, e dá mais um gole.

– Tudo bem, você tem razão. Julie se casou com um bombeiro e ficou em Bristol. Eu me casei com um cara rico e moro em Belle Meade. Mas *quem* é mais feliz?

Teddy dá de ombros como se o páreo fosse duro.

– "'Eu não', diz a galinha vermelha da fábula" – respondo, usando uma das expressões prediletas da minha mãe.

Teddy franze a testa, perdido nos próprios pensamentos.

– Está pensando no quê? – pergunto.

– Quer mesmo saber?

– Claro.

Ele baixa os olhos.

– Estava pensando sobre como você terminou comigo.

– Eu não *terminei* com você – digo, sabendo que foi *exatamente* o que fiz. – A gente apenas... terminou.

Ele me olha nos olhos e, sem se dar ao trabalho de questionar uma verdade básica, diz:

– Em algum nível, você achou que eu não estava à sua altura. Você queria *mais*. Pode falar. Não vou me ofender.

– Não é verdade – respondo rápida e enfaticamente.

– Então por quê? Por causa do Kirk? Você já o conhecia?

– Não, juro. Não foi isso.

– Foi o que então? Não que isso faça diferença agora...

Com um embrulho no estômago, não consigo encontrar outra coisa a dizer que não seja a verdade. Jamais poderia ter imaginado que, vinte e tantos anos depois, eu estaria sentada na varanda da casa dos meus pais contando a Teddy que havia sido estuprada. Pois é justamente o que faço. Relato tudo, como uma jornalista, tentando terminar a história sem desabar.

– Entendeu agora? – digo. – Não era *você* que eu achava que não estava à minha altura – concluo, sentindo-me de novo com 18 anos, a idade de Finch. Uma garota de 18 anos com o coração partido. – Eu achava que era *eu* que não estava à *sua*.

– Meu *Deus*, Nina – sussurra Teddy, os olhos se enchendo de lágrimas. – Eu nem fazia ideia.

– Sim. Esse era o problema. Eu não queria que você soubesse.

– Você devia ter me contado. Eu teria te ajudado.

– Eu sei – falei.

Minha vontade era voltar no tempo para mudar as coisas. *Muitas* coisas.

CAPÍTULO 22

# LYLA

Ontem à noite esqueci de fechar as cortinas do quarto antes de me deitar, e a primeira coisa que vejo ao acordar é papai do outro lado da janela, agachado na varanda da frente com uma escova grande na mão, uma mangueira de jardim e um balde. As mangas do moletom estão arregaçadas, e a intensidade das escovadas é a mesma de quando ele está serrando ou lixando alguma coisa na oficina. Sentindo um frio na barriga ao deduzir o que estava acontecendo, levantei da cama, fui para a janela, e só então vi as letras pintadas com spray laranja na varanda. PUT era tudo que restava, mas eu sabia qual letra estava faltando.

Minha vontade é vomitar. Literalmente. Então corro para o banheiro, levanto a tampa do vaso e espero. Nada acontece, a náusea dá lugar ao pânico. Evitando me olhar no espelho, volto para o corredor, sigo para a porta da frente e, ao abri-la, sinto o frio da manhã de primavera.

Ainda de quatro no chão, papai olha para mim de relance e diz:

– Volta pra dentro.

Parece calmo, mas por experiência sei que não estou enganada. Estamos no olho de um terrível furacão.

Digo a mim mesma que tenho de obedecer, mas não consigo. Fico onde estou, olhando. Boa parte da letra T já está apagada, deixando apenas o P e o U. Muita coisa poderia estar passando pela minha cabeça neste momento, mas só consigo me sentir extremamente agradecida porque a tinta é lavável, e não permanente. Um ponto positivo que de alguma forma sei que papai não é capaz de enxergar.

– Já disse pra você *entrar*! – diz, elevando a voz, mas sem erguer os olhos.

Recuo alguns passos casa adentro, depois corro para o quarto e pego o celular. Nenhuma mensagem nova. Nada desde a última vez que olhei no meio da noite. Então ligo para Finch.

– Bom dia – diz ele, com a animação de quem transou na véspera.

– Não, *nada* bom – respondo, novamente observando papai pela janela.

Ele agora está de pé, esguichando a água com a mangueira, a regulagem do bico na pressão máxima. A espuma laranja escorre pela escada até as bordas do gramado.

– O que houve?

– Alguém pichou nossa varanda.

– Hein?

– Tipo um grafite. Alguém vandalizou a nossa casa. Nossa varanda.

– *Meeerda*... O que escreveram?

Demoro um segundo antes de responder.

– *Puta* – digo finalmente, morrendo de vergonha. – Papai está lá fora, limpando. Está *muito* bravo.

– Meu Deus, isso é horrível. Eu sinto muito.

– Você não tem culpa de nada – resmungo, as bochechas pegando fogo. – Aposto que foi a Polly.

– *Claro* que foi... Vocês têm câmera?

– Não – falei, pensando no esquema de segurança dos Brownings e em todas as coisas legais dentro da casa deles que precisam ser protegidas.

– Nem os vizinhos? – insiste ele.

– Com certeza, não – respondo, já começando a me irritar.

Entendo que esteja só querendo ajudar, mas ele deve saber que no meu bairro ninguém tem câmeras de segurança.

– Vou ligar pra Polly – afirma ele. – E arrancar a verdade dela.

– Não – digo, sabendo que não vai adiantar nada, ela simplesmente vai negar, e isso pode até piorar as coisas para mim. – Por favor, não faça isso.

– Tudo bem – concorda ele, ainda furioso.

– Finch? – digo, aflita. – Posso te perguntar uma coisa?

– Claro.

– Por acaso você... *contou* pra alguém? – Minha voz está um pouco trêmula. – Sobre o que a gente *fez*?

– Claro que não!

Acredito nele, mas preciso me tranquilizar.

– Nem pro Beau?

– Pra *ninguém*, Lyla. Não faço o tipo que beija uma garota e sai contando para todo mundo.

– Tudo bem – digo, desejando por um segundo que fosse apenas uma questão de *beijar*.

Polly continuaria achando o que quisesse achar, mas seria mais fácil olhar nos olhos do meu pai. E não posso deixar de pensar como é mais fácil ser menino do que menina. Ninguém vai escrever um xingamento na varanda do Finch, tenho certeza absoluta.

– Você tirou uma foto? – pergunta ele. – Da varanda?

– *Hum*, não. Por que eu faria isso?

– Pra usar como prova. Você tem de mostrar ao Sr. Q.

– Não, Finch. Nem morta vou contar ao Sr. Q. Não quero que isso se espalhe na escola. Já é ruim o bastante que todos fiquem sabendo que estive na sua casa ontem.

– E daí? Você tem todo direito de vir na minha casa se quiser. Somos *amigos*.

Sinto um aperto no coração e deixo escapar:

– Isso é tudo que somos?

Detesto fazer a pergunta, mas não me contenho.

– Você sabe o que quero dizer... a gente é mais do isso, claro. Estou muito a fim de você – responde ele, a voz assumindo um tom suave. – Adorei ontem.

Sorrio, sentindo o calor se espalhar pelo meu corpo e meu arrependimento imediatamente se dissolver.

– Quero fazer de novo – sussurra Finch.

Meio tonta, sussurro de volta:

– Eu também.

Papai não fala comigo a caminho da escola, e não consigo dizer se está bravo ou triste. De qualquer modo, acho muito arriscado puxar conversa, e sigo muda durante todo o aflitivo trajeto. Quando chegamos, em vez de apenas me deixar, ele estaciona numa vaga de visitante, e eu entro em pânico.

– O que você está *fazendo*? – pergunto, embora esteja perfeitamente claro.

– Vou entrar. Pra falar com o Quarterman.

Minha mente acelera para encontrar uma objeção razoável, enquanto pateticamente comento que ele está todo sujo de tinta.

– E daí? – diz ele.

E me lembro do filme *Jackie*. Como Jacqueline Kennedy continuou vestida com seu tailleur rosa todo salpicado de sangue porque queria que todos vissem o que haviam feito com seu marido. Não que esteja comparando o assassinato de um presidente à vandalização da nossa varanda, mas posso ver que, de certa maneira, ele está *gostando* de estar coberto de tinta. Afinal, poderia muito bem ter trocado de roupa antes de sair de casa.

– Pai... me deixa cuidar disso – começo a implorar, mas ele balança a cabeça, deixando claro que não há nada que eu possa dizer para fazê-lo mudar de ideia.

Em seguida pergunta:

– Tem alguma coisa que você queira me contar antes de eu entrar?

Faço que não com a cabeça.

– Então você não sabe quem fez aquilo.

Balanço a cabeça de novo.

– Não sei, pai.

– Não tem uma pista? Uma... *suspeita*?

– Não exatamente.

– Não *exatamente*?

– Quer dizer... pode ter sido qualquer um. Pode ter sido totalmente aleatório.

Minha última frase é ridícula, mas papai assente, talvez porque queira acreditar que pode ser verdade. Que foi um ato aleatório de vandalismo, que ninguém realmente acha que sua filha é uma puta.

– Ok. Então vamos esperar que isso não tenha *nada* a ver com o show de sábado, certo? Nem com a visitinha que você fez ao Finch ontem – diz ele, sarcasticamente.

Ao mesmo tempo chocada e morta de vergonha, olho para o meu pai. Ele balança a cabeça, triste, e desce do carro.

# CAPÍTULO 23

# TOM

Estou longe de estar apresentável, mas de alguma forma consigo manter por alguns minutos a calma no escritório de Quarterman. Até mesmo quando mostro a foto com a palavra PUTA pichada em nossa varanda, falo sem elevar a voz, assim como fiz no carro com Lyla. Por algum motivo, fico aliviado ao ver a revolta do diretor.

– Eu sinto muito, Tom. Isso é terrível. Simplesmente terrível – diz, balançando a cabeça. – Você faz ideia de quem possa ter feito isso?

– Não.

– Lyla sabe de alguma coisa?

– Disse que não.

– E você acredita nela?

Suspiro profundamente e balanço a cabeça.

– Não, na verdade não acredito. Mas ainda não sei se está protegendo alguém ou... se está apenas com medo.

– Das repercussões? – pergunta Quarterman.

– Sim. Essa situação toda... com o Finch... Acho que saiu completamente dos trilhos.

Quarterman franze a testa, olhando para mim.

– Como assim? Aconteceu mais alguma coisa?

– Nem sei nem por onde começar...

– Sinta-se à vontade pra dividir o que quiser – diz ele. – Acredite em mim, Tom. Estou do seu lado. Minha única intenção é ajudar você e Lyla.

Por algum estranho motivo, mesmo sabendo que ele também tem de pensar em seus outros alunos e na reputação da escola, eu *confio* nele. Ou talvez seja apenas uma questão de desespero. Mas começo a falar. Conto a ele sobre a minha reunião com Kirk, a visita de Nina e Finch na manhã de sábado, o pedido de desculpas de Finch enquanto eu e a mãe dele esperávamos na varanda. Conto sobre o show e sobre a visita que Lyla fez aos Brownings ontem, sem minha permissão e sem a presença de adultos. Depois leio a mensagem enviada por Nina sobre Polly.

– Você voltou a falar com ela? Depois desta mensagem?

– Não, ainda não, mas... por mais estranho que pareça, acho que ela é uma aliada. Minha e da Lyla.

– Sim – diz Quarterman, assentindo. – Acho que ela está realmente procurando fazer a coisa certa.

Antes que eu possa dizer qualquer coisa, alguém bate à porta.

– Pois não? – diz Quarterman.

Nós dois olhamos para a porta, esperando, mas ela é apenas entreaberta.

– Pois não? – repete o diretor, impaciente. – Posso ajudar em alguma coisa?

A porta se abre um pouco mais, e ali está Finch.

– Sinto muito, filho – diz Quarterman, sério. – Estamos em uma reunião.

– Desculpa – fala Finch, mas não se move. Abre um pouco mais a porta e joga uma isca: – Mas acabei de ter uma informação sobre... o que aconteceu ontem à noite.

Quarterman fica de pé e sinaliza para que ele entre.

– Nesse caso, venha. Acomode-se.

Faço o possível para manter a calma enquanto Finch se senta na cadeira a meu lado.

– Quem fez aquilo? – pergunto. – Quem pichou nossa varanda?

Finch respira fundo, finalmente demonstrando nervosismo, a menos que seja um ótimo ator.

– Foi a Polly. Ou alguma amiga dela – diz ele, falando rapidamente. – Se não foi ela mesma, ela sabe quem foi. Ela está envolvida, com certeza.

– Filho, isso é uma acusação muito séria – retruca Quarterman. – Por acaso você tem algum tipo de prova?

– Não uma *prova* concreta – responde Finch. – Mas ontem... a Polly chamou a Lyla... daquela palavra.

Com o coração a mil, me forço a dizer:

– De *puta*?

Finch olha para mim e lentamente faz que sim com a cabeça.

– Sim, senhor. Essa foi a palavra que ela usou.

O sangue ferve em minhas veias, e eu me inclino na direção dele, espumando.

– E você não acha que tem alguma responsabilidade nisso?

– Não, senhor – diz ele. – Não fiz nada na sua varanda.

– Bem, mas você não acha que a foto que *você* tirou da minha filha contribuiu para *isso*?

Finch encara meu olhar de fúria com um semblante impassível. Toda a boa vontade gerada por sua visita de sábado se vai pelo ralo, e preciso me conter para não esmurrá-lo.

– Não entendo o que uma coisa possa ter... – começa a dizer.

Quarterman explica por mim:

– O que o Sr. Volpe está querendo dizer é que talvez a *sua* foto, aquela que *você* tirou da Lyla, tenha desencadeado tudo isso.

Finch pisca, depois balança a cabeça com ousadia, e diz:

– Não, senhor. Com todo o respeito, não posso concordar com isso.

Dessa vez chego a *saltar* da cadeira, feliz ao ver o olhar de pânico em seu rosto.

– Sr. Volpe! Espera! Por favor, escuta! – grita Finch, erguendo as mãos. – Eu não tirei aquela foto da Lyla! E não escrevi a legenda, nem mandei a foto pra *ninguém*!

– O quê? – Quarterman e eu gritamos em uníssono.

– Juro! Pergunta pra Lyla. Ela sabe a verdade!

– Bem, ou você mentiu antes, ou está mentindo agora. E aí, o que você tem a dizer? – pergunta Quarterman.

– Eu menti *antes*, senhor. E sinto muito por isso. Mas estou dizendo a verdade *agora*. Não fui eu que tirei aquela foto da Lyla.

– Então quem foi?

– Foi a Polly – diz Finch, e olha para Quarterman, depois para mim. – Eu estava assumindo a culpa por ela... Mas depois do que ela disse pra

Lyla? E depois do que escreveu na sua varanda? Ela não merece minha ajuda.

    Ele balança a cabeça, em seguida me encara de modo tão atrevido que só posso pensar uma de duas coisas: ou Finch é completamente inocente, ou é um total psicopata. Ou saiu à mãe, ou é uma cópia fiel do pai. Não faço ideia do que seja, mas *vou* descobrir.

CAPÍTULO 24

# NINA

Já passa das quatro da manhã quando acordo no quarto da minha infância, ciente de que não vou conseguir voltar a dormir. Estou ansiosa demais, a cabeça a mil com pensamentos sobre o passado, o futuro e o limbo horrível em que me encontro no presente. Até certo ponto me arrependo por ter sido tão franca ontem à noite. Primeiro por contar a todos sobre meus planos de pedir o divórcio, porque, independentemente do que tenha feito, Kirk merece o respeito de saber minha decisão antes dos outros. Também me arrependo de ter contado a Teddy sobre o que aconteceu na faculdade. Dizem que a verdade liberta, mas, na verdade, por que preocupar ou comover as pessoas à toa?

Pior do que lamentar decisões do passado é sofrer com o que está por vir. Temo me encontrar com Kirk e receio confrontar Finch sobre o show e o incidente em nossa casa. Mas sei que tenho de fazer isso, e que não adianta mais protelar. Então levanto, rapidamente arrumo a cama, escovo os dentes e troco de roupa. Jogo o pijama e a nécessaire na bolsa de viagem e desço a escada na ponta dos pés, pensando em deixar um bilhete de despedida debaixo da porta. No entanto, encontro minha mãe sentada à bancada da cozinha jogando paciência no laptop em seu roupão de banho.

– Você está indo embora? – pergunta, erguendo os olhos da tela. – Tão cedo assim?

– Estou. Tenho um monte de coisas pra fazer hoje.
– Não quer nem um cafezinho para o caminho?
– Um café seria ótimo, mãe. Obrigada.

Ela vai para o fogão e põe a água para ferver. Sorrio comigo mesma, percebendo que ela quer dizer café *solúvel*. Ela tira do armário um pote de Folgers, outro de leite em pó e pacotinhos de adoçante Splenda e Equal.

– Pra mim pode ser puro – digo, pensando que posso me desfazer do café assim que dobrar a esquina e comprar outro no Starbucks mais próximo ou mesmo num Chick-fil-A.

Por outro lado, o café solúvel da minha mãe talvez seja *exatamente* o que preciso neste momento.

Ambas nos recostamos na bancada, de frente uma para a outra, esperando a água ferver. Até que mamãe diz:

– Eu sinto muito sobre você e Kirk.
– Eu sei, mãe. Também sinto muito.
– Sei que isso não é da minha conta, e você não precisa responder se não quiser – começa ela, o que é uma espécie de aviso sem precedentes. – Mas... você acha que tem outra pessoa?

Dou de ombros e digo:

– Não sei, mãe. Honestamente. Não tenho certeza. É provável que sim. Mas não é bem por isso que estou me separando. Até podia perdoar um caso, acho, se o problema fosse só esse.

– *Podia*, é?

– É, acho que sim. Mesmo as boas pessoas cometem erros – digo, rezando para que isso também se aplique a Finch. – Mas... receio que Kirk *não* seja uma boa pessoa.

Mamãe assente, e não faz qualquer tentativa de defender o genro. Penso nas recordações de Julie sobre o minigolfe. Então pergunto:

– A senhora gostou dele *algum dia*?

– Claro que sim – responde ela, meio que automaticamente.

– Tem certeza? Pode me dizer a verdade... Por favor.

Mamãe suspira, depois diz:

– Bem, no início eu ficava meio na dúvida. Gostava dele, mas o achava meio esnobe, e que vocês dois não... combinavam. Mas podia ver que você acreditava ter encontrado o homem da sua vida...

– Eu acreditava – confirmo, fazendo que sim com a cabeça, admirada por ela ter percebido tudo claramente, até mesmo antes de mim.

Mas fico triste ao pensar no rumo que as coisas poderiam ter tomado. Como poderíamos ter evoluído juntos se fôssemos por um caminho diferente.

– E eu adorava a forma como ele cuidava de você. Era um cavalheiro. Mas em algum momento isso mudou – diz mamãe. – *Ele* mudou. Ele agora me parece um pouco... *egoísta*.

– Eu sei – respondo, ainda que seja um eufemismo. – Mas quando exatamente a senhora acha que isso aconteceu? Quando vendeu a empresa?

– Acho que sim. Começou a ficar com o nariz em pé. E a não dar valor a você, acho. Há uma certa... falta de respeito que nos incomoda muito, a mim e ao seu pai.

Faço que sim com a cabeça, porque ela tem razão. Sinto um calafrio só de pensar no exemplo que Kirk vem dando para Finch e na minha própria conivência durante todo esse tempo. Digo tudo isso a mamãe, mas, com uma pontinha de otimismo, acrescento:

– Antes tarde do que nunca.

– Com certeza – diz ela, despejando uma generosa colherada de café numa caneca da Universidade do Tennessee, sobrevivente dos anos 1980, e olha para mim, toda esperançosa. – Acho que Teddy concordaria também.

– *Mãe!* – exclamo, brava.

– O que é que tem? – diz ela na maior inocência. – Só estou *comentando*.

~

A uns 15 quilômetros de Nashville, recebo uma ligação de Walter Quarterman.

– Temos um fato novo – diz ele. – Você pode dar uma passadinha aqui?

– Fato novo? Do que se trata exatamente? – pergunto, com um aperto no coração ao pensar que pode ter alguma coisa a ver com o recado deixado por Melanie no meu celular.

– Prefiro dizer pessoalmente.

– Tudo bem – respondo. – Você já falou com Kirk?

– Não. Liguei primeiro pra você.
– Obrigada. Chego o mais rápido possível.

~

Após vinte minutos e algumas infrações de trânsito, estaciono na frente da Windsor e corro para a recepção.
– Tenho uma reunião com o Sr. Quarterman. Ele está me esperando – digo a Sharon.
Ela busca a prancheta para que eu assine o protocolo de entrada, mas anuncio que estou atrasada e avanço direto para o corredor.
Assim que chego à sala de Walter, bato à porta e entro no recinto lotado. Walter está a sua mesa, e a sua frente, num semicírculo de cadeiras, estão Finch, Tom, Polly e os pais de Polly.
Sinto um frio na barriga quando Walter se levanta para me receber, depois sinaliza para que eu ocupe a cadeira vaga ao lado de Finch. Antes de me acomodar, cumprimento Tom, Polly e seus pais com um aceno de cabeça, olhando por último para Finch. Todos parecem relativamente tranquilos, menos Polly.
– Kirk está vindo? – pergunta Walter.
– Não, ele não vem – respondo. – Posso saber o que está acontecendo?
– Claro. Como eu disse ao telefone, Nina, temos um fato novo... e, infelizmente, duas versões muito diferentes da história.
Polly começa a chorar e cobre o rosto com as mãos. O pai a abraça pelos ombros, tenta acalmá-la.
– Será que podemos, por favor, ir direto ao assunto? – peço.
– Claro que podemos – diz Tom, frio, lívido. – Alguém pichou a palavra *puta* na varanda da minha casa.
– Meu Deus... Eu sinto muito.
Ele não dá muita atenção, e apenas diz:
– Finch diz que foi *Polly*.
De rabo de olho, vejo Finch confirmando com a cabeça, enquanto Polly protesta, choramingando.
– Não fui eu! Eu juro!
Novamente o pai tenta acalmá-la, e Tom prossegue:

– Não sei se Polly é ou não a autora da obra de arte. Mas uma coisa é certa: ontem ela chamou Lyla de puta. Na *sua* casa. Isso ela não nega. O que não deixa de ser um absurdo.

– Ela está muito arrependida por ter usado essa palavra – diz o pai. – Mas não tem *nada* a ver como o que foi feito na sua varanda. Ela ficou em casa a noite inteira. Conosco.

Walter tenta dizer alguma coisa, mas Tom o interrompe:

– E Finch agora *também* diz que não foi ele quem tirou aquela maldita foto de Lyla. Que na verdade foi a *Polly* e que ele vinha assumindo a culpa por ela.

– Não é verdade! – grita Polly, o rosto ensopado de lágrimas, o nariz escorrendo. – Isso é uma mentira descarada!

– A única pessoa mentindo aqui é você – afirma Finch, com toda a calma do mundo.

Walter suspira e diz:

– Bem, espero que a audiência de amanhã traga alguma clareza a essa história.

– Clareza? – berra Tom. – A única coisa que está clara é que minha filha está sendo agredida, jogada de um lado para outro, e alguém aqui está mentindo! Talvez *os dois* estejam. Talvez tudo isso seja um elaborado plano para garantir que ninguém seja responsabilizado.

– Sr. Volpe – diz o pai de Polly –, posso garantir que não é esse o caso. Minha filha confessou ter ofendido a sua com aquele nome horrível, mas...

– Mas *o quê*? – interrompe Tom. – Mas "não é grave o suficiente"?

– Tom, por favor – diz Walter. – Sei que é difícil, mas procure se acalmar. *Por favor*.

– Você *nem pense* em me pedir calma! Isto é um circo! Um circo completo! – Tom se levanta de repente, quase derrubando a cadeira, depois vai para a porta da sala e berra: – Chamem minha filha aqui! *Agora!*

Completamente aturdido, Walter pega o telefone, digita um ramal qualquer e diz:

– Por gentileza, peça a Lyla Volpe que se dirija à recepção... Sim, agora mesmo, por favor.

Nesse mesmo instante, Tom sai da sala e bate a porta às suas costas.

Eu dou um pulo e meu coração dispara enquanto olho para Finch. Ele me olha de volta, com a mão no peito, e sussurra:
— Eu juro, mãe. Não fui eu.

CAPÍTULO 25

# TOM

Não sei dizer se esperei três segundos ou três minutos, mas, como Lyla ainda não deu nenhum sinal de vida, começo a esmurrar o balcão, berrando para a recepcionista arrogante e exigindo a presença *imediata* da minha filha. Num impulso, volto para o corredor e sigo correndo vagamente na direção das salas de aula do ensino médio.

A recepcionista fica de pé, em pânico, como se eu fosse um invasor armado.

– Sr. Volpe, o senhor não pode entrar aí!

Sua voz vacila enquanto ela acrescenta que vai apertar o botão para chamar a polícia caso eu dê mais um passo. Então paro, dou meia-volta e vou até ela.

– Não precisa fingir que não sabe o que está acontecendo aqui! Porque posso apostar que você está por dentro de *tudo* que acontece aqui!

Esmurro o balcão mais uma vez, bem quando Lyla surge e se apressa em minha direção, nitidamente envergonhada.

– Pai! *O que* você está fazendo? – diz ela sob o olhar curioso da recepcionista.

– Vem comigo. Vamos embora. *Já.*

– Não posso sair, pai! – diz Lyla, olhando à sua volta, exasperada. – Estou no meio de um teste de ciências! E minhas coisas estão lá na sala!

– Agora! – berro.

Ela ainda diz alguma coisa em protesto, mas me viro e saio pela porta da frente. Prefiro nem pensar no que vou fazer se ela não vier atrás de mim, mas tenho certeza de que envolveria o botão do pânico daquela mulher. Por sorte não precisamos descobrir, porque segundos depois ouço os passos de Lyla na calçada às minhas costas.

Simplesmente aperto o passo e entro no carro. Quando Lyla senta do meu lado, está totalmente descontrolada, chorando tanto que começa a hiperventilar. Minha vontade é tomá-la nos braços e acalmá-la. Mas a raiva e a vontade de dar o fora de Belle Meade superam qualquer sentimento de compaixão.

Então saio para a rua, passando por uma infinidade de desgraçados em Range Rovers, BMWs e Mercedes. Onde é que eu estava com a cabeça quando resolvi mandar minha filha para estudar neste lugar e conviver diariamente com esses filhos da puta desalmados, mentirosos e adoradores de dinheiro? Por que não aprendi a lição nos meus tempos de funcionário do *country club* de Belle Meade, quando transei com Delaney e percebi que ela estava me usando como seu fantoche, de uma forma doentia, para contrariar o papai e as amiguinhas da alta sociedade? Pois Lyla também se tornou um fantoche, e não posso mais permitir isso. A partir de hoje ela não estuda mais nessa escola maldita. Não há educação que valha tudo isso. Quer dizer, qual é o fim dessa história toda? Uma educação elitista leva a pessoa exatamente aonde? A um círculo de amigos endinheirados e a um marido babaca como Kirk Browning? Foda-se tudo isso. Prefiro que Lyla cresça e viva com o dinheiro certinho para pagar as contas, como eu, a vê-la se transformar numa dessas pessoas. Prefiro vê-la solitária e *sozinha* do que vê-la solitária *com elas*.

*Nós contra eles.*

Minha cabeça lateja. A entrada para a 440 está congestionada, então sigo pelas ruas secundárias, parando de sinal em sinal. Lyla ainda está chorando. De vez em quando penso em Quarterman e Nina, e sei que estou exagerando. Por outro lado, eles se adaptam ao todo, fazem o mesmo jogo. Quarterman jamais seria diretor de uma escola como a Windsor se não pensasse da mesma forma que aquela gente, certo? E eu realmente gosto de Nina, não posso evitar, mas o filho dela é perigoso. Talvez até não tenha tirado aquela foto nem pichado minha varanda, mas em algum momento mentiu, à custa de minha filha.

– Pai, *cuidado*! – grita Lyla, quando eu quase bato na traseira de um Lexus preto.

Freio bem a tempo, o coração disparado, as mãos suadas ao volante.

– Desculpa, filha – respondo, e digo a mim mesmo para me controlar.

Preciso de ajuda. Então penso em Bonnie e dobro à esquerda quando deveria ter dobrado à direita. Lyla interrompe o choro para perguntar:

– Aonde você está indo?

– Ver uma amiga.

– Que *amiga*?

A pergunta diz tudo. Ela acha que não tenho amigos.

Não respondo, sigo adiante, costurando o trânsito do centro histórico de Belmont até chegar à exótica casa de Bonnie. Seu carro, uma perua Volvo já velha e coberta de adesivos, está parado diante da propriedade, quase numa diagonal em relação ao meio-fio. Se fosse outro dia, seu esforço para estacionar teria me feito rir.

– Pai, quem mora aí? – pergunta Lyla.

Ela ainda está perturbada, mas a curiosidade suavizou a histeria.

– Uma amiga, já disse – respondo, estacionando atrás do Volvo. – O nome dela é Bonnie. De vez em quando converso com ela sobre as coisas. Sobre você... Vem, vou te apresentar a ela.

Descemos do carro e seguimos na direção da casa, com Lyla caminhando atrás de mim até a porta da frente.

– Vocês estão... *namorando*? – pergunta, limpando o nariz na manga da camisa.

Nesse mesmo instante, Bonnie surge do outro lado das vidraças da porta, usando um enorme par de óculos e um xale esquisito que mais parece um cobertor. Os cabelos grisalhos estão mais desgrenhados do que o normal. Flagro a decepção estampada no olhar de Lyla.

– E aí, Tommy Boy, como vão as coisas? – diz Bonnie, abrindo a porta.

– Bom dia, Bonnie. Desculpa pela visita-surpresa.

– Uma *boa* surpresa, Tommy. Uma *ótima* surpresa – diz ela, olhando além de mim. – E você deve ser a Lyla, certo?

Sua expressão se torna ainda mais calorosa.

– Sim, senhora – responde Lyla, e abre um sorriso forçado, como fazem os jovens quando são apresentados a alguém mais velho.

– Você nem imagina como é maravilhoso te conhecer. Eu sou Bonnie – diz, e tira uma das mãos das profundezas do xale. Ela aperta a mão de Lyla, depois a puxa para um abraço rápido, acrescentando: – Entra, querida.

Assim que pisamos na casa, somos envolvidos pelo cheiro de algo assando, mas não consigo identificar o aroma exato. Canela, talvez. A esta altura, vejo que Lyla está intrigada, não apenas com o fato de eu ter uma amiga, mas com a amiga *propriamente dita*. Pela primeira vez parece que concordamos com alguma coisa.

Bonnie nos conduz para a varanda dos fundos, banhada pelo sol da manhã e decorada com estofados de cores vivas. Sento na cadeira verde-esmeralda, e Lyla na azul-safira à minha frente.

– Aceitam um chazinho de hortelã? – oferece Bonnie em seu jeito musical de falar, quase irlandês. – É uma delícia.

Fazemos que sim com a cabeça e a observarmos voltar para a cozinha. Ficamos mudos por vários minutos, sentados ali, até que Bonnie volta com uma pequena bandeja de madeira. As três xícaras fumegantes estão sobre pires de conjuntos diferentes, acompanhadas por guardanapos rosa onde se lê Feliz Aniversário. Na bandeja há também uma jarrinha de leite e uma tigela com cubos de açúcar que lembram um jogo de chá de brinquedo que Lyla tinha quando criança. Lyla e eu pegamos nossas xícaras. Bonnie deixa a bandeja no baú de vime que faz as vezes de mesa de centro, depois senta na cadeira vermelha ao lado de Lyla, ambas viradas para o quintal, e aponta para as árvores do outro lado da janela. Estou de costas para as vidraças, mas sei para o que estão olhando.

– Está vendo aquela casinha linda lá no alto? – pergunta a Lyla.

Ela faz que sim com a cabeça, parecendo fascinada.

Bonnie coloca dois cubos de açúcar na xícara e mexe o chá. O som do metal da colher batendo contra a porcelana é hipnótico.

– Sabe quem construiu? – pergunta.

– Meu pai? – arrisca Lyla.

– Sim, *seu* pai – responde Bonnie, sorrindo, e bate a colher na borda da xícara antes de deixá-la de volta na bandeja. – Sou suspeita para falar, mas tenho de dizer... não tem casa da árvore mais bonita do que essa em todo o Tennessee. Talvez *no mundo*!

Lyla sorri também, e meu coração derrete.

– Então me diz... – Bonnie olha para ela, depois franze as sobrancelhas. – Por que você não está na escola?

Lyla coloca a xícara no pires.

– Pergunta pro papai. Foi ele que me tirou do meio de um teste de ciências.

Ela me fuzila com o olhar.

– Isso tem alguma coisa a ver com aquela foto que tiraram de você na festa? – pergunta Bonnie, olhando diretamente para Lyla.

Ponto para ela por ser tão objetiva.

Lyla faz que sim com a cabeça, depois insiste de modo rápido e firme que foi a ex-namorada de Finch quem tirou a foto e que ele é inocente. *Completamente* inocente. Sem entrar nesse mérito, coloco Bonnie a par da história, e conto da visita de Lyla a Finch ontem e da nossa varanda pichada. Lyla afirma que Polly fez isso também, depois conclui com um relatório sobre o episódio da manhã na recepção da escola, chamando-o de "humilhante" e acusando-me de "sempre" tornar as coisas ainda piores do que elas já são.

– Então Finch é inocente, e eu sou o errado na história? – digo, o efeito calmante de Bonnie começando a passar.

– Pai! Eu estava no meio de uma *prova*!

– Você disse que era um teste.

– Grande diferença!

Encarando Lyla com um ar de compaixão, Bonnie diz:

– Tudo bem. Mas, Lyla, me diz uma coisa... Como você preferiria que seu pai tivesse lidado com a situação de hoje?

Lyla suspira, depois dá uma resposta interminável que não deixa nada de fora, desde as minhas roupas sujas de tinta laranja até os berros que dei na recepção.

– Tipo assim... ele não podia ter *telefonado* pro diretor em vez de fazer aquele escândalo? Todo sujo de *tinta*?

Bonnie olha para mim.

– Você entende como ela se sente? – pergunta.

– Acho que sim. E ela está certa, eu não devia ter me descontrolado, mas... *alguma coisa* eu precisava fazer. Eu às vezes fico achando que Lyla se importa com certos detalhes... e *aparências*... mais do que com os problemas em si. Por exemplo, realmente não acho tão importante o fato de as minhas roupas estarem um pouco sujas de tinta.

Bonnie esboça um sorriso, depois volta a atenção para Lyla.

– Você percebe o que ele está tentando dizer?

Lyla dá de ombros, depois responde a mesma coisa que eu:

– Acho que sim.

Bonnie pigarreia e continua:

– E você não acha que ele está tentando fazer o melhor que pode pra te ajudar?

– Sim, mas o problema é que *não está* ajudando. Pelo contrário. Ele nem faz ideia do que é a minha vida... E é a *minha* escola que ele está invadindo. *Meu* mundo.

– Não por muito tempo – resmungo.

Lyla bufa dramaticamente, depois aponta para mim e diz a Bonnie:

– *Viu?* Eu não *disse?* Ele quer que eu saia da escola por causa disso! Fala pra ele que isso é ridículo. E *muuuito* injusto! A Windsor não tem culpa de nada.

– Tudo bem, mas você entende os motivos que seu pai tem pra ficar bravo com a Windsor? Afinal, *alguém* naquela escola tirou aquela foto de você. E *ninguém* foi punido ainda, mesmo depois de tantos dias – diz Bonnie, articulando as razões da minha raiva e frustração tão linda e sucintamente que quero cumprimentá-la com um *high-five* ou um abraço.

– Ok, eu entendo – responde Lyla. – E fico agradecida por ele ser um pai tão bom, e tudo mais. Só que... ele está sempre tão *bravo* com todo mundo. É como se ele achasse que o universo inteiro estivesse contra a gente. E não está. Simplesmente... *não está.*

A verdade de sua afirmação me atinge com força, e as duas ficam olhando enquanto tento recuperar o fôlego.

– Tom? – diz Bonnie, delicadamente.

– Oi – respondo, ainda meio tonto.

– A Lyla tem razão no que acabou de dizer?

Lentamente faço que sim com a cabeça.

– Sim, ela tem.

Sustentando meu olhar, Lyla diz:

– Claro, pai, algumas pessoas de Belle Meade *são* nojentas. Algumas são muito esnobes e nos olham com desprezo. Mas muitas não são nada disso.

Algumas são como *nós*, só que com mais dinheiro... E se o dinheiro e as aparências não devem ter nenhuma importância, isso tem que valer para os dois lados – argumenta ela, parecendo muito séria e encorajada.

Novamente aquiesço e sinto a verdade de suas palavras num nível muito mais profundo do que eu julgava possível.

– Eu só quero que você confie mais em mim – prossegue Lyla. – Posso formar minhas próprias opiniões sobre as pessoas... que podem não ser iguais às suas. Sobre a Grace... sobre o Finch... sobre qualquer um. E, *claro*, vou cometer erros... Mas é hora de confiar em mim. Se eu errar, errei. Mas eu quero... e *preciso*... que você acredite em mim.

Pisco os olhos para afastar as lágrimas.

– Tudo bem – digo. – Vou tentar.

– E você, Lyla, vai tentar também? – pergunta Bonnie. – Ser mais compreensiva com seu pai? Pensar em como deve ser difícil criar uma filha sozinho?

– Sim – responde ela, olhando para Bonnie. Depois olha para mim. – Vou tentar também, pai. Prometo.

Sua resposta me deixa ainda mais à beira das lágrimas, que consigo conter tomando um gole de chá.

– Bem, isso é um ótimo começo – afirma Bonnie.

– É – concordo.

– Também acho – diz Lyla.

– Agora – acrescenta Bonnie, animada –, o que você acha de fazermos um pequeno tour na casa da árvore mais linda do mundo?

CAPÍTULO 26

# NINA

Depois da saída intempestiva de Tom, Walter dispensa Finch do resto das aulas e diz que ele pode voltar apenas para a audiência de amanhã. Não falo com ele até sairmos e lhe digo que vá direto para casa, que o encontrarei lá.

Finch assente e vai para o estacionamento estudantil, enquanto vou direto para o meu carro. Entro, afivelo o cinto de segurança e respiro fundo algumas vezes. Antes de dar partida, reúno forças e ligo para Kirk, ciente de que não posso dirigir e falar ao telefone ao mesmo tempo. Não com ele. Não nessas circunstâncias.

– Oi! – diz ele com o que me parece uma empolgação forçada. – Onde você esteve?

– O Finch não te disse? Fui a Bristol.

– Sim, ele disse. Mas... o que houve?

– O que *houve*?

– Quer dizer, o que você foi fazer lá?

O Mercedes de Finch surge no meu espelho retrovisor. Passa por mim, atravessa o portão principal e dobra à direita, na direção de casa.

– Fui ver meus pais – respondo. – E Julie.

– Certo, mas por que não ligou pra mim?

– Porque estava muito... ocupada. Precisava sair de Nashville. Kirk... a gente precisa conversar.

– Tudo bem – diz ele. – Que tal jantarmos fora hoje à noite? Só nós dois.

– Não. Agora. Na verdade, preciso que você vá pra casa imediatamente. Finch e eu estamos a caminho. Walter acabou de dispensá-lo das aulas de hoje.

– *O quê?* Como assim? O que aconteceu?

Finalmente tenho sua atenção integral, não apenas aquela parte condescendente.

– A gente se vê em casa, Kirk. Por telefone não vai dar.

~

De algum modo Kirk consegue chegar antes de mim, vindo do escritório. *Merda*, penso comigo mesma. Deixo o carro no lugar de sempre e entro correndo antes que eles tenham tempo para combinar o que vão dizer. Óbvio que estão fazendo exatamente isso quando entro no escritório de Kirk. Finch para de falar no meio da frase, e os dois olham para mim.

– Estou interrompendo alguma coisa? – digo, tão enjoada quanto no momento em que li os e-mails que haviam trocado com Bob Tate.

– Não – responde Kirk. – Claro que não. – Vindo ao meu encontro, fala:
– Também estou muito feliz em te ver.

Antes que ele me abrace, recuo um passo.

– Kirk, preciso que você me diga a verdade. Pelo menos *uma vez*.

Ele pisca e dá um risinho abafado.

– Do que você está falando?

– É *você* que tem de me dizer – respondo, e olho para Finch. – Ou o nosso filho pode me dizer.

– Mãe... – protesta Finch. – Eu contei a verdade.

– Não, Finch – digo, quase gritando. – *Não* contou.

Ele olha de relance para o pai. Kirk caminha na direção da lareira, recosta-se no lambri da parede.

– Kirk, não tem nada que você queira me dizer? Talvez alguma coisa sobre aqueles ingressos para o show?

– Querida, *por favor*...

269

Porque, claro, jamais vai confessar. A menos que tenha certeza de que foi descoberto. Talvez nem assim.

– Do que você está falando?

– Estou falando de Bob Tate. E dos *quatro* ingressos para o show de Luke Bryan que supostamente foram pagos pelo Beau.

Kirk e Finch novamente se entreolham, e algo dentro de mim explode.

– Parem de mentir pra mim! Os dois! – grito.

Lutando contra as lágrimas de raiva e de desespero, olho alternadamente para ambos. Apenas um deles demonstra um mínimo de culpa, e não é o homem com quem me casei.

– Desculpa, mãe – diz Finch, correndo a mão pelos cabelos. – Eu só queria...

– O que *você* queria – interrompo. – Está vendo? É sempre assim. Só o que importa é o que *você* e o *seu pai* querem!

Finch emudece um instante, depois morde o lábio.

– Desculpa – repete, dessa vez num sussurro.

Olho para Kirk.

– Como você pôde fazer isso? Com ele. Comigo. Com a nossa família.

– Fazer *o quê*? – ele tem a audácia de perguntar. – Dar permissão a meu filho pra ir a um show com a garota de que ele gosta?

Engoli em seco e balancei a cabeça.

– Não. Como você pôde ensinar a ele a ser esse tipo de pessoa?

– *Mãe...* – suplica Finch num tom de desespero que o faz parecer uns três anos mais novo.

Isso provoca um aperto no meu peito, uma dor quase física. Ergo a sobrancelha, esperando.

– Eu juro pra você, mãe. Juro *por Deus*. Não estou mentindo sobre a foto e Polly. Não tirei aquela foto. Foi *ela*.

– Então me responde uma coisa – digo, encarando meu filho. – Você mentiu na noite da festa, mentiu pro Sr. Quarterman na segunda-feira seguinte e mentiu no dia do show quando disse que Beau conseguiu os ingressos. Mas... agora não está mentindo?

– Isso mesmo, mãe.

– Então... o que mudou? – digo, querendo desesperadamente acreditar nele.

– Bem, é que... tenho pensado muito... E, mãe, durante todo esse tempo... eu só estava tentando fazer a coisa certa – gagueja ele. – Só queria aqueles ingressos porque queria mostrar pra Lyla que eu gosto dela. E o papai sabia disso. Por isso deixou que eu fosse.

De rabo de olho posso ver Kirk assentindo, satisfeito com a sólida argumentação final do filho. Ambos olham para mim, esperando minha resposta.

– Bem... – digo. – Você sabia que seu pai tentou subornar o Sr. Volpe?

– Nina – fala Kirk. – Basta.

Balanço a cabeça.

– Não, Kirk! Ele precisa saber disso – afirmo, olhando de novo para Finch. – Você sabia que seu pai ofereceu *quinze mil dólares* a Tom Volpe pra que ele desse um jeito de acabar com a audiência do Conselho Disciplinar?

Finch hesita, o suficiente para se entregar. Ele já sabia. Participou disso também.

– Deixa pra lá – digo, perplexa com a possibilidade de minha decepção ficar ainda maior. – Aliás, Kirk, falando nisso... Tom devolveu seu dinheiro.

– O cara é um fracassado – responde Kirk entredentes.

– Não, Kirk. Tom Volpe está longe de ser um fracassado. É uma boa pessoa. E um ótimo pai que cria uma garota maravilhosa que, por algum motivo, parece realmente gostar do nosso filho!

– Por *algum* motivo? Uau, Nina. Isso é *muito* legal.

Respiro fundo.

– Será que podemos conversar a sós por alguns minutos? – peço a Kirk.

Ele diz que sim, depois me segue até nosso quarto, surpreendendo-me com a primeira coisa que diz:

– Escuta, Nina. Eu realmente sinto muito...

– Sente pelo que, Kirk? Pelo suborno? Pelas mentiras sobre os ingressos? Ou pela infidelidade?

– Infidelidade?! – rebate ele, com uma cara de espanto e indignação que eu nunca tinha visto. – De onde foi que você tirou isso? O que deu em você ultimamente? Você anda *irreconhecível*! Parece outra pessoa!

– Eu sei. Faz anos que tenho agido assim, como outra pessoa. Desde que deixei que você me transformasse em uma esposa-troféu de Belle Meade.

– Esposa-troféu? – Ele ri com sarcasmo. – Estamos juntos desde a universidade! *Do que* você está falando?

– Você sabe muito bem, Kirk. Sou um acessório. É assim que você me vê. Toda a nossa vida é tão... encenada, falsa. Não aguento mais, cansei.

– Cansou do que exatamente? – grita ele de volta. – Das nossas lindas casas? Das nossas viagens? Do nosso estilo de vida?

– Sim, de tudo isso. Mas principalmente... Cansei de *você*, Kirk. Com suas malditas prioridades. Suas mentiras. Seu ego e suas bobagens. O exemplo que você dá ao nosso filho...

– Nosso filho? Você quer dizer um bom garoto que acaba de ser admitido em Princeton? Esse tipo de exemplo?

– Ah, Deus. Chega dessa história de *bom garoto*. Por favor, Kirk. Bons garotos não conspiram contra a própria mãe. Bons garotos não mentem na cara do diretor da escola.

– Ele fez isso pra proteger a Polly. Um ato de... cavalheirismo.

– Acho que não, Kirk – digo, e minhas dúvidas finalmente se cristalizam. – Não estou afirmando que Finch tenha tirado aquela foto. Mas há mais coisas na história do que ele está contando. Ou pelo menos do que conta pra *mim*... Não posso mais ser conivente com essa dinâmica. Quero o divórcio, Kirk.

Quando Kirk me encara, boquiaberto, percebo que há uma coisa que ele poderia dizer para amolecer meu coração, pelo menos um pouco. Poderia dizer que estou certa ou pelo menos que sente muito. Com *sinceridade*, desta vez.

Em vez disso, com a maior naturalidade do mundo, ele diz:

– Acho que você está cometendo um grande equívoco. Mas se é o que você realmente quer... não vou tentar te impedir.

Balanço a cabeça e sinto as lágrimas começarem a rolar pelo meu rosto.

– Quer saber de uma coisa, Kirk? Teddy... aos *19* anos, protestou muito mais do que isso quando terminei com ele na faculdade.

Kirk revira os olhos.

– Bem, imagino que você ainda o consiga de volta se quiser.

– Pode ser. Porque ele me amava *de verdade*. Mas não quero Teddy de volta. Quero apenas a Nina que *eu era*. E o *meu* filho... Se não for tarde demais.

---

Vinte e cinco minutos depois, estou do outro lado do rio, dirigindo pelas ruas ladeadas de casas no que havia sido o subúrbio da cidade na época dos bondes. Não memorizei o endereço dos Volpes, mas me lembro de como chegar lá – basta descer a Ordway e dobrar à esquerda na Avondale.

Ao chegar, passo pela casa deles e estaciono do outro lado da rua. Quando estou prestes a sair do carro, recebo uma ligação de Melanie. Num ato impensado, atendo.

— Finalmente! — diz ela, parecendo frenética mas aliviada. — Que diabo está acontecendo?

— Do que você está falando? — retruco, me perguntando a que ela está se referindo e o quanto sabe da história.

— Estou falando da Polly! Ouvi dizer que foi ela quem tirou a foto no fim das contas! Depois chamou a Lyla de puta! E pichou a varanda da casa dela!

— Quem foi que te contou isso? — pergunto, mais uma vez impressionada com a rapidez com que as fofocas se espalham.

— O Beau. Ele acabou de me mandar uma mensagem da escola. Falou que vocês tiveram uma reunião com o Walter. E que a Polly também estava presente, junto com os pais. E Tom Volpe. É isso?

— É.

— Beau também contou que o Walter interrogou os alunos hoje, chamando-os um a um. Parece que está *furioso*. Uma completa caça às bruxas. Estou em pânico porque acho até que vai suspender mais gente por ter bebido.

— Pode ser. Ou talvez esteja querendo apenas descobrir a verdade. Porque do jeito que está... um diz uma coisa, outro diz outra...

— Eu sei. Mas está claro que a Polly tinha um motivo. *Ciúme*, puro e simples.

— Não sei, Mel — replico, e corro os olhos pela varanda dos Volpes, a cena do crime. Ou de um dos crimes. A casa fica numa encosta razoavelmente íngreme, com dois lances de escada que levam da rua até a varanda da frente, e um patamar gramado no meio. — Não consigo imaginar a Polly fazendo esse tipo de coisa.

Não há cerca nem qualquer outra coisa que obstrua a visão do terreno. É preciso muito sangue-frio para subir todos os degraus e pichar uma varanda exposta e tão perto da rua.

Melanie suspira, claramente irritada.

— A foto ou a varanda?

— As duas coisas. Eu não estava lá na festa. E não estava em casa ontem à noite — digo. — Estava com meus pais em Bristol.

– Mas o Kirk não estava em casa? Ele saberia dizer se o Finch saiu, não saberia?

– Em *tese*, sim. Mas Finch pode ter saído às escondidas. Ou talvez Kirk tenha feito vista grossa. Ele não anda muito confiável nos últimos tempos.

Depois pergunto se ela sabia que os garotos tinham ido ao show de Luke Bryan com Lyla e sua amiga.

Melanie hesita, depois confessa que sim.

– Desculpa por não ter contado. Mas foi o Kirk que pediu. Porque você não ia deixar... E achei bonitinho da parte dele. Me desculpa.

Quase digo a ela que não consigo acreditar que ela mentiu para mim. No entanto, pensando melhor, consigo, *sim*. E de repente percebo que estou tão cansada dela quanto de Kirk. Julie jamais conspiraria contra mim. Nem em um milhão de anos. E muito menos com o Kirk.

Tom chega de carro com Lyla e estaciona do outro lado da rua.

– Nina – diz Melanie enquanto vejo Tom e Lyla encostarem o carro do outro lado da rua –, você ainda está aí?

– Estou – respondo, observando pai e filha saírem do carro e subirem até a casa sem me notarem.

– Querida, estamos apenas tentando salvar você de si mesma... Por favor, não me entenda mal... – prossegue Melanie, e isso é quase sempre um preâmbulo para um insulto. – Mas você anda tão... *irracional* nesses últimos tempos. Quer dizer... por que Finch picharia a casa da garota quando ele já terá de ir à audiência com o Conselho Disciplinar?

– Não sei. Para incriminar a Polly? – sugiro, mentalmente rezando para que não seja esse o caso.

Melanie continua falando sobre o quanto pareço instável, o quanto está preocupada comigo e que nada é mais importante que "nossos meninos".

Não consigo ouvir nem mais uma palavra. Então digo que preciso desligar. Mas antes, apenas para não deixar dúvida, falo que posso pensar em algumas coisas tão importantes quanto nossos filhos, senão *mais* importantes.

– Como o quê?

– Como a honestidade, a verdade e o *caráter*.

– Ah, meu Deus, Nina. É como se você se achasse melhor do que o resto de nós.

– Melhor do que quem? – pergunto, porque de fato quero saber.

– Seu marido. E todas as suas *amigas*. Pelo menos eu achava que éramos suas amigas.

– Pois é – digo. – Eu também achava.

CAPÍTULO 27

# LYLA

Minutos depois de chegarmos da casa da Bonnie, amiga do papai (que antes eu nem sabia que *existia*), a Sra. Browning aparece à nossa porta. Papai está trancado no quarto, então eu atendo, me sentindo aliviada por ele realmente ter amigos.

– Oi, Lyla – diz ela, parecendo esgotada.

Está usando uma roupa de academia, quase sem nenhuma maquiagem. Os cabelos estão presos num rabo de cavalo bagunçado.

– Oi, Sra. Browning... Quer entrar?

– Sim, por favor. Eu gostaria muito de conversar com você e seu pai – diz, ao mesmo tempo que papai surge atrás de mim no corredor.

Fico esperando outra conversa exasperada, mas aparentemente ele ainda está sob o efeito calmante de Bonnie, porque apenas a cumprimenta e a convida para entrar. Vamos juntos para a sala. Os dois sentam no sofá, e eu na poltrona do papai.

Com os olhos baixos, é a Sra. Browning quem quebra o silêncio:

– Eu lamento muito por tudo isso que está acontecendo.

Ela olha para o papai, depois para mim.

– Está tudo bem – respondo, já esperando que papai me corrija, retrucando que *não* está tudo bem.

Mas ele diz apenas:

– Obrigado, Nina.

– É, obrigada – acrescento.

A Sra. Browning respira fundo, depois diz:

– Lyla... posso te perguntar uma coisa?

– Claro.

– Quem *você* acha que tirou aquela foto sua? O Finch ou a Polly?

Eu hesito, mas não porque tenha alguma dúvida, e sim porque sei que depois eles vão pedir explicações, e não vai ser fácil colocar tudo em palavras.

– Pode falar, Lyla – diz papai. – Quem você acha que foi?

– Acho que foi a Polly – respondo finalmente. – E também acho que foi ela quem escreveu aquilo na varanda... Acho que fez tudo por ciúme. Porque sabia que estava perdendo o Finch. E acabou perdendo mesmo. Pra sempre.

Sinto o rosto queimar ao dizer essa última parte e pensar no que eu e Finch fizemos no porão da casa dele, e que Polly tem bons motivos para ficar com ciúme. Não consigo olhar para o papai, por medo de que possa imaginar essa última parte.

– Mas eles ainda estavam namorando na noite daquela festa, não estavam? – pergunta a Sra. Browning, preocupada e confusa. – Na festa em que a foto foi tirada?

– Tecnicamente, sim – digo, dando de ombros, reconhecendo para mim mesma que a versão de Finch realmente tem alguns furos.

Mas quando me lembro do jeito que ele me olhou na cozinha do Beau, tudo passa a fazer sentido outra vez.

Papai e a Sra. Browning ficam esperando que eu diga mais alguma coisa e se entreolham quando veem que terminei. É quase como se estivessem conversando apenas com o olhar. Não como eu e Finch, mas com a cumplicidade de quem está na mesma canoa furada. Aproveito a oportunidade para me levantar e sair discretamente da sala, sentindo imenso alívio quando vejo que nenhum dos dois tenta me impedir.

Segundos depois, estou sozinha novamente. Fecho a porta do quarto, pego o telefone e sento na cama. Tudo que quero é falar com o Finch. É bem provável que ele tenha boas notícias para me dar, e que esteja prestes a ficar com o nome limpo outra vez. Um passo mais perto de ficarmos juntos, se é que já não estamos.

Mas vejo que ele não ligou nem mandou mensagem. Em vez disso, há uma mensagem da Polly. Meu coração aperta. A última coisa que quero é ler seus desaforos. Mas não se pode simplesmente ignorar a mensagem de uma inimiga. Então abro e leio:

> Cara Lyla, eu queria pedir desculpas por ter chamado você de puta. Foi uma coisa muito feia da minha parte, e eu realmente não penso isso de você. É que fiquei muito chateada e confusa com um monte de coisas. Mas NÃO fui eu que tirei aquela foto. Foram Finch e Beau. E tenho como provar. Também tenho uma coisa muito importante pra te contar. Será que você podia me ligar? Por favor, Lyla. Eu te imploro. Estou desesperada e com muito medo também. Do fundo do meu coração partido, Polly.

A garota é realmente muito esperta, digo a mim mesma quando termino de ler a mensagem. Está tentando se safar e botar a culpa de tudo em Finch. Porque é amarga e ciumenta. É a própria definição de *hater*. Digo a mim mesma para deletar a mensagem e apagar cada palavra da minha memória.

Mas não consigo e não apago. Porque, no fundo, estou morrendo de medo também.

—

A tarde vai se arrastando enquanto leio e releio a mensagem de Polly, cada vez mais me convencendo de que ela está falando a verdade. O que me deixa ainda pior é que Finch não liga nem manda qualquer mensagem. Acabo adormecendo, mas com o volume do telefone ligado por precaução.

Por volta de seis horas, acordo com uma segunda mensagem de Polly. Uma foto. Dou um clique em cima dela e, com um frio na barriga, fico esperando pelo download, de alguma forma sabendo que é algo ruim.

Mas isso se revela muito, *muito* pior do que qualquer outra coisa que eu pudesse ter imaginado. Porque é outra foto minha na cama do Beau. Um close do meu rosto com um pênis semirrígido pousado sobre meu nariz, apontando para a boca, quase tocando meus lábios. De início imagino que possa ser Photoshop; é tão chocante, horrível e *repugnante*. Mas depois, examinando com cuidado, vejo que não. É real. Um pênis de verdade tocando meu rosto. Não posso dizer com certeza a quem pertence, mas acho que reconheço, assim como a mão que o segura.

Meu coração se despedaça enquanto outras fotos entram, seguidas de uma súplica: Por favor, por favor, me liga!

Desta vez, eu ligo.

Polly atende com um simples *oi*, mas é o que basta para que eu perceba que ela estava chorando, talvez por um bom tempo.

– Onde você conseguiu isso? – pergunto, chocada demais para chorar junto. – Foi o Finch que te mandou?

– Não. Fui eu que peguei no telefone dele. Mas eles não sabem disso – diz ela, arrastando um pouquinho a língua.

– *Eles*? – pergunto, mesmo que eu já tenha imaginado quem é seu comparsa.

– Finch e Beau. Encontrei várias fotos deles com meninas. Inclusive comigo.

– *Você*? – pergunto, confusa.

– Sim. E vídeos nossos também – murmura. – Vídeos de sexo que ele me disse que apagou, mas estão todos lá, no celular dele.

– Ai, meu Deus, Polly! – exclamo, completamente surtada. – Você tem que denunciá-lo. Nós duas temos que fazer isso!

– Não. Não posso. Meus pais vão me *matar*.

– Mas não podemos deixá-lo ficar impune! Não podemos!

– Tarde demais.

– Como assim, *tarde demais*? – digo, aos berros. – A audiência do Conselho Disciplinar é amanhã. Não é tarde demais!

– Não vou conseguir. Prefiro me ferrar pelo que estão falando que eu fiz do que enfrentar meus pais sabendo de tudo isso.

– Não! Você não fez nada de errado! Só transou com o seu namorado.

– Você não conhece meus pais – insiste, a voz soando estranhamente distante. – Não consigo lidar mais com isso... não consigo... só quero sumir... *pra sempre*.

– Não, espera! Polly! – grito ao telefone, mas ela já desligou.

Minha cabeça está a mil, imaginando o que fazer, quando ouço papai me chamar para jantar. De repente me vejo querendo a companhia dele, só para não ficar sozinha, e praticamente corro para a mesa.

– *Voilà*. Linguine com mariscos – diz ele assim que me vê. – Vamos fingir que não saiu de uma lata. E que o brócolis não saiu de um pacote!

Consigo forçar um sorriso, mas é claro que ele percebe a encenação.

– As coisas estão tão ruins assim?

– Estão, pai – digo, abalada. – Tipo... muito.

– Fala comigo – pede ele através do vapor que ainda sobe dos pratos de massa.

Eu *quero* contar para ele. De verdade. Eu até respiro fundo e tento falar. Mas não consigo. Não sobre isso. Sinto uma de minhas intensas pontadas de desejo de que a mamãe estivesse por perto. Bem, talvez não a minha *própria* mãe. Mas uma mãe normal.

– Lyla, o que está acontecendo?

Balanço a cabeça, depois digo a verdade. Que eu o amo e que ele é um ótimo pai, mas que não me sinto à vontade para conversar sobre esse tipo de coisa com ele.

– Desculpa, pai.

Fico esperando a bronca ou no mínimo um suspiro de frustração, mas em vez disso ele tira do bolso de trás um post-it e desliza pela mesa até mim.

– Olha.

Olho para baixo e vejo o nome de Nina Browning, seguido de um número de telefone.

– Ela me deu isso hoje para entregar a você.

– Por quê? – pergunto, pegando o papel, surpresa ao constatar que o número de telefone da Sra. Browning é tudo que eu quero neste exato momento.

Papai dá de ombros.

– Acho que ela está preocupada. Ela gosta de você. Falou que você pode ligar quando quiser.

– Nossa. Ela é muito legal.

– É, sim. É muito legal – diz papai, depois pega seu garfo e sugere que a gente coma.

– Pai? Você se incomoda se eu for pro quarto?

Ele fica surpreso, talvez até um pouco decepcionado, mas diz apenas:

– Tudo bem. Vai. Depois você janta.

Um minuto depois, estou de volta ao quarto, ainda segurando o papel. Digito o número dela.

– Sra. Browning? – digo, quando ela atende logo ao primeiro toque.

– Sim. É a Lyla?

– É. Meu pai acabou de me passar seu número... A senhora está ocupada?

– Não. Estou no Bongo, perto da sua casa. Acabei de tomar um café.

Dominada pelo alívio por ela estar tão perto, peço que venha me encontrar. Digo que preciso conversar com alguém sobre Polly. Que é uma situação de emergência. Que estou preocupada que ela possa se machucar.

Sua voz é calma e reconfortante quando me diz que vai desligar e telefonar para os pais da Polly, e que vem me ver em seguida. Cheia de culpa, pergunto:

– Tem certeza? É que já está meio tarde.

– Certeza absoluta, Lyla. Daqui a pouco estou aí.

CAPÍTULO 28

# NINA

Depois de sair da casa de Tom e Lyla, mais cedo, não vou para casa. Não consigo. Em vez disso, dou outra volta de carro. Só que desta vez nem tão a esmo assim. Por mais angustiada que esteja, agora tenho uma vaga noção de onde pretendo chegar, além de uma pontada de esperança. Estou procurando um lugar para morar depois da separação, tentando imaginar o começo de uma vida nova e diferente. Decido que East Nashville pode ser uma opção. Mas não a única, porque também posso voltar para Bristol por um tempo. Ou talvez alugar um apartamento em Princeton ou em qualquer outro lugar onde Finch vá estudar. Mas *se* permanecer em Nashville, quero ficar *deste* lado do rio, longe dos Kirks e Melanies e mais próxima de pessoas como Tom e Lyla. Só tenho certeza de que agora minha única prioridade é Finch, e de que não importa onde eu vá morar, vou fazer tudo que puder para ajudá-lo a se tornar um homem bom. A pessoa que sei que ele pode ser.

Já começa a anoitecer quando me vejo no mesmo café em Five Points onde Tom e eu nos encontramos pela primeira vez. Nossa mesa está ocupada, então me acomodo na vizinha e espalho à minha frente o material das imobiliárias e os jornais que recolhi durante o dia. Depois pego minha caneta na bolsa e vou circulando os imóveis que me interessam enquanto bebo meu *latte* descafeinado. E não me censuro quando começo a sonhar com todas as possibilidades da nova vida que o futuro reserva a mim e ao meu filho.

Então, quando já estou guardando minhas coisas e pensando em voltar para casa, recebo a chamada de um número desconhecido. De início fico achando que pode ser algum dos corretores com quem falei mais cedo, mas é uma voz de menina que diz do outro lado da linha:

– Sra. Browning?

– Sim. É a Lyla?

– É. Meu pai acabou de me passar seu número... A senhora está ocupada?

– Não. Estou no Bongo, perto da sua casa. Acabei de tomar um café.

– Ai, que bom... Será que a senhora pode vir me buscar?

– Agora?

– Se for possível... É que estou muito aflita, mas é uma coisa que não dá pra falar com o papai – balbucia, depois usa a palavra *emergência*.

Ela conta que está preocupada com Polly, quem diria. Que ela pode fazer algo para se machucar.

– Por que você acha isso? – pergunto, a caminho do carro. – O que aconteceu?

– É que ela está muito, muito perturbada com algumas coisas.

Lembro a mim mesma que as adolescentes são propensas ao melodrama, mas depois me vêm à cabeça algumas ligações que recebi no serviço de valorização da vida de Nashville, bem como a aluna da Windsor que tirou a própria vida. Foi justamente esse o motivo da festa de gala a que Kirk e eu fomos na noite da festa de Beau.

– Querida, vou tentar falar com os Smiths – digo. – Depois passo aí pra te ver, ok?

– Tem certeza? É que já está meio tarde.

– Certeza absoluta, Lyla. Daqui a pouco estou aí.

Com o coração acelerado, desligo e faço login no diretório da Windsor para encontrar os telefones de casa e os números de celular dos Smiths. Não espero que me atendam, e eles não atendem mesmo, mas deixo inúmeros recados, pedindo que entrem em contato. Acrescento que é urgente, que é sobre a Polly. Em seguida, dou partida no carro e, pela segunda vez no dia, sigo para a Avondale Drive.

Chego em cinco minutos e vejo Lyla à minha espera na rua, os tênis brancos de cano alto, a calça jeans e a jaqueta prateada reluzindo contra a luz dos meus faróis. Não há como não vê-la, mesmo assim ela acena freneticamente enquanto vem correndo para a minha janela.

– Oi – diz, quase sem fôlego. – Conseguiu falar com os pais da Polly?

– Tentei, mas ninguém atendeu.

– Ela também não está atendendo.

– Ok – digo, procurando manter a calma. – Acho que vou dar uma passada por lá e bater à porta. Só por garantia.

Lyla faz que sim com a cabeça e pergunta se pode ir comigo.

Por motivos que neste momento de adrenalina não consigo identificar, fico aliviada com o pedido. Com sua simples *presença*.

– Tudo bem. Mas tudo bem para o seu pai?

– Sim. Disse que você viria. Mas vou mandar uma mensagem – afirma Lyla, depois contorna o carro e entra.

Um segundo após fechar a porta e afivelar o cinto, ela pega o celular do bolso da jaqueta.

Rapidamente manobro o carro e entro à direita na Ordway, pedindo para Lyla me contar mais um pouco sobre a conversa com Polly.

Sinto hesitação em seu olhar, mas ela diz:

– Polly me falou que tem provas de que não foi ela quem tirou minha foto. E que há outras fotos também. De outras meninas.

– Fotos de que tipo?

– Sabe... constrangedoras... tipo sexuais, que ela não pode mostrar aos pais nem ao Sr. Q.

Quando as coisas começam a se esclarecer tão horrivelmente, aperto as mãos no volante para impedir que elas tremam.

– Lyla... foi o Finch quem tirou essas fotos?

– Foi. Ele e o Beau, parece. Eu não teria acreditado se a Polly não tivesse me mandado uma delas agora há pouco. Outra foto minha. E do Finch. Quando eu estava apagada. Uma foto... realmente horrível.

– *Ai, meu Deus* – eu me ouvi dizer, o coração despedaçado.

Pisando fundo no acelerador, sou bombardeada por várias imagens de Finch. O bebezinho perfeito, recém-nascido, dormindo nos meus braços. O garotinho espirituoso de 5 anos fazendo sua sopa imaginária nos degraus do Parthenon. O menino de 10 anos construindo castelos de areia na praia com as filhas de Julie, então com metade de sua idade.

Simplesmente não posso *acreditar* no que está acontecendo agora. Na pessoa em que meu filho se transformou.

E, no entanto, posso, sim. Porque às vezes não enxergamos aquilo que está bem ali, debaixo do nosso nariz.

―

Meu foco já está novamente em Polly e no que fazer, quando enfim chegamos à casa dela. Todas as luzes estão acesas, e os dois carros estão na garagem. Vejo isso como um bom sinal, mas também não descarto um cenário ruim.

— E agora, o que é que a gente faz? — pergunto a Lyla, como se a adulta fosse ela.

— Sei lá. Tocar a campainha? — Nesse mesmo instante um vulto passa por uma das janelas da frente. — Não é ela ali?

— Não sei... Pode ser a mãe.

— Então é melhor a gente ir lá, certo?

— Certo — digo, mas me sinto paralisada pelo medo.

Lyla, por sua vez, abre a porta e desce do carro. Eu a observo seguir em direção à casa, admirada com sua coragem. Eu me obrigo a segui-la. Ela toca a campainha e percebo o quanto seu semblante estoico se parece com o do pai.

Instantes depois, ouvimos alguém do outro lado da porta. Prendo a respiração e em seguida me vejo diante do Sr. Smith. Não consigo me lembrar do seu primeiro nome.

— Oi, Nina — diz ele, parecendo surpreso e confuso, depois irritado, mas procurando se controlar. — O que a traz aqui a esta hora? — Antes que eu responda, ele olha para Lyla e diz: — E *você é*...?

— Lyla Volpe. A menina da foto — responde ela, falando com pressa mas de um jeito totalmente casual. — Mas não é por isso que viemos aqui, Sr. Smith. Viemos porque o senhor e a senhora Smith não atenderam o telefone... nem a Polly. Aí fiquei... *ficamos* muito preocupadas com ela.

Ele franze a testa e pergunta:

– Preocupadas como?

– Bem, é que... a Polly me ligou hoje mais cedo, e ela parecia... não estar bem.

– Ela *não está* bem – diz ele, lançando-me um olhar duro.

– Ela está em casa? – insiste Lyla.

– Sim. No quarto – responde, já sem disfarçar a irritação. – Mas ela não tem mais nada a dizer a esse respeito.

A mãe de Polly surge de repente às suas costas.

– Isso mesmo. Nenhum de nós.

– Eu sei – digo. – E peço desculpas por estar me intrometendo, mas... será que vocês podiam subir lá e dar uma olhadinha na Polly? Lyla está com medo que Polly possa estar precisando de ajuda...

– O que exatamente vocês estão sugerindo? – pergunta a Sra. Smith, passando à frente do marido, com a voz gélida.

– É possível que a Polly esteja tentando... se machucar – explico, minha voz por fim transparecendo uma sensação de pânico.

A expressão de ambos muda drasticamente, e de repente os dois já estão subindo em disparada a escada espiral. O Sr. Smith salta os degraus de três em três, com a esposa não muito atrás. Eu fico paralisada novamente, mas consigo olhar para Lyla, que parece tão apavorada quanto eu. Segundos depois ouvimos berros de horror. Primeiro gritando o nome da filha, depois pedindo que a gente ligue para o serviço de emergência. Lyla é mais rápida do que eu e digita os assustadores números.

– Estou ligando pra informar uma emergência – diz ela, a voz trêmula, mas sem atropelar as palavras. – Acho que alguém tentou se matar... Isso, agora mesmo... Uma garota... Dezessete anos. O endereço? Espera aí.

Lyla me encara com os olhos arregalados de medo, e mais uma vez me dá um branco, não consigo lembrar nem o nome da rua. O que está *acontecendo* comigo, penso, enquanto Lyla irrompe escada acima gritando:

– Preciso do endereço daqui! Estou com o serviço de emergência!

Ouço mais gritos histéricos. Depois nada. Em alguns segundos Lyla ressurge no topo da escada, esbaforida, pedindo aos berros que eu tire meu carro da frente da casa, porque uma ambulância está a caminho.

Em estado de choque, deixo meu carro mais adiante, volto correndo para o vestíbulo da casa e fico ali, andando de um lado para outro e rezando. Por Polly *e* por Lyla.

CAPÍTULO 29

# LYLA

É completamente *impossível* assimilar os fatos, o lugar onde estou e o que estou vendo se desdobrar segundo a segundo. Apenas algumas horas atrás, Polly era minha inimiga mortal, mas agora estou de pé no canto de seu enorme quarto, com as paredes pintadas num tom clarinho de lilás, testemunhando o momento mais pessoal, intenso e angustiante da sua vida. Um momento que pode terminar em morte.

Os pais também estão aqui, claro, histéricos, mesmo depois da chegada das duas paramédicas – uma equipe sensacional só de mulheres fazendo o que já vi um milhão de vezes em *Grey's Anatomy* e em milhares de outros seriados e filmes. Conferem seus sinais vitais, tiram Polly da sua cama de dossel (a mesma que eu sempre admirei em catálogos na adolescência) e a transferem para a maca. Pegam uma tesoura enorme e cortam seu moletom na parte da frente, abrindo um monte de frascos e suprimentos médicos. Inserem um tubo na garganta de Polly. Enquanto isso, conversam entre si numa estranha linguagem médica, tentando manter o senhor e a senhora Smith distantes.

A certa altura, quando Polly tem convulsões e sua mãe *realmente* surta, uma das paramédicas me olha e pede minha ajuda.

– Tira ela daqui! – grita.

Corro até a Sra. Smith e tento puxá-la pelo braço.

– Sra. Smith, deixe que elas façam o trabalho delas!

Antes de voltar ao meu lugar, acidentalmente vejo Polly mais de perto, o corpo totalmente inerte, a pele pálida. Mas, graças a Deus, ela parece estar dormindo, e não morta. Embora eu nunca tenha visto uma pessoa morta. Rezo para que Polly não seja a primeira. Ela simplesmente *não pode* morrer.

Eu desvio o olhar, voltando-o para o frasco de Ambien e a garrafa de Maker's Mark que vi nas mãos do Sr. Smith ao entrar no quarto e que agora estão no chão ao lado da cama. O sonífero da *mãe* e o uísque do *pai* – detalhes reunidos pelas paramédicas quando chegaram e fizeram suas perguntas. *Quantos comprimidos ainda restavam no frasco? Quanto uísque ainda havia na garrafa?*

Pelo menos uns dez, disse a Sra. Smith.

Meia garrafa, disse o Sr. Smith.

Agora me pergunto se a combinação não foi proposital. Um único golpe de Polly nos pais, com os quais não podia contar num momento de crise. Ou talvez, na verdade, o relacionamento dela com eles fosse mais ou menos como o meu com papai. Talvez Polly os amasse tanto que preferia morrer a ver a vergonha estampada em seus rostos.

Ah, se ela pudesse ver como *isso* é pior. Como é muito mais doloroso, mesmo que ela fique bem depois.

Não posso deixar de pensar em papai na noite em que foi me buscar na casa da Grace. No quanto deve tê-lo machucado me ver naquele estado. Prometo a mim mesma que, aconteça o que acontecer, nunca mais farei algo assim com ele. Que vou cuidar melhor de mim mesma. Tomar decisões mais inteligentes. Ser mais como ele e menos como a minha mãe. É o mínimo que posso fazer.

De repente a Sra. Browning está a meu lado no quarto, segurando minha mão. Percebo que está de costas para Polly e só olha para ela quando as paramédicas saem do quarto com a maca. Vamos atrás quando descem a escada, mas paramos na varanda, ainda de mãos dadas, observando enquanto a maca é acomodada no interior da ambulância, junto com os pais da Polly e uma das paramédicas. A outra senta ao volante. Ficamos ali, paralisadas, assistindo à ambulância partir com seu turbilhão de luzes vermelhas e sirenes uivantes.

Assim que o silêncio retorna, eu me viro, fecho a porta da casa dos Smiths e vou com a Sra. Browning para o carro dela. Entramos e ficamos encarando o para-brisa.

– A senhora acha que ela vai ficar bem? – pergunto, mais para mim mesma do que para ela.

– Não sei, querida – responde a Sra. Browning, balançando a cabeça e secando os olhos com a mão. – Mas, se ficar, o mérito é todo seu.

– *Seu* também. Obrigada por ter me ajudado.

Ela olha nos meus olhos.

– Não precisa agradecer... E eu te prometo, Lyla, vou te ajudar *sempre*.

– Obrigada – digo, com a foto que Polly me enviou vindo à cabeça.

Nesse mesmo instante, por coincidência, a Sra. Browning fala:

– Lyla... você sabe que tem que denunciar o Finch por conta dessas fotos que ele tirou, não sabe?

Eu a encaro.

– Você *tem* que fazer isso... Pela Polly... Por você mesma. Por todas as garotas que um dia passaram pela mesma situação. – Ela se cala um instante, desvia o olhar, depois volta a me encarar e acrescenta: – Por *nós*.

– *Nós*? – pergunto. Isso só pode significar uma coisa, mesmo assim quero confirmar: – A senhora é uma dessas garotas?

Ela não responde. Apenas arranca com o carro e segue na direção da minha casa. Mas a certa altura começa a falar, contando-me uma história sobre o seu primeiro ano na Vanderbilt. Uma história horrível sobre um garoto que a estuprou. Diz que não denunciou porque ficou envergonhada, culpando a si mesma. Depois conta tudo que aconteceu na sequência, dizendo que terminou com o namorado logo no dia seguinte, que se abriu apenas com a melhor amiga, fazendo-a prometer que manteria segredo para o resto da vida. E como aos poucos foi se fortalecendo, se encontrando, namorando e depois se casando com o pai de Finch. Fala também de como queria desesperadamente fazer sua vida parecer e *ser* perfeita. Fala dos sonhos que *teve* e que *ainda* tem. Não muito diferentes dos meus. Fala do amor. Fala da verdade. Fala *muito* sobre a importância da verdade.

Já estamos quase chegando quando ela se cala, e eu não falo nada até o carro parar diante da minha casa. Então, numa tentativa de consolá-la, digo:

– O Finch não é *tão* ruim assim, Sra. Browning.

Ela parece pouco convencida. E muito triste.

– Quer dizer... o que aconteceu comigo não chega nem perto do que aconteceu com a senhora.

– Pode ser – responde ela, chorando outra vez. – Mas, Lyla, isso que o Finch fez é ruim *demais*.

Não sei o que falar diante disso, porque ela tem razão. Então repito apenas que estou muito grata, não só pela ajuda daquela noite, mas por *ela*. A Sra. Browning me puxa para um abraço.

– Foi você quem fez tudo, meu bem... Estou muito orgulhosa, sabia?

– Obrigada. Mas será que a Polly vai ficar bem?

– Vai, sim – diz ela desta vez. – E, Lyla...?

– Sim?

Olho para ela, esperando.

– Acho que você salvou mais de uma vida hoje.

CAPÍTULO 30

# NINA

Quando chego em casa, ouço Finch e Kirk conversando na sala de televisão, irritantemente alheios ao fato de que Polly está lutando pela vida. Sigo direto para o meu quarto e arrumo uma bolsa de viagem, colocando nela apenas o essencial: jeans, camisetas, pijama, meias, lingerie e nécessaire. Em seguida tiro a aliança do dedo, reúno todas as joias que Kirk me deu e deixo em cima do criado-mudo dele.

Digo a mim mesma para me lembrar desse momento depois, se ou quando brigarmos por causa de dinheiro. Digo a mim mesma que, embora eu vá tentar ficar com o que considero justo, realmente não *quero* mais nada dele.

Correndo os olhos pelo quarto, penso na época em que compramos esta casa, na alegria que senti ao me mudar para ela e mais ainda enquanto a decorava aos poucos com tapetes, móveis e objetos de arte. Num primeiro momento as lembranças fazem com que eu me sinta envergonhada e fútil, nauseada, mas depois me dou conta de uma coisa. Minha intenção nunca foi acumular *coisas* bonitas apenas para criar uma fachada de boa vida, mas para criar um *lar*. Algo bonito e real por dentro também. Algo significativo para o seio da nossa família.

Mas agora tudo me parece uma mentira. E mesmo as partes legítimas acabam perdendo um pouco do seu brilho. Do seu *valor*.

Estou prestes a sair quando ouço passos. Sei que é Finch, antes mesmo de vê-lo surgir à porta. Certamente subiu a mando do pai. Jamais viria falar comigo por iniciativa própria.

Vendo minha bolsa na cama, ele diz:

– Mãe? O que você está fazendo? Papai falou que você vai *deixar* a gente...

Com o coração partido, olho para ele.

– Vou deixar o seu pai. E esta casa. Mas não vou deixar *você*, Finch. Nunca deixaria *você*.

– Não vai embora, mãe, por favor – diz ele, a voz quase tão grossa quanto a de Kirk. – Não deixa o papai. Não faz isso com ele. *Comigo*.

Tenho vontade de gritar com ele. Quero sacudi-lo e lhe dizer que suas ações podem ter matado uma menina. Em vez disso, ando até ele, pego seu rosto entre as mãos e lhe dou um beijo na testa, inalando seu doce perfume juvenil. O mesmo de sempre, apesar de todas as mudanças.

– *Não faz isso comigo* – repete.

– Ah, Finch, não estou fazendo nada *com* você. Estou fazendo *por* você.

– A Polly está mentindo, mãe.

Ao contrário de todas as outras vezes em que ele me disse isso, agora sua afirmação soa vazia. Como se nem estivesse mais *tentando* ser convincente. Talvez Lyla já tenha falado com ele sobre as fotos. Talvez saiba que de alguma forma temos provas.

Seja como for, balanço a cabeça.

– Não. Ela *não* está mentindo. Quem está mentindo é *você*.

Seus lábios tremem. Espero que diga alguma coisa, mas ele não diz nada.

– Finch, por favor, confesse – imploro. – Por favor, faça a coisa certa. Princeton não tem a menor importância. São as *pessoas* que importam... E nunca é tarde pra se desculpar.

Ele assente quase imperceptivelmente. Não sei dizer se consegui entrar em sua cabeça, seja lá em que nível for, ou se só está fazendo o que sabe que quero.

De qualquer modo, não estou em condições de encarar essa batalha hoje. Amanhã, sim, e vou lutar com muita força e por quanto tempo for preciso.

– A gente se vê de manhã – digo. – Encontro você na audiência.

– Tudo bem, mãe.

Eu me aproximo mais, beijo sua bochecha e sussurro:

– Você sempre será meu bebê, Finch. Aconteça o que acontecer, vou te amar pra *sempre*.

Ele toma fôlego como se fosse dizer algo. Mas não consegue, porque agora está chorando. Nós dois estamos. Então sussurro um boa-noite. Em seguida passo por ele e pela porta da frente do que um dia foi o lar da nossa família.

―

Chegando ao Omni Hotel no centro da cidade, descubro pela mocinha da recepção que meu cartão de crédito foi recusado. Ela fica constrangida por mim, e minha vontade é tranquilizá-la, dizendo que na vida há problemas bem mais graves do que um cartão recusado. Pego outro cartão e entrego a ela, embora desconfie do que vai acontecer antes mesmo de ser recusado também.

Isso é tão absurdo, tão típico de Kirk, que de repente me pego rindo. Foi por isso que Julie aconselhou que eu colocasse as coisas em ordem. Ela sabia que ele era capaz desse tipo de mesquinharia. Cogito pedir socorro a ela, mas então lembro que ainda tenho quinze mil dólares na bolsa. Faço check-in com parte das notas e subo para um quarto no décimo oitavo andar. Uso o cartão magnético para abrir a porta, entro e olho para a cidade em que morei durante toda a minha vida adulta.

Acho que nunca me senti tão sozinha e arrasada. Nem mesmo naquela noite horrível na Vanderbilt. Por outro lado, nunca me senti tão forte e tão segura do meu caminho.

Tomo um banho, visto o pijama e me jogo na cama. As cortinas continuam abertas, e ainda estou olhando para as luzes de Nashville quando meu telefone toca.

É Tom.

Atendo dizendo *oi*, com uma tremenda sensação de alívio.

Sem retribuir o *oi*, vai logo dizendo que Polly está bem.

– Ela vai passar a noite no hospital, mas o quadro dela é estável.

– Graças a *Deus*... – digo. – Mas como foi que você soube?

– Lyla conseguiu falar com os pais dela.

Claro que conseguiu, penso, mais uma vez impressionada com ela.

– Ela ainda está acordada? Posso falar com ela?

– Não. Já dormiu. Teve um dia difícil.

– Eu sei – falei, pensando que, desde o momento em que estava na cozinha da casa dos meus pais hoje de manhã, parece que se passou uma vida inteira.

– Quer saber o mais doido de tudo? – pergunta Tom.

– Claro – digo, ajeitando a cabeça no travesseiro.

– Adivinha quem simplesmente apareceu por aqui, logo depois que vocês saíram?

– Quem?

– A mãe da Lyla. – Tom ri com sarcasmo. – Caiu de paraquedas pra fazer uma visitinha-surpresa.

Também dou uma risada, apesar de tudo.

– Ela parece tão terrível quanto Kirk.

– Muito pior. Pelo menos o Kirk não se mandou.

Engulo em seco, percebendo que talvez eu não seja muito melhor do que a ex-mulher de Tom, que abandonou o barco no momento da tempestade. Mas falo a mim mesma que não, que só estou tomando uma posição. É diferente.

Voltando o foco para Lyla, digo:

– Tom, só queria que você soubesse... como Lyla foi incrível hoje. Foi muito, *muito* corajosa.

– Pois é. Ela é maravilhosa. E *você* também é, Nina... Lyla me contou tudo. Sobre Finch. Sobre as fotos. E sobre o apoio que você deu a ela.

Com um nó na garganta, digo a ele o quanto estou triste.

– Imagino que esteja – fala Tom. – Mas quer saber? Não creio que Finch seja um caso perdido. Ainda há esperança.

As lágrimas correm pelo meu rosto quando pergunto por que ele acha isso. Espero pela resposta, dizendo a mim mesma para confiar no meu amigo e no que ele vai responder, seja o que for. Depois de alguma reflexão, ele explica:

– Porque... *você* é a mãe dele.

EPÍLOGO

# LYLA

Desde que me formei no ensino médio, quase uma década atrás, poucas vezes voltei a Nashville. Geralmente é o papai quem vem me visitar. Não sei explicar por quê, mas acho que tem mais a ver com a agitação da minha vida nos últimos tempos – primeiro na faculdade, depois na Escola de Direito, agora na procuradoria pública do distrito de Manhattan – do que com qualquer sentimento de antipatia pela minha cidade natal. Também posso afirmar, com absoluta certeza, que não tem *nada* a ver com Finch Browning e os acontecimentos daquele meu segundo ano. Isso são águas passadas.

Claro que de vez em quando Finch ainda surge em minha mente – são flashbacks de seu porão, da tentativa de suicídio de Polly e sobretudo do dia em que o Sr. Q convocou a mim e a papai para uma conversa em seu escritório e nos informou que Finch havia sido inocentado. *Totalmente*. Com lágrimas nos olhos, o Sr. Q contou que o Conselho Disciplinar, formado por oito alunos e oito professores, havia alegado "insuficiência de provas". Foi revoltante, claro. Que mais eles poderiam querer como prova além de uma foto do *pau* de Finch na minha cara? Talvez não estivessem dispostos a enfrentar uma perícia peniana depois que Finch apresentou sua defesa baseada no argumento de que se tratava de uma fotomontagem.

Se os pais de Polly tivessem deixado que ela voltasse à Windsor, ou pelo menos entregassem o resto das fotos, talvez as coisas tivessem tomado outro rumo. Ou não. Talvez as cartas já *estivessem* marcadas em favor de Finch (ou, como papai acreditava, o Sr. Browning realmente tivesse conseguido emplacar o maior esquema de suborno da história de Belle Meade).

Durante meses papai e eu contemplamos a possibilidade de abrir um processo judicial ou, pelo menos, escrever uma carta para Princeton. Mas, na realidade, eu só queria seguir em frente e, com a ajuda de Bonnie, aos poucos fui conseguindo convencer papai de que o destino de Finch pouco tinha a ver comigo. O carma cuidaria dele. Ou *não*, vai saber. De qualquer modo, eu tinha minha própria vida para viver.

Mais ou menos com os mesmos argumentos, também convenci papai a me deixar ficar na Windsor, o que por diversos motivos foi uma decisão acertada. Em primeiro lugar, eu era realmente feliz ali. Grace e eu continuamos muito amigas (não faz muito tempo que fui madrinha de seu casamento), e aos poucos fomos incluindo no nosso círculo outras meninas fortes e que pensavam de modo semelhante a nós. Além disso, redobrei a dedicação aos estudos, me formando em segundo lugar na minha turma e sendo admitida em Stanford. Papai diz que mereço todo o crédito por isso, e não a Windsor, mas a educação que recebi, junto com uma carta de recomendação do diretor, certamente não atrapalhou em nada. Por fim, a minha experiência na Windsor foi um ótimo treinamento para a vida real, um lembrete de que, não importa onde você esteja, sempre é possível encontrar um lado bom para tudo na vida, ou pessoas boas como Nina e o Sr. Q.

Falando no diretor, ainda mantenho contato com ele, que está aposentado, uma amizade baseada em e-mails que geralmente consistem de uma troca de charges da *New Yorker* ou artigos sobre o estado lamentável do mundo. Mas nunca perdemos a esperança. Acho até que esse olhar mais otimista foi algo que aprendi com ele durante o meu calvário na Windsor.

Contrariando todas as expectativas, papai e eu também continuamos próximos de Nina. Após a conclusão do divórcio, ela e papai abriram uma butique de móveis de design – ele trabalha na carpintaria e ela, na decoração e na parte comercial. O produto mais bacana do catálogo deles são as casas de árvore construídas sob medida, como aquela no quintal de Bonnie. De modo geral os clientes são pessoas muito ricas, e incluem algumas celebridades, mas meu projeto favorito é a casa que eles doaram a um abrigo para mulheres vítimas de abuso sexual em Bristol, a cidade natal de Nina. Não é a mais sofisticada, mas pelo que vi nas fotos foi a que mais felicidade proporcionou.

Esse trabalho, junto com essa felicidade, se revelou uma ótima terapia para ambos nos primeiros tempos de ninho vazio. Sei que papai sentiu muito a minha falta, e Nina provavelmente sentiu a de Finch ainda mais, porque ele mal falou com ela durante os anos que passou em Princeton. Talvez porque quisesse puni-la por ter ficado do meu lado ou por ter abandonado o pai dele. Mas nada como um dia após outro.

Segundo papai, Nina nunca desistiu do filho. Toda semana mandava longas cartas escritas à mão, até que um belo dia ele voltou para ela. Papai tem uma visão cínica dessa mudança, e diz, quando Nina não está por perto para ouvir, que o real motivo da reaproximação tinha mais a ver com o envolvimento do Sr. Browning num escândalo financeiro do que com qualquer mudança de caráter. Mas noto que a vontade dele é acreditar em algo diferente. Como eu, papai prefere crer que no fundo foi algo simples e poderoso: o amor de mãe.

É nisso que estou pensando quando meu Uber vira na Avondale e vejo papai de pé na varanda, exatamente onde aquela palavra horrível foi escrita. Ele acena para mim e fica esperando enquanto salto do carro e subo ao seu encontro.

– Até agora não acredito que você não me deixou buscá-la no aeroporto – diz, balançando a cabeça e resmungando alguma coisa sobre minha teimosia antes de me dar um abraço forte e demorado. – Obrigado por ter vindo. Sei que você é muito ocupada.

– Nada neste mundo me impediria de vir.

– Nem é tão importante assim – diz papai, menosprezando o prêmio de design que ele e Nina vão receber logo mais. – Mas isso vai significar muito para Nina. E, não esquece, é uma surpresa, ela ainda não sabe que *você* veio.

– Eu sei, pai – falo, rindo. – Você já disse isso um milhão de vezes.

– É que... só quero que a noite de hoje seja perfeita.

– Você é sempre muito carinhoso com a Nina.

– Ela merece. É uma pessoa sensacional.

É um elogio inacreditável vindo dele. Então me pergunto, como sempre, ao longo dos anos, se não há nada rolando entre os dois. Eles juram de pés juntos que são apenas amigos. *Melhores* amigos. O que de certa maneira é ainda mais fofo.

– Mas e aí? Ele vem ou não vem? – pergunto, me referindo a Finch, porque sei que papai o convidou também.

– Não – diz papai, balançando a cabeça. – Estará trabalhando. Mas justiça seja feita, ele agora mora em Londres.

– Londres? – pergunto, irritada que tenha conseguido se firmar na única cidade no mundo que supera Nova York.

– Sim, um emprego novo. Alguma coisa na área de finanças.

– Bem, paciência – digo, dando de ombros. – Fico com pena por causa da Nina, mas pra mim é até melhor. De qualquer modo, hoje é só diversão!

—

Horas depois, papai e eu estamos no saguão do Frist Center. Ele está usando seu único terno bom e uma gravata azul-clara que, tenho certeza, foi escolhida por Nina.

– Ok. Ela está no Turner Courtyard – diz ele, afobado, enquanto lê uma mensagem. – É onde o evento vai acontecer. Você sabe como chegar...?

– Sei, sim, pai.

– Então é melhor eu subir logo, antes que ela desça e veja você aqui.

– Vai, vai. Posso me virar sozinha.

Papai beija minha bochecha e me agradece, o desconcerto inicial parecendo dar lugar à empolgação. Talvez até orgulho. Afinal, o prêmio também é *dele*. E foi um longo caminho desde que era aquele marceneiro solitário e motorista de Uber até hoje.

Assim que ele me dá as costas, sigo para o bar em busca de uma taça de champanhe, feliz por estar em Nashville, pensando em voltar mais vezes.

E é quando o vejo, entrando às pressas no saguão. De óculos, cabelos mais curtos e uns quilinhos a mais, parece muito diferente. Mais velho. Mudado. Mas assim que ele se aproxima, vejo que é realmente Finch, e lembro a mim mesma que as pessoas raramente mudam *de verdade*.

A intuição me aconselha a sair de fininho para evitá-lo, mas a razão me obriga a ir falar com ele e olhá-lo diretamente nos olhos.

– Oi, Lyla – diz ele, ofegante, as bochechas vermelhas.

Ameaça me dar um abraço, mas muda de ideia, talvez por prudência.
– Então você veio, afinal.
Ele abre um meio sorriso.
– Pois é. É bem possível que meu chefe me demita, mas... tudo bem.
Sorrio de volta, sem muita sinceridade.
– Você recebeu minha carta? – pergunta ele.
– Recebi, sim – respondo, acrescentando: – Obrigada.
O agradecimento não é pela carta, mas pela presença esta noite no Tennessee, usando aquele sobretudo amassado, cheirando a avião. Pela força que veio dar à mãe.
– Bem, é melhor a gente subir – comenta Finch, meio triste, mas resoluto. – Seu pai disse que começa às oito, certo?
– Isso.
Olho para o relógio e vejo que passa um pouquinho das oito. Termino meu champanhe, deixo a taça na mesa e vou com Finch para o salão de festas.
Apesar da pouca luz, localizo Bonnie e alguns dos clientes mais antigos de papai. Não reconheço os outros.
Ao microfone, uma mulher fala do trabalho que papai e Nina vêm realizando em prol dos abrigos para mulheres vítimas de violência em todo o estado. Isso mesmo, *abrigos*. No plural. Pensei que fosse apenas aquele de Bristol.
– Uau – digo para mim mesma.
Finch deve ter ouvido, porque assente com a cabeça.
– Pois é.
Um instante depois, Nina e papai se dirigem ao palco sob aplausos gerais. Ela está usando um vestido à la Audrey Hepburn, no mesmo tom de azul da gravata do papai e, pensando bem, no mesmo tom de azul do cartão de visitas deles. A mão dele está nas costas dela enquanto ele segue atrás, conduzindo-a para o púlpito. À sua maneira, papai sempre foi um cavalheiro, mas nunca o vi desse jeito. Parece tão seguro de si, tão radiante. *Ambos* estão radiantes.
Papai assume o microfone, agradece a presença de todos, mas depois fica de lado e passa a palavra a Nina, que conta um pouco da história deles, da vontade de realizarem um sonho profissional, mas também de ajudar os outros. Um slide show mostra inúmeras imagens de mulheres e crianças

rindo, gargalhando, brincando nas casas de árvore e nos espaços comunitários dos abrigos. Nina alerta para os riscos do materialismo, mas diz que todos nós precisamos de beleza em nossas vidas. E de um refúgio. Um lar e um círculo de pessoas que sempre estarão conosco.

Ela termina com mais agradecimentos, e o salão inteiro aplaude. Com os olhos úmidos, arrisco olhar de relance para a esquerda e fico surpresa ao ver lágrimas escorrendo no rosto de Finch.

Sem tirar os olhos da mãe, ele sussurra:

– Me desculpa, Lyla... Eu realmente sinto muito.

Vira-se para mim, olhando diretamente nos meus olhos, e, pela primeira vez em todo esse tempo, eu o perdoo. Ou talvez não. Não sei como vou me sentir mais tarde, quando a emoção da noite já tiver passado.

Fico com a impressão de que ele quer dizer mais alguma coisa, mas agora não é um bom momento. Então, antes que ele continue, pergunto:

– Eles são incríveis, não são?

– São.

Assistimos a papai ajudar Nina a descer do palco, novamente com a mão nas costas dela, protetor e cheio de orgulho.

– Ela me *salvou* – digo, enfim verbalizando essa verdade já antiga.

– Eu sei – responde ele, ainda aos prantos.

Talvez ele esteja pensando no Finch que foi um dia, e *do qual* Nina me salvou. Mas talvez, espero, esteja apenas pensando na mãe, e em como, de alguma forma, ela conseguiu salvá-lo também.

## AGRADECIMENTOS

Embora escrever um romance seja em grande parte um esforço solitário, tenho várias pessoas a agradecer por suas generosas contribuições a este livro.

Sou grata à minha editora, Jennifer Hershey, pelas orientações e pelo brilhantismo do início ao fim (sobretudo no fim!). Se você gostou desta história, isso se deve em boa parte ao extraordinário talento dela.

Obrigada a Mary Ann Elgin e Sarah Giffin, minha mãe e minha irmã, pelas dicas a cada capítulo e pelo constante apoio moral. Amo nosso trio, nascido nos anos 1970 e forte como nunca até hoje.

Agradeço a Nancy LeCroy Mohler, minha melhor amiga, primeira leitora e copidesque mais fiel. Conhece estes personagens tão bem quanto eu, e não há um parágrafo neste livro (aliás, nem em qualquer um dos que escrevi) que não tenhamos discutido. É uma grande sorte tê-la a meu lado.

Muito obrigada a Bryan Lamb por tantas informações sobre Nashville e pelos toques masculinos ("Ninguém suborna uma pessoa com cheque; tem de ser dinheiro vivo" e "Você não precisa especificar TV de tela plana; sabemos que Finch jamais teria uma televisão de tubo.") Os *shots* de Belle Meade Single Barrel Bourbon também ajudaram bastante.

Sou muito grata à minha incrível assistente, Kate Hardie Patterson; meu assessor de imprensa de longa data, Stephen Lee; e a todos os amigos e parentes que forneceram informações específicas ou me ajudaram no decorrer do nascimento deste livro, especialmente: Steve Fallon, Allyson Wenig Jacoutot,

Julie Wilson Portera, Laryn Ivy Gardner, Jennifer New, Harlan Coben, Martha Arias, Jeff MacFarland, Jim Konrad, Fred Assaf, Ralph Sampson, Lori Baker, Mara Davis, Ellie Fallon, Sloane Alford, Mike Pentecost, Courtney Jenrath, Lisa Elgin Ponder, Mollie Smith, Lea Journo e Bill Giffin.

Pelo lado profissional, agradeço a minha incomparável agente, Theresa Park, bem como a Emily Sweet, Andrea Mai, Abby Koons, Mollie Smith e todos da Park Literary.

E à minha equipe na Penguin Random House, incluindo Gina Centrello, Kara Welsh, Kim Hovey, Scott Shannon, Matt Schwartz, Theresa Zoro, Susan Corcoran, Jennifer Garza, Isabella Biedenharn, Emma Thomasch, Sally Marvin, Sanyu Dillon, Debbie Aroff, Colleen Nuccio, Melissa Milsten, Denise Cronin, Toby Ernst, Paolo Pepe, Loren Noveck, Victoria Wong, Erin Kane, Cynthia Lasky, Allyson Pearl e todo o setor de vendas da Penguin: obrigada por sua expertise, pelo amor aos livros e pelo compromisso de levar minhas histórias a tantos leitores maravilhosos.

E, por fim, sou eternamente grata a meu marido, Buddy Blaha. Eu não poderia ter escolhido um pai melhor para meus filhos. Edward, George e Harriet: que vocês cresçam com a fibra, o coração e o caráter exemplar de seu pai. Eu amo muito todos vocês.

Para saber mais sobre os títulos e autores
da Editora Arqueiro, visite o nosso site.
Além de informações sobre os próximos lançamentos,
você terá acesso a conteúdos exclusivos
e poderá participar de promoções e sorteios.

editoraarqueiro.com.br